Arômes d’étoile

Du même auteur :

Le Fils des Etoiles, 2013, éditions Mon Village.

Couverture : Marie-Anne Pouhin.

ISBN 2-88194-316-0
EAN 978-2-88194-316-4

Michel Clerc

Arômes d'étoile

Roman

Éditions Mon Village

CHAPITRE I

Pierre, le Père, avait une vigne, vieille de plus de cent ans. Pour la planter, Jean, l'Ancêtre, son bisaïeul, avait choisi une haute terre, perchée sur le toit des collines.

L'accès y était difficile. Depuis que les chevaux ne travaillaient plus, on ne pouvait y monter qu'à pied. Par son fort dénivelé, elle se refusait, de surcroît, aux tracteurs.

Les nuages, parfois très bas et paresseux, la courtisaient et ornaient ses sarments et son feuillage de perles d'eau, en mémoire de leur passage.

Souvent, à la fin de l'été, elle retenait, tard dans la matinée, un dernier brouillard de beau temps pour disparaître aux yeux des gens d'en bas. Une manière de faire croire à certains d'entre eux, en marche pour l'atteindre, qu'ils montaient au paradis.

Mais en réalité, c'était une terre rebelle qui exigeait, de tout temps, qu'on la méritât.

Orientée entre sud et couchant, pour celui qui la travaillait un jour de grand soleil, chaque heure était midi.

En vérité, par grande chaleur, elle ne s'offrait à l'homme que lorsque les oiseaux chantaient de l'aube jusqu'au milieu du matin ou bien sur le soir. Entre ces horaires, il eût été hasardeux d'y mettre le pied, par temps de canicule, même sous la paille d'un chapeau.

Cette terre se montrait âpre et farouche.

Portait-elle, sur son dos bosselé, les pieds de vigne qui s'y enracinaient, comme un fardeau ?

Voulait-elle s'en défaire et retourner à la friche originelle ?

Pourtant, bien que forcée, son union avec les ceps fut pleinement consommée.

A cette époque, avant la première guerre mondiale, elle se revêtait encore d'une épaisse couche de terre arable. Les commis de Jean l'Ancêtre l'ont pénétrée de leur gouge et de leur bêche. Ils ne s'arrêtaient de creuser que lorsque l'acier de leurs outils zézayait dans la marne ou crissait sur la roche enfouie.

Néanmoins, depuis ce mariage de raison, elle répugnait à se soumettre au travail des hommes. Elle semblait même vouloir faire du ciel son allié.

Le vent d'ouest la balayait dans son entier et rendait, avant terme, les feuilles de vigne, caduques.

Les giboulées d'avril, les ondées et les bruines, les trombes d'eau après le tonnerre et la neige fondante des brusques dégels, l'ont dépouillée de son gras.

Tous ces éléments du ciel l'ont écorchée, au fil du temps, pour ne lui laisser que ses marnes maigres et nerveuses, enkystées de roches.

Même une résurgence jaillissait à gros bouillons, en son sommet, le temps d'un orage.

Un fossé, creusé par sa crue, coupait la vigne en deux parties tel un méridien. Il ne servirait à rien de le combler. Cette résurgence ne pouvait être asséchée. Tout au plus, se retirait-elle dans les profondeurs souterraines comme un animal dans son terrier. Mais à la première grosse averse, de nouveau, elle rejaillissait en fontaine.

Cependant, la terre, grâce à elle, semblait trouver un prétexte pour se faire pardonner de sa rudesse.

Sur les flancs de la rigole, elle se montrait d'une belle impudeur et offrait au regard ce qu'elle avait de plus beau. Avec le soleil rasant, elle faisait de chaque bord, une palette de couleurs. Ici, les feuilles de schiste empilées à la manière de cartons, se satinaient de gris bleuté sous la lumière. Là-bas, des marnes s'irisaient des couleurs de l'arc-en-ciel, à l'image d'une gorge de pigeon.

Toutefois, entre ses rares relâchements impudiques, cette terre indocile soumettait la vigne à de dures épreuves.

Complice du travail de sape effectué par la nature, elle cherchait à en déraciner les pieds. Mais en vain !

Plus elle se refusait, plus les ceps résistaient.

Pour survivre et durer, ils s'agrippaient de toutes leurs vrilles aux fils de fer et s'ancraient dans le sol par des racines abondamment chevelues. Les radicelles les plus fines s'insinuaient entre les plaques de schiste carton et s'immisçaient entre les grains d'argile agglomérés en y créant le désordre, à l'égal d'une main dans un sac de billes.

Mais le peu que les ceps tiraient dans la souffrance de cette terre insoumise, devait être d'une exceptionnelle qualité.

Chaque année, qu'elle fût humide ou sèche, les raisins, certes plus nombreux, montraient une insolente maturité. Les grains se dotaient de jaune doré comme passés à la feuille d'or.

Les vendangeurs, pour cette raison, l'appelaient la vigne aux Grains d'Or. Elle en gardera le nom.

Le père décidait de vendanger toujours à une date tardive.

Quelques grains trop mûrs menaçaient de tomber. Il arrivait pourtant que l'un d'entre eux se détachât. Alors, même le plus fruste des vendangeurs avait le geste délicat. Il saisissait avec précaution le grain tombé sur le sol comme s'il s'agissait d'une perle précieuse. Cette vigne malmenée forçait le respect. Aucun grain ne pouvait se perdre. Aucun grain n'était perdu. Elle était la seule parcelle parmi les autres qui, après les vendanges, ne laissait rien aux oiseaux.

Cependant, il manquait des pieds car certains d'entre eux mouraient par manque de terre ou de vieillesse. Le Père ne les remplaçait pas pour autant. L'assemblage du jus des jeunes plants avec celui de la vieille vigne lui paraissait contre nature. En conséquence, les rangs de grains d'or s'éclaircissaient avec le temps. Le Père ne laissa pas les intervalles sans ceps se multiplier sans réagir.

Jean, l'Ancêtre, lui avait transmis cette vigne. Son devoir était de ne pas perdre l'origine des Grains d'Or pour la remettre à son tour à un descendant, le moment venu. Le père s'inscrivait dans la continuité des générations.

Sur une période de cinq ans, chaque année, il repérait, par un cordon rouge, les ceps régulièrement les plus fructifères.

Puis, à terme, il prélevait des greffons sur les pieds sélectionnés avant la campagne de taillage. Un pépiniériste greffait ces sarments d'exception sur le meilleur des porte-greffe. Il fournissait ainsi au Père, des milliers de jeunes plants pour créer une vigne nouvelle. Le Père savait l'endroit où planter celle-ci, sur une terre qu'il tenait du sien.

Sur un coteau plus haut que le clocher du village, reposée, cette terre regardait le couchant. Une douce incurvation, en son centre, la protégeait du vent et des pluies fouettées. Il y poussait des plantes sauvages de toute espèce qui servaient de remise aux animaux. La couleuvre et le lézard vert se chauffaient au soleil, en lisière. Le lièvre et le chevreuil y traçaient des passages et jouaient à se faire peur, en se croisant. Au soir d'un orage, le Père vint en son milieu. A cet endroit, il découvrit une résurgence déjà tarie avant l'arc-en-ciel. La source éphémère n'avait laissé, pour seule trace d'écoulement, qu'une poignée d'étoiles remontées des profondeurs. Des étoiles de terre, limons d'éternité, que la terre rendait au temps.

Le Père y vit un heureux présage et pensa que cette terre valait belle promesse.

Au printemps d'après, le cep se substitua au buisson.

C'était une terre charnue, fine comme un terreau de jardin, souple sous le soulier et se prêtant, facilement, à l'outil.

C'était une terre séductrice. Elle se parait d'étoiles après la pluie.

C'était une terre sage, fidèle, rassurante. La pente du coteau était faible.

En revanche, elle savait se montrer excessive, possessive. Elle empêchait ses marnes d'affluer à sa surface. Craignait-elle que leur essence aromatique ne s'éventât ? Alors, elle les recouvrait d'une couche d'humus à l'exacte dimension de la tige, des jeunes plants issus de la vieille vigne aux Grains d'Or. Ainsi, les radicelles, devenues vite échevelées, pénétraient ses marnes à cœur, pour en extraire de précieuses substances.

De sublimes substances qui feront, plus tard, la renommée du Père, avec son vin fleurant toujours bon un subtil arôme d'étoiles.

CHAPITRE II

Dans la maison du Père, il y avait deux logements. L'un au rez-de-chaussée où il habitait avec la Mère, Hélène, l'autre à l'étage dont la chambre du Fils, Emile, faisait partie.

Les parents du Père, Claude-Emile et Béatrice, y avaient habité jusqu'à leur mort. Mais avant eux, les grands-parents et les arrière-grands-parents y avaient vécu également. C'était une tradition des Salleneuve. Le dernier de la famille qui reprenait le domaine habitait au bas. Les plus anciens vivaient au-dessus.

Mais depuis la disparition de Claude-Emile et Béatrice, l'étage restait vide. La Mère, qui aimait la propreté, l'aérait une fois par semaine et faisait le ménage à fond tous les trois mois.

Elle s'appliquait particulièrement dans le bureau des portraits. Elle savait que le Père y séjournait parfois le dimanche pendant qu'elle était à la messe. Elle n'avait jamais su pourquoi. Mais elle respectait cette habitude et ne posait pas de questions. Elle se doutait qu'il y avait un rapport avec les trois portraits accrochés au mur. Mais elle n'en connaissait pas la nature. Les portraits étaient ceux de Jean l'Ancêtre, Adrien le grand-père et Claude-Emile, le père de Pierre.

A la naissance d'Emile, Pierre les avait commandés à un artiste, client en vin des Etoiles. En les accrochant au mur du bureau, il lui semblait, disait-il, placer le dernier né des Salleneuve sous la protection des aïeux. Le peintre les exécuta au fusain à partir de photographies. Les visages étaient grandeur nature. L'expression des regards de Jean et Adrien était celle de deux hommes autoritaires, énergiques et volontaires. Claude-Emile était le seul à sourire mais un sourire forcé qui ne s'accordait pas avec des yeux pleins de tristesse.

Au début de leur mariage, le Père avait raconté l'histoire de chacun, avec force détails et à l'aide de centaines de photographies. Depuis, la Mère connaissait tout d'eux, au point d'être capable d'en parler comme de ses propres parents. Elle était née dans un milieu modeste de Bresse. Son père était ouvrier paysan. En épousant Pierre, elle rejoignait une famille, propriétaires d'un domaine viticole, donc mieux nantie que la sienne. Elle n'en tirait cependant aucune vanité et ne se prenait pas pour ce qu'elle n'était pas. Néanmoins, elle était consciente d'apporter à la lignée des Salleneuve ses bras rompus dès l'enfance aux travaux de la terre et son ventre pour assurer leur descendance. Il lui semblait donc normal de tout connaître des aïeux de ses enfants à venir.

Jean, l'Ancêtre, fascinait le Père depuis son enfance. Il était le personnage légendaire de la famille Salleneuve. Il avait acheté le domaine au Comte de Vorgel en 1922, après avoir été son régisseur. Le Comte n'avait pas de descendant. Doté d'un esprit de pionnier, autoritaire, exigeant dans la vie et le travail avec les autres comme avec lui-même, Jean l'Ancêtre ne savait qu'entreprendre avec la volonté farouche d'un bâtisseur d'empire. Les ouvriers viticoles et les habitants de l'Etoile en Revermont l'avaient surnommé le baron, sans doute parce qu'il avait acquis, et son épouse Clémence également, de bonnes et belles manières en fréquentant le Comte et sa famille.

La tradition familiale et par la suite villageoise voulut que le titre se reportât sur chaque génération. Certains anciens du village appelaient encore le père, baron.

Mais au fil du temps, les Salleneuve avaient fait de cette tradition, de s'appeler baron, un symbole fort. Ce symbole signifiait pour eux et aux yeux des autres que le domaine viticole devait se transmettre de génération en génération, sans être démembré. Il imposait, par conséquent, aux descendants, le devoir de continuer de tracer le chemin ouvert par Jean l'ancêtre.

Pierre parlait de son grand-père Adrien avec un mélange d'admiration et de ressentiment. Hélène savait pourquoi.

Adrien était mort une année avant leur mariage. Elle ne l'avait rencontré que deux ou trois fois. Pendant sa période d'activité, il se montrait combatif, fougueux, ardent et parlait fort.

A l'époque des chevaux de trait, on l'entendait depuis le village et par bon vent, leur crier des ordres d'une voix tonitruante. Quand il s'emportait, il ponctuait ses expressions coléreuses par de rugissants « Tonnerre de Dieu ! ». Il méritait, certes, aux yeux des autres, le surnom de baron. Mais ceux qui avaient affaire à lui, préféraient l'appeler « Tonnerre de Dieu ».

Adrien, le baron du Tonnerre de Dieu.

Le souvenir du double sobriquet ne faisait jamais sourire Pierre. Sans doute à cause du tonnerre de la voix. Il avait vécu toute son enfance et jusqu'à son mariage avec Hélène sous la férule de son aïeul. Adolescent, il s'en plaignait souvent auprès de sa grand-mère Hortense et sa mère Béatrice. Elles lui répétaient tendrement mais patiemment qu'il ne fallait pas lui en vouloir.

Il devait accepter. S'ils étaient tous là, et lui en particulier, c'était en grande partie grâce au terrible grand-père. Des événements dramatiques, en effet, autant que la nature de son fort tempérament, le poussèrent à cinquante ans à se conduire en patriarche de la famille.

Le 5 juin 1940, les Salleneuve basculaient dans la guerre et ses terribles conséquences. Claude-Emile, le fils, fut grièvement blessé au cours d'une attaque allemande dans le Pas-de-Calais. Le souffle d'un obus d'artillerie l'avait projeté à plusieurs mètres. Claude-Emile n'était atteint par aucun éclat d'acier. Cependant, tout son organisme souffrait de l'extrême violence du choc. De très fortes contusions à la colonne vertébrale l'avaient paralysé des jambes pendant plusieurs semaines après sa blessure. Tous ses organes étaient durement commotionnés. Il avait vomi et fait du sang sous lui pendant son évacuation vers Bordeaux. Il était revenu à la maison, un mois après l'armistice. Il retrouvait, peu à peu l'usage de ses jambes mais se déplaçait à l'aide de cannes et de béquilles. Son état de santé ne laissait rien présager de bon. Il n'avait que vingt-deux ans. A cause de l'occupation allemande, les affaires allaient au ralenti. Claude-Emile, le successeur potentiel était un invalide de guerre. Physiquement, il avait beaucoup perdu de sa capacité pour conduire, à son tour, le domaine. L'exploitation viticole devait cependant continuer, coûte que coûte. Adrien devenait alors l'homme du dernier recours. Très vite, il a imposé ses règles. Il a exigé de sa fille Cécile de se mettre au service de son frère en reportant son entrée au Carmel. Il lui a appris à tailler, lier et relever la vigne ainsi qu'à son épouse Hortense. Ne pouvant plus faire d'expédition lointaine de vin, il a développé le commerce local avec les gens de Bresse et des plateaux jurassiens. Il a embauché des réfugiés pour des travaux saisonniers ainsi que des femmes de soldats prisonniers. Certains du village le trouvaient profiteur. Il restait indifférent aux commérages et continuait de conduire le domaine, vaille que vaille. Plus il rencontrait de difficultés, plus il avait la rage de les résoudre. Il avait la vie chevillée au corps.

Tout diminué physiquement qu'il était, Claude-Emile n'en était, à ses yeux de patriarche, pas moins un homme. Son fils devait avoir une épouse et assurer sa descendance. Le meilleur ami d'Adrien, André Pellerin, ancien combattant de 1914-1918 comme lui, avait une fille, Béatrice, du même âge. Ils s'étaient entendus pour organiser une rencontre entre leurs enfants.

En 1943, en pleine guerre, les gens éprouvaient le besoin de se rapprocher les uns des autres. Ils devenaient solidaires. Les alliances entre familles du même milieu social paraissaient une garantie contre les risques d'un avenir incertain. Les Salleneuve et les Pellerin s'étaient souvent rencontrés. Les deux jeunes gens apprenaient à se connaître. Béatrice était d'une santé éclatante et de nature heureuse. En sa compagnie, Claude-Emile abandonnait ses béquilles. Elle le prenait par la taille par crainte d'une chute.

Elle éprouva alors une tendre compassion à son égard. Le boute-en-train qu'elle était le faisait enfin rire. Ils s'étaient mariés au début de l'année 1944 et occupaient le logement du bas. Cécile pouvait entrer au couvent. Deux années s'étaient passées, sans grossesse annoncée. Le choc traumatique de l'obus allemand avait atteint Claude-Emile jusque dans sa virilité. Après le diagnostic, Adrien était entré dans une sainte colère et tempêtait contre la terre entière et les Allemands en particulier. Il y avait un professeur de médecine, le docteur Berger, une sommité médicale dans ce type de problème de santé. Mais le coût de l'intervention et des soins se montrait très élevé. Il avait trouvé l'argent nécessaire en vendant une forêt de sapins, achetée au Comte par Jean l'Ancêtre. La décision lui déchirait le cœur mais cette vente n'entamait pas le patrimoine strictement viticole. Ce qui, pour lui, était primordial. Pierre naissait en 1950.

Dès ses premiers pas, Pierre tombait sous la coupe d'Adrien.

Au cours des années suivantes, Claude-Emile devenait de plus en plus impotent. Il taillait et liait la vigne dans un fauteuil roulant spécialement conçu pour rouler sur une terre meuble. Béatrice lui était totalement dévouée. L'éducation de Pierre leur échappait de plus en plus. Adrien s'en chargeait.

L'enfant était facile à élever et se montrait bon élève à l'école. Dans sa onzième année, l'instituteur avait rendu visite aux parents pour préparer son entrée en classe de sixième. Le curé de la paroisse, au cours d'un repas dominical chez le grand-père, avait proposé son entrée au petit séminaire de Vaux-sur-Poligny.

A l'un, l'aïeul avait répondu à la place des parents qu'ils décideraient eux-mêmes de l'orientation scolaire du petit. A l'autre, il avait rétorqué qu'il avait déjà donné une fille à la religion. Le religieux s'était contenté de la réponse du baron qui lui fournissait, par ailleurs, son vin de messe, lequel vin n'avait connu qu'un seul soutirage après fermentation. Aucun des deux n'avait insisté par crainte de déclencher le Tonnerre de Dieu.

Pierre avait donc grandi à l'ombre d'Adrien, plus souvent Tonnerre de Dieu que grand-père affectueux. Pas de jeudi à ne rien faire comme ses camarades de l'école primaire. Pas de vacances pour s'amuser. Il a passé son enfance dans les rangs de vigne ou à la cave. Sa carrure d'enfant lui permettait de s'introduire dans les foudres et les demi-muids par leur trappe pour les nettoyer de l'intérieur. Plus tard, adolescent et jeune homme, à chaque retour des lycées agricoles de Beaune et Mâcon, il était soumis à un jeu de questions de la part d'Adrien. Il devait lui expliquer ses connaissances nouvelles et appliquer au domaine ses nouvelles compétences.

Les professeurs de viticulture et d'œnologie le formaient pour être capable de reprendre un jour le domaine. Mais de son côté, le grand-père voulait également lui transmettre la façon, pour un vigneron, de vivre en harmonie, non seulement avec les vignes mais aussi avec son environnement. Tout d'abord, il lui imposait d'avoir toujours un couteau avec tire-bouchon en poche. Il lui apprenait à tirer à la carabine de petit calibre ainsi qu'au fusil et à faire ses propres cartouches. Il n'y avait, disait-il, de bonnes cartouches que celles qu'il faisait. « Verser deux grammes vingt de poudre dans les étuis avec la doseuse remplie à ras bord, la tasser avec un manchon, la coiffer d'une rondelle et une bourre grasse ou sèche ; remplir le reste de la douille avec trente-deux ou trente-six grammes de plomb, obturer avec une autre rondelle blanche puis sertir avec la sertisseuse ». C'étaient les opérations apprises par cœur par Pierre et effectuées sous le regard sévère du grand-père. A seize ans, avec le permis de chasse en poche offert par Adrien, il savait dépouiller un lièvre ou un chevreuil, évaluer le poids d'un sanglier d'après ses empreintes. La taille des arbres fruitiers de plein-vent ou en espalier n'avait plus de secret pour lui. Il se montrait doué pour le greffage en écusson et savait reconnaître, au printemps, les bourgeons à fleurs donc à fruits.

Si l'instituteur avait été écouté, Pierre aurait été un enseignant en classe primaire ou au lycée ou bien vétérinaire ou encore médecin. Pendant sa jeunesse, alors qu'il faisait des études viticoles, il y pensait parfois mais sans regret ni amertume. Contraint mais docile, il avait été soumis, par l'autorité d'Adrien, à la tradition baron. Son alliance avec la terre ressemblait à un mariage de raison. Mais comme parfois dans une union de cette nature, des liens profonds et durables pouvaient se nouer contre toute espérance. Pierre avait parlé à Hélène du jour où son profond attachement à la terre des collines lui avait été révélé. Il venait d'avoir vingt ans. Hélène, jeune épouse à cette époque, lui avait répondu en se référant à la religion. C'était, disait-elle, comme s'il avait été touché par la grâce.

Il liait, seul, la vigne des Grains d'or, un jour de mars. Le Commis, embauché par Adrien depuis deux ans, était resté à la cave pour nettoyer des fûts. Arrivé au-dessus de la parcelle pentue, Pierre s'était arrêté un temps pour regarder le paysage. Le moutonnement des collines caressait son regard. Puis ses yeux s'étaient portés sur l'endroit où reposaient ses pieds. Des paillettes de marne s'irisaient au soleil comme sur un jabot de pigeon. A cet instant, il s'était souvenu de ce que lui avait dit Adrien au même endroit :

« La terre, pour qu'elle te donne le meilleur de son terroir, il faut la manger pour t'imprégner de son goût et faire corps avec elle ».

Le grand-père avait joint le geste à la parole en mâchant longuement un grain de terre pour en garder la saveur sur les papilles. Eberlué autant que dégoûté, le jeune Pierre avait assisté à cette communion profane et refusé de la partager.

Le grand-père ne l'avait pas réprimandé pour ce premier acte de désobéissance. Mais en ce fameux jour de mars, au sommet des

Grains d'Or, Pierre a vérifié qu'il fallait bien se garder des jugements hâtifs ou des aversions soi-disant irrévocables. Il a prélevé un fragment de marne de la grosseur d'un grain de blé. Imitant son grand-père, il l'a porté à sa bouche. L'argile a fondu singulièrement vite et s'est diluée dans sa salive. Il redoutait l'âpreté. Il a eu, au contraire, une sensation de fraîcheur minérale avec des notes de mine de crayon et de pierre à fusil. Cette impression a persisté longtemps sur ses papilles après avoir craché un long jet de salive brune, à la manière de son aïeul. En reproduisant cet acte et c'était très clair dans sa mémoire, il lui avait semblé sceller un pacte d'alliance avec la terre des collines. Il a su, alors, que dans la conduite du domaine, il prendrait, le moment venu, la suite de son grand-père Adrien. Il deviendrait baron lui-même et remplacerait son père Claude-Emile, devenu indigent.

CHAPITRE III

La Mère ne risquait pas d'oublier le retour d'Elise et d'Emile du Centre antipoison de Lyon.

C'était un quatre mars, vers seize heures. Il avait fait soleil toute la journée.

Ce jour-là, elle les avait attendus pour le repas. Mais le Fils, d'un bref appel téléphonique, l'avait prévenue de leur retard. Sans donner d'explications ! Cela n'a pas plu au Père. Elle l'a vu à ses mâchoires crispées et sa manière de rester muet en fuyant son regard, comme chaque fois qu'il était en colère. Elle, la Mère, fut simplement déçue. Chaque repas, même le plus anodin, avait de l'importance. Et celui du quatre mars revêtait, à ses yeux, un caractère particulier. Ce n'était certes pas le retour de l'Enfant Prodigue des Saintes Ecritures mais cela y ressemblait un peu. Alors, elle avait préparé le repas avec grand soin. L'un de ses poulets de Bresse en avait fait les frais. Après l'appel téléphonique du Fils, elle le sortit du four, se brûlant les mains en tenant mal les maniques. Le Père se contenta d'une aile, lui qui aimait plutôt le blanc. Elle ne mangea que quelques pommes de terre, gorgées de jus, qui faisaient garniture. Sa gorge était nouée. Elle se faisait du souci pour les deux. Elle n'échangea pas dix mots avec le Père au cours du repas vite expédié.

Quand le Père se leva de table, elle ne débarrassa que leurs propres couverts. Elle se retint d'en faire autant avec ceux d'Emile et d'Elise, placés vis-à-vis. Après quelques secondes d'hésitation, elle prit leurs assiettes pour les mettre l'une à côté de l'autre. Depuis la tentative de suicide d'Elise et son long séjour à l'hôpital, la Mère se laissait aller, parfois, à des gestes superstitieux. Surprenant pour la croyante qu'elle était. Disposer les assiettes du couple, proches l'une à côté de l'autre, était pour elle une manière de conjurer les périls pouvant advenir. Quand elle pensait à eux, à ce qu'ils avaient vécu depuis quatre mois, elle se disait qu'ils commençaient bien mal leur vie à deux. Elle parlait alors d'une voix étranglée au Père qui feignait de ne pas y faire attention. En secret, les deux jeunes étaient devenus « ses » deux jeunes. Elle ne les dissociait plus dans ses pensées. Ils étaient un. Du moins, elle le voulait. C'était pour cette raison que le geste de replacer les assiettes, côte à côte, à se toucher, était important pour elle. Et puis, elle leur ferait face, debout, pour les servir. Ils mangeraient de bon appétit, épaule contre épaule. Elle l'espérait de tout son cœur.

En se mettant au service du couple, en parlant d'Elise au Père comme d'un membre de la famille, elle donnait, en fait, l'illusion d'un comportement spontané. En réalité, elle mena un dur combat sur elle-même pour adopter cette attitude.

Avant l'hospitalisation d'Elise, elle pensait que la liaison d'Emile avec cette femme n'était qu'une passade. Mais depuis le drame des Abbesses et les nombreuses visites du Fils à l'hôpital, elle ressentit sournoisement les effets de la jalousie. Ce qui lui permit, pour la première fois de sa vie, de découvrir la complexité de la nature humaine et de la sienne en particulier.

Avant Elise, il lui était inimaginable qu'une mère fût jalouse de la compagne de son fils. Sa foi en Dieu la portait à croire que l'amour était l'autre, entièrement l'autre, en s'oubliant soi-même.

Depuis son plus jeune âge, le Fils ne se montrait pas démonstratif dans ses sentiments filiaux. Elle respectait cette réserve. Il lui en avait coûté de ne pas le prendre dans ses bras pour l'embrasser ou le cajoler. Cependant, ils avaient adopté l'un pour l'autre, un code affectif dans la manière de se regarder les yeux dans les yeux. Cette complexité silencieuse était née alors qu'il était âgé de quinze ans. Cette année-là, ils étaient, avec le Père, dans la foule devant le stand d'un bonimenteur, à la foire de Lons-le-Saunier. Tout le monde riait, sauf le Fils qu'elle surprit en train de la regarder. Son regard s'attacha au sien. Elle y lut tout ce qu'une mère peut attendre d'un fils affectueux. Alors, ils restèrent ainsi isolés au milieu des autres, à échanger silencieusement leurs sentiments réciproques. Ils se découvraient mutuellement.

Depuis le drame des Abbesses, la Mère ne rencontrait plus les yeux du Fils. Combien de fois avait-elle quêté son regard ? Mais rien. Celui d'Emile n'était certes pas fuyant. C'était pire. Il la regardait comme il aurait regardé n'importe qui d'autre. Leur merveilleuse complicité muette semblait disparue. La Mère se sentit ramenée au rôle de mère nourricière. Rien de plus ! Elle en souffrait. Mais d'une manière contradictoire, elle se sentait coupable de souffrir à cause de cette frustration. Elle trouvait cette douleur ambiguë, équivoque, à vrai dire malsaine. Elle n'avait plus le droit de la ressentir. Elise et Emile souffraient. Elle s'était convaincue, que pour eux, il s'agissait d'une vraie souffrance.

Tout en balayant les miettes de pain tombées sous la table de la cuisine, elle repensait à cette jalousie dont elle s'était libérée partiellement. Parfois, elle en subissait encore les morsures lorsqu'elle voyait le Fils rêveur, muet, distant.

Elle sursauta lorsque le Père entrouvrit la porte d'entrée un peu fortement. Tout en tenant la poignée, il lui dit qu'il allait finir de tailler la vigne des Vallières. Elle s'en étonna, prétextant que les deux jeunes arriveraient peut-être bientôt. Elle espérait qu'il resterait à la maison pour les accueillir avec elle. D'un air agacé, il objecta que les travaux de taillage prenaient du retard. Perfide, il ajouta qu'il fallait bien travailler doublement lorsque quelqu'un manquait. C'était d'une totale mauvaise foi. L'allusion à l'absence du Fils mit la Mère en colère. Comment faisait-il alors, quand Emile travaillait à Dunkerque, lui rétorqua-t-elle sèchement. Depuis le retour d'Emile, leur exploitation viticole n'avait pas été agrandie. Alors… il lui répondit par un haussement d'épaules comme chaque fois qu'il se sentait en tort.

Puis il referma la porte avec bruit. Le véhicule du Père n'était pas encore sorti de la cour qu'elle se dirigeait déjà vers le jardin. En période de forte tension, il fallait qu'elle eût ses mains occupées ou ses jambes en mouvement. Alors, elle commença à arpenter le potager de long en large en ébauchant des projets de semis. Dans sa tête, elle disposait les planches de légumes. Mais elle était trop attentive au bruit de chaque moteur de voiture qui passait. Elle lorgnait sans arrêt du côté de la rue. Son esprit n'était pas à son travail de préparation, à tel point qu'elle ne se souvenait plus de l'emplacement des petits pois, ni des carottes, imaginé quelques minutes auparavant. Et cette question insidieuse revenait en elle sans cesse. Que leur était-il arrivé pour être si en retard ?

Enfin, elle entendit le bruit du diesel. Elle l'aurait reconnu entre mille autres bruits. Elle posa la poignée de tuteurs en bambou destinés à délimiter les emplacements. Le piquetage pouvait attendre.

Ils revenaient. Ils lui revenaient, se disait-elle, soulagée. Elle allait enfin occuper une place vitale dans la famille. Une place qui était la sienne. Elle se sentait capable de porter sur ses épaules toute la misère d'autrui. Le sentiment du rôle important qu'elle projetait de jouer lui gonflait de nouveau la poitrine. Elle était si impatiente de les accueillir qu'elle ne se rendit pas compte que cela pouvait être un sentiment d'orgueil.

Avec le temps, la Mère avait acquis une grande aptitude à deviner la personnalité des clients en vin. A leur manière d'entrer dans la grande cour puis de manœuvrer et garer leur voiture, elle les imaginait ou sûrs d'eux ou timides voire timorés, sympathiques et ouverts, hésitants, réfléchis, conquérants ou vaniteux. Elle vérifiait ensuite ses jugements a priori, pendant les dégustations dans le caveau. Elle ne se trompait guère.

Elle eut le même réflexe d'appréciation lorsqu'elle entendit le Fils rétrograder les vitesses avant de franchir le portail. Il le faisait avec calme et application d'autant que la deuxième vitesse, – elle le savait – se montrait toujours difficile à passer. Elle supposa alors, au bruit du ralentissement bien maîtrisé, qu'Emile était bien dans sa tête.

Elle essuya machinalement ses mains dans son tablier bleu de jardin, hésita pour l'enlever. Non, elle le gardera. Elle voulait montrer à Elise ce qu'elle était : une femme de la terre. Elle remit cependant de l'ordre dans ses cheveux par petites touches nerveuses.

Alors qu'elle refermait les deux battants en bois plein de la porte, elle vit Emile sortir souplement de la voiture. Il lui sourit de toutes ses dents bien plantées en la regardant par-dessus le capot. A grandes enjambées, il contourna le véhicule pour ouvrir la portière d'Elise. Le sourire, le geste prévenant laissaient croire à la Mère que tout allait bien. Elise sortit une jambe avec lenteur et posa le pied sur les graviers de la cour en tâtonnant. Le tâtonnement de quelqu'un perdu dans un marais qui rechercherait la terre ferme. Le Fils l'aida à se mettre debout. Elle manqua de perdre l'équilibre et s'agrippa sur le dessus de la portière. La Mère la vit alors distinctement et faillit porter la main à sa bouche en geste de surprise. La jeune femme lui apparut d'une grande maigreur. Mais ce qui la choqua davantage fut son teint cadavérique et les poches bistrées sous les yeux. Les yeux ! La Mère y lut un grand désarroi. Elle aurait préféré y voir l'expression de la seule souffrance physique. La Mère savait, d'expérience, que la détresse était parfois aussi difficile à soigner qu'une longue maladie.

Elle la prit dans ses bras. La jeune femme se laissa faire, les bras ballants. En la serrant contre son tablier de jardin, la Mère réalisa que, pour la deuxième fois en seulement quatre mois, Elise rejoignait la maison du Père, comme une naufragée regagnant la terre ferme.

CHAPITRE IV

Cela faisait huit jours qu'Emile et Elise étaient revenus à la maison du père. Ces jours, la Mère les avait mal vécus. Elle voyait que chaque repas était une épreuve pour la jeune femme.

Elle mangeait très peu et seulement parce qu'elle insistait. Ce manque d'appétit, ce dégoût pour les aliments n'engageaient rien de bon pour l'avenir. C'était du moins ce qu'elle pensait avec le Père. Chez les Salleneuve, pour la Mère en particulier, la nourriture paraissait essentielle. Aucun repas, même composé de plats simples, n'était ressenti comme ordinaire. Les pommes de terre salade du soir suscitaient un compliment du Père comme il l'aurait fait d'un gratin dauphinois. Ces petits moments de bonheur vécus à chaque repas s'additionnaient pour participer à leur joie d'exister.

Elise, en éprouvant de la répulsion à chaque plat, bouleversait cette manière de vivre. La Mère, dès le premier jour, croyait que ses préparations culinaires ne plaisaient pas. C'était bien la première fois qu'une personne n'aimait pas sa cuisine. D'amour-propre chatouilleux dès qu'il s'agissait de ses compétences aux fourneaux, elle se sentait blessée. Mais la raison l'emporta comme toujours chez elle. Elle en conclut que le dégoût d'Elise pour les produits de la terre, carnés ou végétaux, venait sans doute d'un mauvais état de santé. Peut-être était-ce son organisme déficient dû au cancer qui provoquait un apparent mal de vivre ?

Son cancer du sein ! Jamais le Fils ne lui en avait parlé ouvertement. Comme si le sujet était tabou ou que le mot faisait peur. Elle savait, cependant, qu'Elise avait rompu volontairement les traitements de chimiothérapie. Une décision, pour la Mère, totalement irrationnelle et suicidaire. Suicidaire, suicidaire ! Le conflit avec le Fils pour Noël n'était sans doute pas la seule raison dans sa tentative de suicide aux Abbesses. Le cancer qu'elle portait, la séparation d'avec son mari y étaient aussi pour quelque chose. Le cancer, le divorce ! La Mère voulait aborder rapidement ces sujets avec le jeune couple. Plus elle y réfléchissait, plus elle se sentait investie d'une mission de la plus grande importance. C'est en traversant des moments difficiles que des individus montrent de l'autorité dans les décisions à prendre. Une autorité qu'ils n'affichaient pas forcément en période calme. C'était le cas de la Mère. Elle le faisait car personne d'autre ne le faisait. Il y allait bien sûr, de l'avenir d'Emile, le fils qu'elle chérissait mais aussi du futur de leur maisonnée et du domaine patrimonial. Emile lui paraissait très épris d'Elise. Après ce qu'ils avaient connu depuis les Abbesses, leur relation ne pouvait qu'être ferme et durable. C'était ce que la Mère pensait.

En fait, comme le Commis le lui avait dit en se moquant, elle était en train d'exercer sur les siens une autorité digne du matriarcat. Il avait continué en disant qu'elle porterait bientôt la culotte comme certaines maîtresses-femmes de maisons vigneronnes des collines. Quant à lui, avait-il poursuivi, il préférait voir les femmes en petites culottes.

Ce qui avait fait sourire, quand même, la Mère.

Le Commis restait toujours le Commis. Cependant, il pouvait dire ce qu'il voulait. Une réalité s'imposait. Elise mangeait du bout des lèvres et gardait la chambre toute la journée. Son état de santé ne pouvait que se dégrader.

La Mère n'était jamais malade, de même que le Père. Cependant, ils se faisaient examiner chaque année par leur médecin de famille au cabinet médical de Bletterans, le docteur Clavel. « Mangez-vous bien ? Dormez-vous bien ? ». C'étaient les premières questions posées par le praticien. Pour lui, disait-il, le bien-manger et le bien-dormir étaient les deux principes fondamentaux pour vivre en bonne santé. La Mère partageait ce point de vue.

Alors, elle se fixa pour objectif de redonner le goût de manger à Elise et par conséquent, l'appétit de vivre. Sa cuisine devait faire l'effet d'un fortifiant et procurer du plaisir. Si elle s'en remettait au Fils et au cocon de ses bras pour le sommeil d'Elise, elle, la Mère, avait à offrir ses petits plats.

Elle n'hésita pas longtemps. Pour elle, la terre était comparable à une mère nourricière. Elle croyait en sa puissance régénératrice pour redonner des forces aux personnes malades ou en état de faiblesse. Alors, elle décida d'exploiter au mieux son jardin pour produire de bons et beaux légumes, sains et naturels.

Elle achèterait ceux qu'elle ne produirait pas chez son amie Jocelyne, maraîchère bio, présente chaque mardi sur le marché de Bletterans. Elle énumérait à l'avance les potages, soupes et consommés de chaque saison ainsi que les jardinières et autres plats accompagnant la viande. La viande ! Elle y pensait aussi. Elle la prendrait, en qualité bio également, chez Didier le boucher-charcutier. Sa boutique était en face du banc de légumes de Jocelyne la maraîchère. Si Elise n'aimait pas la viande, ce qui ne l'aurait pas étonnée, elle en ferait une végétarienne.

Mais cette touche verte dans la palette des mets préparés par la Mère étonnerait, à n'en pas douter, le Père. Lui, qu'elle avait habitué à manger, hors période de gibier, des blanquettes de veau, des bœufs bourguignons ou en daube, des ragoûts de saucisses, des poules au riz ou au pot, des salmis de pigeons, de canards et de pintades et autres beefsteaks pris dans le cœur de rumsteck.

A part un régime alimentaire obligatoire, et ce n'était pas le cas, quelle serait la réaction du Père en voyant Elise ne pas manger comme eux ? D'autant que, visiblement, il ne la portait toujours pas dans son cœur. Il la prenait pour une intruse et l'avait dit à la Mère le lendemain de son arrivée de Lyon. Il n'a plus jamais prononcé ce qualificatif après l'engueulade dont il fut l'objet. Mais la Mère savait que la jeune femme restait, pour lui, indésirable.

Le rejet d'Elise par le Père, le rejet d'Elise pour ses plats !

Comment vivre en famille sous le même toit avec ces deux attitudes de refus ? Mais elle n'avait pas de temps à perdre ni à s'en plaindre. Plutôt que de s'apitoyer, la Mère préférait agir.

Un soir, avant de se coucher, le Père, à sa grande surprise, trouva la Mère assise à leur bureau. Elle avait écarté les piles de papiers commerciaux afin de se faire une place pour écrire. Sur une page, détachée d'un bloc de courrier, elle traçait des rectangles avec un crayon et un double décimètre, la calculatrice du caveau de dégustation à portée de main. Sur la feuille à en-tête, elle plaçait les futures planches de légumes de son jardin en modifiant l'emplacement des anciennes. Elle avait choisi une échelle d'un millimètre sur le papier pour cinquante centimètres sur le terrain. Elle n'avait pas vu le Père, moqueur, qui était dans son dos, tapoter sa tempe droite de l'index.

Depuis Jean l'Ancêtre, le jardin servait de potager, certes, mais il offrait surtout aux Salleneuve la possibilité de s'y détendre ou de parler avec les passants. Il était d'une beauté qui rendait la Mère rêveuse.

Un mur surmonté d'un grillage formait un enclos. Les lianes d'une glycine centenaire serpentaient sur le dessus du treillis métallique et se nouaient à travers les mailles. Au fond, un large tertre surplombait de trois mètres la place du village et jouxtait la mairie. Jean l'Ancêtre l'avait aménagé en terrasse. Il l'avait ombragé en y plantant des buis, des charmilles et des tilleuls en se gardant bien de les ordonner.

Ces arbres formaient un bosquet qu'on aurait cru né des semences du hasard. Avec le temps, les buis étaient devenus des arbres aux troncs tordus. Les charmilles s'en étaient libérées. Elles arrondissaient leurs cimes. Les trois natures de feuillages ainsi superposés ne laissaient filtrer aucun rayon de soleil en été. Aux heures de canicule, l'odeur suave du buis mélangée au parfum de miel des fleurs de tilleul se diffusait dans une ombre d'une délicieuse fraîcheur. L'atmosphère ainsi créée était propice à la rêverie. A chaque étage de verdure, le troglodyte et le roitelet, le pouillot véloce et la fauvette, le merle et la mésange trouvaient leur pitance et la fourche d'une branche pour s'y reproduire.

La Mère, courbée sur son plantoir ou son sarcloir se laissait bercer par leurs pépiements.

Au printemps, en écoutant leurs chants, il lui semblait qu'elle battait la mesure en remuant la terre avec son outil. Seuls, les écureuils qui se poursuivaient en faisant crisser l'écorce sous leurs griffes la faisaient se relever. Elle savait que cette pantomime déboucherait sur un numéro de trapèze volant.

En bordure de la terrasse que chacun de la maisonnée et même les étrangers appelaient « sous les tilleuls », la Mère avait apporté une touche personnelle. Elle aimait particulièrement les abeilles et pensait qu'elle leur ressemblait. Elles avaient en commun le goût de la besogne et de la vie de famille. En les voyant voler autour d'elle, la Mère devenait leur sœur en se prenant pour une abeille nourricière. Elle voulait les fidéliser davantage au lieu. D'une large bande de terre, en bordure du bosquet, elle avait fait une jachère fleurie. Elle y avait semé des fleurs de toutes les espèces en vidant les sachets à la volée.

Des fleurs multicolores dont les grandes tiges ployaient, à maturité, sous le poids du pollen. Ses prévisions s'avéraient justes. Attirées par la jachère-mosaïque, les abeilles descendaient des tilleuls, à chaleur finissante, tels des hannetons repus. Mais ce butinage était de trop et le fardeau trop lourd. Plus d'une tombait des corolles tentatrices. Toutes, cependant, repartaient à la ruche, d'un vol lourd de bourdon.

La rue qui longeait le jardin sur son plus grand côté était très fréquentée. Quand la Mère avait envie de discuter avec les passants ou de connaître les dernières nouvelles du village, elle allait travailler vers neuf heures, au moment des courses. Il ne manquait aucune personne de passage qui ne s'arrêtât. Certaines, même, en voiture, lui parlaient par une vitre baissée.

Le lendemain du dessin du plan d'aménagement du potager, la Mère s'y trouva à l'heure de Germaine. Il était huit heures quarante-cinq. Chaque jour, Germaine allait chercher son pain à huit heures quarante-cinq. La Mère, avec le plan à la main, lui demanda si son mari pouvait venir bêcher la jachère. Elle lui confia que, dorénavant, elle y sèmerait des légumes plutôt que des fleurs, sans en donner la raison. La Mère ne s'était pas étonnée d'entendre Germaine prendre la décision à la place de son mari.

Chacun, en effet, connaissait le pouvoir de Germaine sur son époux. L'échange de paroles fut bref. La Mère en connaissait aussi la cause. Tel son chien Oscar sur la voie d'un lièvre, le Commis, comme chaque matin, ne manquait pas de remonter la rue, dix minutes exactement après le passage de Germaine. Tous les habitants connaissaient leur liaison. Certaines mauvaises langues disaient que, depuis son hémorragie cérébrale, il n'était plus bon au lit, qu'il n'avait plus « le pouvoir ». Mais avec le Commis, il fallait se méfier. Il était capable d'inventer une impuissance pour, au contraire, retrouver le chaud des cuisses de Germaine plus souvent qu'avant. Cependant, il évitait d'être vu en compagnie de Germaine dans le village. Il n'était pas démonstratif en public. Le vieux sorcier avait ses pudeurs. Ce jour-là, comme d'habitude, peu avant neuf heures, il remonta la rue et interpella la Mère à propos de la feuille de papier tenue à la main. Elle lui parla de l'extension du jardin. A quoi il répondit malicieusement qu'il était normal de voir plus grand avec une bouche de plus à nourrir.

CHAPITRE V

C'était un mercredi, un mois jour pour jour qu'Elise était à la maison. La Mère faisait ses courses au village. Emile prenait livraison, à Lons-le-Saunier, d'un lot de bobines de fils pour lier la vigne.

Le Père remontait de la cave pour se laver les mains dans la salle de bains commune, avant l'arrivée d'un client, à neuf heures trente. Plus grande que celle jouxtant leur chambre, le Père avait fait construire cette salle de bains en l'accolant à leur logement. Elle était destinée aux salariés viticoles, aux vendangeurs, aux clients. Enfin, à toute personne de passage, voulant satisfaire un besoin ou se laver les mains. On y accédait depuis la cour, par un étroit couloir longeant le mur de la grande cuisine.

Depuis qu'ils étaient là, Emile et Elise l'utilisaient. Il y avait pourtant des sanitaires dans le logement du dessus mais en trop mauvais état.

Ce matin-là, le Père avançait sans bruit dans le couloir. Il avait enlevé ses chaussures de cave pour ne pas salir le carrelage en damier. La porte de la salle de bains était entrouverte. La lumière de la fenêtre du côté de la vigne du Clos donnait à plein. Il a vu Elise vêtue d'un peignoir d'Emile, trop grand pour elle.

Elle se tenait de trois quarts. Le vêtement de bain s'ouvrait largement sur le devant. Son ouverture suggérait, autant qu'il le montrait, le corps nu de la jeune femme. Le Père n'était pas indifférent à la beauté féminine. Mais par respect pour la Mère, il s'imposait d'habitude des limites dans ses appréciations.

Ce qu'il a vu d'Elise l'a pétrifié et l'a stoppé net dans le couloir. La beauté, en ce matin d'avril, pour le Père, portait un nom. Elise s'appuyait d'une main sur le bord du lavabo et pleurait silencieusement. Le chagrin exprimé l'avait empêchée de deviner la présence du Père.

Hormis les souffrances du corps, Pierre ne savait rien des souffrances de l'esprit ou de la vie. Comme le Commis, il pensait qu'il s'agissait d'un mal de riches. Une maladie de l'époque ! Et qu'il fallait n'avoir rien à faire sur cette terre pour s'inventer une maladie semblable. Des larmes ! Les seules qu'il voyait dans son entourage étaient celles que le vin laissait sur la paroi du verre quand on le faisait tourner. Il ne se souvenait pas d'avoir vu pleurer la Mère. Aurait-elle eu du chagrin qu'elle se serait tournée vers Dieu. C'était, après tout, bien commode pour lui, le Père.

Quand il a été certain de ne pas avoir été vu par Elise, le Père a opéré une retraite silencieuse dans le couloir. Il est sorti en chaussettes dans la cour pour se rechausser. Il a accueilli les clients avec soulagement à l'heure prévue mais avec les mains sales.

Pendant toute la journée, il n'a cessé de penser à Elise entrevue dans la salle de bains. Pourtant, il était de nature tranquille et avait un cœur simple. Il aimait Hélène comme son double et sans artifice. S'il revenait moins en son ventre, il partageait cependant chaque jour davantage avec elle, une indispensable complicité.

Du spectacle de la jeune femme en pleurs, affublée d'une robe de chambre trop grande, le Père n'aurait dû garder en mémoire que le seul sentiment de compassion et de pitié !

Mais il était comparable à un homme gardant gravée sur la rétine de ses yeux, la lumière brusque d'un flash. Pendant toute cette singulière journée et bien au-delà, il revoyait en pensée avec une étonnante précision la courbe d'un sein, la fine plissure que la position du corps traçait en médiatrice à hauteur du nombril, l'abondante parure du sexe qu'une lumière contrastée teignait d'un noir des plus absolus.

CHAPITRE VI

Le Père aimait mener une existence calme et laborieuse, entièrement vouée à la vigne et au vin. Mais rien n'était plus comme avant depuis qu'Elise vivait avec eux. Emile n'avait qu'elle en tête. Il travaillait comme un automate, l'esprit ailleurs et était toujours pressé de rentrer à la maison. La Mère devenait de plus en plus autoritaire. Elle imposait ses idées. Quand le Père tentait de la contredire, elle lui donnait toujours tort. L'atmosphère était électrique. A l'entendre, à la voir agir, il n'y avait qu'Elise qui comptait. Puis elle s'était mise à avoir des projets surprenants, leur jardin, notamment ! Un jour, il l'a entendue parler de ses futurs semis au Commis de passage dans la rue. L'étendue et la variété de ses planches de légumes étaient dignes de l'exploitation d'un maraîcher bio professionnel. D'autant que le vieux renard devait bien la questionner pour en savoir davantage afin de s'en moquer par la suite.

Des moments difficiles, il en a connu, le Père, pendant près de cinquante années de travaux viticoles. Les gelées de printemps ou d'hiver, les orages de grêle, les années trop pluvieuses ! Une année bonne, une année mauvaise ! La nature imposait sa loi, la loi du plus fort. Mais en toute situation, le Père acceptait et ne cédait jamais au découragement. Il fallait faire vivre sa famille, continuer de payer les factures, les crédits, les impôts et les longues études du Fils, travailler la vigne même si elle ne donnait rien, élaborer des vins plaisants même en année pluvieuse. Ses aïeux avaient vécu, avant lui, les périodes de vaches maigres. Le Père répétait leur méthode. Il rabattait les sarments de ceps abîmés par une taille de rajeunissement. Il mettait en vieille futaille les vins rendus trop fiers par les saisons humides.

Il vendait une partie de ses stocks mis en réserve pendant les années fastes.

Tout ce travail, c'étaient de la sueur, des soucis du lendemain, de la fatigue, des doutes parfois et des insomnies.

Mais qu'importe ! C'était clairement la conduite à tenir pour que la maisonnée ait de quoi vivre et que le domaine continuât d'exister.

Tout compte fait, le Père préférait mille fois vivre une période difficile due aux aléas climatiques plutôt que la situation imposée par Elise et Emile. Tellement troublé par ce qu'il vivait, il ne se sentait plus à sa place. Il doutait de leur avenir commun et pire, de celui du patrimoine. Puis il y eut l'épisode de la salle de bains. Il luttait pour que le souvenir des larmes d'Elise remplaçât dans sa mémoire celui de son corps. Mais rien n'y faisait. En bouchant une source d'eau vive, on crée d'autres résurgences ! Les images volées revenaient avec insistance et s'imposaient à lui avec une précision coupable. Il s'en voulait de ne pouvoir les chasser de son esprit. Elles y mettaient le feu. Il pensait que ce n'était pas dans l'ordre des choses. Il se sentait doublement fautif.

Il savait, d'expérience, que ce feu ne chauffait pas ! Et pourtant, le sexe, le ventre avec son adorable plissure et le bout d'un sein d'Elise continuaient d'éclabousser malignement de noir, de blanc, de rose son imagination. Il aurait voulu en parler. Mais à qui ? Au Commis, il n'y avait que lui. Mais le bougre d'homme pousserait sa grivoiserie naturelle jusqu'à demander d'autres détails anatomiques. Il n'en était pas question. Alors, le Père se sentait seul et ruminait sans cesse des sentiments aussi amers qu'inavouables.

A force de se replier sur lui-même et de se sentir étranger dans sa propre maison, il a éprouvé d'une manière impérieuse l'envie de monter dans le logement du dessus. Il le faisait chaque fois qu'il se sentait désorienté. Il lui semblait se ressourcer là où trois générations successives de Salleneuve avaient vécu.

C'était le premier dimanche d'avril. Et comme chaque dimanche, à onze heures, la Mère allait à la messe. Emile et Elise, à la même heure, partaient en voiture pour une destination que le Père ignorait. Une habitude qu'ils avaient prise. Une habitude qui satisfaisait le Père. Enfin seul, il a monté les escaliers de pierre. Il faisait glisser, comme chaque fois, sa main sur le métal de la rampe polie par tant d'autres mains avant lui. Arrivé dans le corridor, à partir de cet endroit, tous ses gestes allaient être réglés, comme d'habitude, par un rite. Il marquait chaque fois une pause comme dans un sas. Puis il entrait dans ce qui était pour lui un lieu sacré. Il passait lentement de pièce en pièce en refermant les portes derrière lui. Il regardait tout, ne voyait rien en particulier. Il ouvrait les tiroirs des commodes ainsi que les armoires. Il reconnaissait le grincement des gonds. Il poussait les panneaux des penderies toutes vides, sauf une. Dans celle-là, il n'y restait qu'une robe de sa mère Béatrice et un costume de son père Claude-Emile. Il ne s'était pas résolu à les donner à la fondation Emmaüs après le décès de ses parents. Il en palpait le tissu et se retenait pour ne pas y approcher son nez pour les sentir. Ce geste fait sur les vêtements des morts lui serait apparu impudique, déplacé. Puis il revenait à la cuisine, une cuisine aussi grande que celle du bas. Il s'asseyait au bout de la table commune à la place de son père, de son grand-père et de son bisaïeul. C'était l'avant-dernier acte rituel qu'il accomplissait avant de se rendre dans le bureau des portraits.

Le bureau avait les dimensions d'une pièce à vivre. Une table de travail, avec deux tiroirs en ceinture, recevait la lumière d'une fenêtre à petits carreaux, en verre dépoli, qui donnait sur la cour. Une large écritoire reliée de cuir vert antique recouvrait, comme un grand livre ouvert, toute la largeur de l'épais plateau. A portée de mains, un plumier en acajou, sans couvercle, contenait des stylos à plume en or encore bleuie d'encre sèche. Sur la gauche, un petit vase en cristal s'ornait curieusement d'un bouquet de crayons de papier vert et rouge. Un taille-crayon cranté sur les côtés se tenait prêt à l'emploi au creux d'un cendrier de bronze. Une gomme au bout usé et noircie par l'empreinte des doigts était posée étrangement sur celui-ci, ce jour-là, en travers. Elle laissait penser que quelqu'un venait de l'utiliser et l'avait posée ainsi, dans la hâte, avant de sortir. Mais sur le bureau il n'y avait aucune trace de pelures de gommage. Avec la Mère, il ne risquait pas d'y en avoir, si elles avaient existé. Elle affectionnait les plumeaux en plumes d'autruche.

En face du bureau, une étroite bibliothèque en merisier, avec deux portes vitrées et grillagées, s'adossait au mur recouvert d'un crépi blanc rustique. Elle restait toujours fermée. Avant de l'ouvrir, Pierre prenait son temps. Assis au bureau, sur une chaise tapissée de velours rouge cramoisi, il s'imprégnait de la singularité du lieu. Un lieu qui avait, pour lui, la valeur sacrée d'un sanctuaire. Avant de prendre la clé de la bibliothèque dans le tiroir droit, il a regardé chacun des trois portraits : celui de Claude-Emile, Adrien et Jean l'Ancêtre. Puis ses yeux sont revenus à Adrien. Il lui devait bien ce regard appuyé.

En ce dimanche d'avril, il ne s'était jamais senti aussi coupable à son égard. Il pensait réellement l'avoir trahi en ne respectant pas la tradition baron. Il se sentait en faute au regard de sa mémoire, surtout depuis le retour d'Emile après son licenciement mais singulièrement depuis la présence d'Elise à la maison. Ce sentiment de culpabilité qui le tenaillait le rendait confus dans ses pensées.

Isolé et bien au calme dans le bureau des portraits, il voulait voir clairement en lui.

Bien sûr, à l'époque, il s'était trouvé des excuses aux yeux des autres en n'éduquant pas Emile pour lui succéder le jour venu. Pour se justifier, il leur disait, ainsi qu'à la Mère, qu'il ne voulait pas devenir l'ouvrier de son fils, surtout à un âge avancé. En parlant ainsi, il voulait passer pour un homme autoritaire, maître de son destin et de l'avenir du domaine. En réalité, il mentait aux autres ainsi qu'à la Mère et à lui-même. Il avait une autre raison de ne pas garder le Fils avec lui. Mais il la tenait secrète car elle faisait partie de sa vie intime. Certes, en son temps Adrien n'était l'aide de personne. Par contre, les autres étaient ses ouvriers : sa femme Hortense, jusqu'à quatre-vingts ans, son fils Claude-Emile même handicapé, sa belle-fille Béatrice au sourire de plus en plus forcé, sa fille Cécile en mal de couvent et lui-même, Pierre, dès qu'il a pu tenir un outil dans ses mains. Mais en voulant obstinément respecter la tradition baron, Adrien en était la victime. Sa soumission aveugle à cette légende le faisait se conduire, en réalité, comme un subalterne.

Devant les portraits de ses aînés, le Père se remémorait les arguments invoqués pour justifier sa décision de ne pas orienter Emile, enfant, vers la viticulture. Mais en ce dimanche de printemps, ils lui paraissaient peu convaincants.

Il a fallu, de surcroît, un fait du hasard, l'image volée du corps nu d'Elise en pleurs, pour jeter encore plus de trouble dans son esprit.

Comment remettre de l'ordre dans ses pensées ?

Comment avoir une vision claire de la situation vécue ?

En fixant toujours le portrait d'Adrien, il se souvenait de ses paroles à propos des périodes difficiles :

« Il peut y avoir une guerre, une pénurie de tout ce qui est nécessaire ou une grave récession économique, il y aura toujours du travail dans notre maison pour l'un des nôtres qui y reviendrait. Chez nous, quoi qu'il advienne, on mangera toujours à notre faim ».

Ces paroles prenaient tout leur sens dans ce que vivait la maisonnée. Le Père leur trouvait même une valeur prophétique.

Le Fils était revenu dans la colline à cause de son licenciement. Sa compagne Elise, en instance de divorce, sans profession, de nationalité étrangère, sans argent et portant un cancer, habitait chez eux, dans le plus grand dénuement.

En faisant un effort sur lui-même, le Père reconnaissait qu'Emile, en moins de deux années de présence dans le domaine, avait acquis les compétences professionnelles d'un vigneron des Etoiles confirmé. Apparemment, il n'envisageait pas de rechercher un poste d'ingénieur.

Mais Pierre est revenu à Elise dans ses pensées en laissant enfin parler son cœur. Il ne pouvait plus la dissocier du Fils. Leurs destins étaient liés. Il ne devait, en conséquence, plus la considérer comme une intruse. En prenant cette résolution, l'épisode de la salle de bains lui était apparu comme très éloigné. Il n'était plus un fait marquant.

A propos de cet événement, d'ailleurs, Adrien aurait dit, peut-être avec un éclair de malice dans les yeux, comme cela arrivait parfois, mais toujours avec certitude :

« Un père ne peut être troublé en voyant, par hasard, le corps nu de sa fille devenue femme ».

Il s'en trouvait gêné tout au plus et ferait en sorte de l'oublier, par pudeur. Le contraire ne serait pas moral.

De fait, le souvenir visuel et fugace de la nudité d'Elise se brouillait peu à peu dans la mémoire du Père. Il laissait place à une douce impression de tendresse qu'il n'avait jamais ressentie auparavant. Il la garderait en lui, en secret. Mais les larmes, les larmes de la jeune femme appuyée contre le lavabo, il ne ferait rien pour les oublier. Elise se croyait seule. Il s'agissait, à n'en pas douter, de larmes sincères causées par un vrai chagrin. Elise ne serait donc pas opportuniste, ni calculatrice, ni profiteuse ?

Quelques minutes auparavant, Pierre, par la pensée, avait fait parler Adrien à propos d'un père et de sa fille. Adrien avait dit…Adrien avait dit… C'était facile de mettre des paroles dans la bouche d'un mort. Un père, sa fille ! Il s'agissait, en fait, de ses propres paroles, au Père. Une manière détournée pour ne pas s'avouer qu'il s'apprêtait à considérer Elise comme sa propre fille.

Il était midi sonnant.

Il n'avait pas ouvert la bibliothèque.

Tout était lumineux !

CHAPITRE VII

Après les vendanges et jusqu'au nouvel an, le Père ne travaillait pas dans le vignoble.

Il avait donné, disait-il, de celui-ci. Il avait son compte de coups de cisaille et de sécateur et s'était vidé de la sève pour mûrir les raisins. Il fallait le laisser tranquille quelque temps.

C'était pour cette raison et contrairement à d'autres vignerons que le Père ne taillait jamais ses vignes avant le mois de janvier.

Alors, c'était pour lui l'occasion de rester à la maison. Il surveillait attentivement la fermentation de la dernière récolte. Quand elle était achevée, il faisait le soutirage pour séparer le vin clair des dépôts formés au fond des cuves.

Mais ces travaux lui donnaient du temps libre. Il allait à la chasse bien sûr. Il avait un autre plaisir qui en surprenait plus d'un. A chaque automne, il aimait labourer le jardin. C'était pour lui un véritablement délassement de travailler d'une manière artisanale sur un petit morceau de terrain avec un motoculteur qui tournait comme une horloge. Le labour, peu profond, ne produisait pas de mottes. Le soc retournait une terre aussi fine que légère. Il enfouissait, à chaque tour de roues motrices, un fumier toujours vieux de deux ans.

Ces travaux le changeaient de la conduite des tracteurs viticoles et de l'exploitation de huit hectares de vigne.

En réalité, ce goût de préparer la terre du jardin lui venait de son enfance. C'était Julien, l'un des commis du grand-père Adrien, qui le lui avait donné.

Déjà âgé à l'époque, Julien était le préposé aux travaux de jardinage du domaine. Et Pierre, depuis l'enfance, aimait être avec lui. Julien, sans famille, l'avait adopté. Il lui montrait comment casser la terre avec les dents du râteau après un gros bêchage. Il lui faisait tendre les cordeaux pour les semis et former des trous au plantoir !

Mais son activité préférée était de tracer de petits sillons avec une charrue au soc miniature. Julien tirait l'outil avec une corde et hennissait en tordant du derrière comme un cheval sous l'effort.

Parfois, il ponctuait sa course en simulant des pets de l'animal avec sa bouche. Du haut de ses dix ans, Pierre tenait les mancherons, polis par l'usage, en ayant du mal à tracer droit tellement il riait. Il aimait Julien comme un grand-père et le tutoyait. Il eut beaucoup de chagrin à sa mort. Plus tard, adolescent, il voulut l'imiter dans les travaux de jardinage. Mais Adrien, le grand-père lui avait dit de cesser. Ce travail, selon lui, était celui d'un commis. Pas le sien !

Mais depuis le décès de l'aïeul et son mariage avec la Mère, il refaisait ce travail, chaque automne, avec le même plaisir.

Lorsqu'Hélène avait pris la décision de produire beaucoup plus de légumes pour améliorer, croyait-elle, la santé d'Elise, la terre du jardin, aussi fine que du sable, était donc prête à recevoir les semis. En ayant toujours le projet d'agrandir le potager, elle avait demandé à Jacques, l'homme de Germaine, de venir bêcher la jachère. Il est venu un vendredi, tôt le matin. Il n'était pas de poste, ce jour-là, à la tuilerie de Commenailles.

Le Père avait préparé le matériel pour faucher les végétaux ainsi qu'une bêche plate. Jacques n'a pas voulu utiliser la débroussailleuse à moteur pour ne pas réveiller les voisins. Des deux faux, il a préféré celle à faucarder. Sa lame, plus épaisse que l'autre destinée à l'herbe verte, ainsi que son tranchant moins effilé, convenait mieux pour couper les grosses tiges sèches. En moins de deux heures, il avait nettoyé la bande de terre, fait deux tas en forme de pain de sucre des herbes coupées puis y avait mis le feu. Les flammes se sont élevées aussi vite qu'elles sont redescendues, comme s'il s'agissait d'un feu de paille.

Quand Germaine est passée dans la rue, à huit heures quarante-cinq, – à son heure de Germaine –, tout était brûlé. Il ne montait des deux foyers, que quelques fumerolles. Jacques commençait à bêcher en émiettant au fond de la raie, un vieux fumier de cheval. La Mère, depuis la cour, a vu sa femme, lui parler à travers le grillage. Mais lui continuait de retourner la terre. Jacques avait la réputation de travailler comme une bête de somme. Comme d'habitude, le Commis devait remonter la rue dix minutes après Germaine. Ce matin-là, la Mère ne l'a pas aperçu. Sans doute ne voulait-il pas adresser la parole à l'homme qu'il avait cocufié ou qu'il cocufiait encore ! La Mère, avec malice, a pensé que ce jour serait, pour le Commis, celui du pain sec et que c'était bien fait pour lui !

CHAPITRE VIII

Aucune motte du jardin de la Mère n'avait échappé à un fer d'outil. Les graines levaient. Les plants reprenaient. A n'en pas douter, la Mère savait jardiner. Mais la fertilité de cette terre venait aussi de loin. Elle la puisait dans le noir de limons millénaires. Par surcroît, les cendres des feux des de Vorgel jetées à la volée par des générations de servantes, avaient affiné son grain. Elle avait acquis ainsi, au cours du temps, cette noble aptitude à ne retenir de l'eau que la fraîcheur. Ce qui faisait dire à la Mère, par temps de canicule, qu'un coup de pioche valait bien un jet d'arrosoir. Cette terre n'avait jamais soif mais donnait beaucoup à manger.

Elle avait multiplié les planches de haricots verts en distinguant par des repères, les rangs destinés à une consommation immédiate de ceux réservés à la conservation. Elle avait aussi augmenté le nombre de lignes de petits pois à écosser ainsi que les « mange-tout », en comparaison avec les années précédentes. Les lignes de carottes, d'oignons, d'échalotes, d'aulx et de poireaux étaient d'une parfaite rectitude. Leur nombre était doublé en vue d'une provision d'hiver. Les salades offraient une palette de couleurs tendres. Mais la laitue, d'un vert grenouille, se faisait remarquer de loin parmi la romaine, la batavia et la scarole frisée. La Mère avait hésité à semer de la roquette. Elise, avait-elle pensé, n'aimerait peut-être pas son goût très prononcé. Cependant, elle en avait enfoui quelques graines. Elle en ajouterait en très petite quantité, pour corser, parfois, le contenu d'un saladier. Mais elle avait renoncé à la mâche. La jeune femme la trouverait sans doute trop rustique. Ce qui l'ennuyait, la Mère, c'étaient les pommes de terre. Leur rusticité ne s'accordait, ni à la personnalité d'Elise, ni à sa féminité. Pourtant, chez les Salleneuve, elles rentraient fréquemment dans la composition des repas, pour une cuisine de tous les jours.

La Mère se souvenait du temps du Commis, avant que le Fils ne revînt de Dunkerque. Pendant la période de taillage de la vigne, un ou deux salariés viticoles complétaient l'équipe. Tous se tenaient bien à table. Le Père n'était pas en reste.

A midi, les plats de viande en sauce, les civets de lapin, les daubes, pot-au-feu et choucroute constituaient l'ordinaire. Il n'en était pas de même le soir au retour du travail. Il s'agissait de calmer l'appétit de trois ou quatre travailleurs de la terre. Des hommes vêtus de velours côtelé imprégné par l'odeur de fumée des feux de sarments dont une bise glaciale avait ouvert l'estomac. Alors, les pommes de terre devenaient le plat du soir. La Mère les cuisinait à pleine poêlée avec l'huile, les pointes d'ail, le gros sel et quelques feuilles de laurier. Au sujet de l'ail, le Commis y allait de sa petite ritournelle sur ses bienfaits pour l'organisme. L'ail donnait des gaz, disait-il, et de ce fait, décomprimait l'esprit. Ce qui était bien nécessaire, parfois, dans cette maison, en lorgnant ironiquement du côté de la Mère.

Elle faisait la sourde oreille et retournait les pommes de terre avec une spatule de bois charbonnée par l'usage. Elle s'appliquait à faire dorer les rondelles coupées d'égales épaisseurs pour les rendre craquantes sous la dent. Avec des tranches de jambonneau et des feuilles de salade de saison luisantes de sauce vinaigrette et galonnées de pointes d'estragon, les tubercules prenaient de la noblesse dans chaque assiette copieusement garnie.

Les soupers « patates-salade » de la Mère étaient ainsi devenus légendaires. Mais cette manière de manger ne pouvait être celle d'Elise. La Mère l'imaginait dans sa vie antérieure, à grignoter du bout des dents quelques mets aussi délicats que peu copieux, sans jamais manger de pain et ne buvant que de l'eau. Et bien tant pis pour elle !

Elle était sous leur toit. Elle dormait avec Emile. Depuis son arrivée, elle ne faisait pas plus de bruit qu'un fantôme, ne parlait jamais ou peu à table et mangeait comme un roitelet ou troglodyte, ces oiseaux pas plus gros qu'un pouce, au vol de grosses mouches. La Mère s'était juré de lui donner le goût de manger pour sa propre santé mais aussi pour être « de la maison ». Chez les Salleneuve, on ne comprenait pas ceux qui n'aimaient pas la table.

Alors, des pommes de terre, elle en planterait dans le jardin. Elle ferait une seule concession, celle de la finesse. Un soir, elle s'est mise au bureau du Père comme elle l'avait fait pour dessiner ses planches de légumes. Mais cette fois, elle dressait la liste des variétés de pommes de terre qu'elle connaissait. Mais comment les accommoder pour qu'Elise ait envie de les manger ?

Les soupes, tout d'abord. La mère était une mère soupe. Chez les Salleneuve, on pensait que les soupes remettaient les gens malades sur pieds.

Ensuite, les purées ! Qui oserait ne pas aimer les purées de la Mère ?

Bien sûr, les frites pour accompagner une belle grillade et son jus. Qui n'éprouverait pas ce plaisir d'enfant de les faire craquer sous la dent en les prenant une à une ?

Les pommes de terre nouvelles ! On ne pouvait résister à leur rondeur toute dorée ainsi qu'à leur goût sucré de début de saison.

De sa liste, elle élimina les « chérie », les « institut de Beauvais », les « binch », les « désiré », pour ne garder que les « amandine » en pommes de terre nouvelles, les « agatha » pour les soupes, la purée et les frites. Elle renoncerait mais pour un temps, espérait-elle, à faire les poêlées de pommes de terre fortement chargées d'ail, prisées par le Commis. Mais au début du traitement, car pour la Mère, c'en était un, elle amorcerait le goût d'Elise en cuisinant des « rates » aussi petites qu'excellentes et très gustatives. Elle espérait que, cuites à l'eau ou servies en salade, la finesse de leur goût à peine sucré ouvrirait les papilles de la jeune femme depuis trop longtemps endormies.

CHAPITRE IX

Avant de revenir chez le Père, Elise et Emile avaient appartenu au même monde. C'était ce que la Mère pensait.

Un monde qui les avait brisés puis rejetés. La Mère ne regrettait pas de ne pas le connaître. Sa vie était dans les collines. Elle n'y était pas née mais y mourrait. Elle aimait profondément ce pays de coteaux tous orientés au couchant. Moins profonde que celle du pays d'en bas, son pays, la terre charriait dans ses veines de marne, génération après génération, les promesses de belles vendanges, même si parfois la nature en avait décidé autrement.

Chaque année, l'espoir renaissait et paraissait unique au regard de celle du passé. C'était cela que la Mère aimait, la terre, certes, en tant que terre, mais l'espoir qui renaissait à chaque printemps.

La terre des collines était, aux yeux de la Mère, une terre d'espoir et de promesses. Ce n'était donc pas un hasard, pour elle qui croyait aux signes, si Elise et Emile y avaient trouvé refuge.

Sans doute retourneront-ils dans le monde ! Ce n'était pas dans l'immédiat. Elise se cantonnait dans le logement du dessus. Qu'y faisait-elle ? Mystère ! Un mystère que la Mère ne cherchait pas à élucider. Elle avait le temps pour elle et croyait en son pouvoir de transformer les gens. Cependant, la Mère craignait qu'elle ne descendît pas aux repas. Mais à l'heure de manger, elle se sentait soulagée de les voir à table. Le midi et le soir étaient les seuls moments où la Mère la voyait. La détresse de la jeune femme se lisait dans son regard. Elle ne la rendait que plus belle, tragiquement belle. La Mère ne se souvenait pas où elle avait entendu cette expression : « tragiquement belle ». Elle se la répétait souvent en elle-même.

La situation était difficile à vivre. Cependant, elle avait permis à la Mère de mieux connaître le Fils. Elle ne l'imaginait pas aussi tendre. A l'égard d'Elise, il avait des attentions touchantes qui ne finissaient pas de la surprendre. Elle se souvenait de l'époque des violettes. Le soir, il partait cueillir un bouquet. La Mère s'étonnait qu'il le fît à une heure tardive. Il lui disait que c'était en fin de journée qu'elles exprimaient le mieux leur parfum. Il avait même une préférence, lui confiait-il, pour les jours humides. Les pétales mouillés exhalaient davantage leurs odeurs délicates. Il entourait les petites fleurs d'une garniture de feuilles de lierre, les plus vernies en apparence, et liait les queues regroupées avec un brin de chèvrefeuille sauvage. Surprise, la Mère était ravie de le voir aussi prévenant envers Elise. Elle et le Père n'étaient pas habitués à autant de démonstrations affectives. Pour eux, l'amour, dans ses moindres gestes, ne sortait jamais de leur chambre à coucher. Mais elle n'était pas au bout de son étonnement quand mûrissaient les fraises sauvages. Tous les deux jours, il en remplissait un cornet réalisé avec une bande d'écorce de cerisiers des forêts. A la Mère qui s'en étonnait, il disait que l'odeur de noyau dégagée par la peau de l'arbre accentuait le parfum des fruits. Mais où allait-il chercher tout cela ? Elle qui pensait que ce comportement amoureux ne se trouvait que dans les romans ! Elle voyait un homme de trente ans, ingénieur de formation, blessé par la vie, se conduire comme un jouvenceau avec une femme du même âge, au lourd vécu et meurtrie tout autant par l'existence. La Mère se gardait bien de trouver cette conduite puérile. Elle pensait, au contraire, qu'ajoutée à ses petits plats, l'amour d'Emile permettrait de guérir Elise de sa maladie de l'âme.

C'était pour cette raison qu'en les voyant assis, chaque jour, épaule contre épaule, dans la grande cuisine, la Mère restait plus que jamais debout pour les servir.

Elle n'était pas près d'oublier, en fait, ce qu'elle avait ressenti en les observant. Ils attendaient que le Père remontât de la cave. Ils étaient à table, côte à côte, à se toucher, comme d'habitude. Elle avait les yeux baissés, les mains posées sur les genoux. Lui, la regardait en lui parlant gaiement. Elle ne se souvenait plus de ce qu'il racontait. Mais il lui disait des mots, comme ça, rien que pour dire des mots. Des mots pour la tirer de sa langueur qui n'était pas de cette maison ; des mots pour la faire exister, la faire revenir à eux. Elle écoutait les yeux mi-clos. Dieu, qu'elle était belle avec ses boucles de cheveux auburn ! La Mère voulait qu'elle levât les yeux car elle n'en avait jamais vu d'aussi beaux. Quand il arrivait qu'Elise regardât l'un ou l'autre, elle semblait le faire de loin comme si elle se trouvait à l'opposé d'eux, sur une autre rive. Alors, ce jour-là, en voyant Emile si proche d'elle à table et lui parlant tendrement pour la distraire, la Mère eut dans son ventre comme un spasme. Un spasme comme lorsque le puissant élan la portait vers le Père, pour faire l'amour.

Etait-ce pour remettre de l'ordre dans ses entrailles ? Elle avait envie de leur crier :

« Allez, les enfants, c'est fini. Tout va bien à présent. C'est une mauvaise blague. La vie, la vraie vie, c'est maintenant. Vous êtes si beaux. Vous n'avez pas le droit d'être malheureux. »

Elle pensait ça, la Mère, en les voyant pareils à deux adolescents devant leur assiette à attendre le Père. Elle réprimait un désir fou de les prendre les deux à la fois, dans ses bras. Elle les tiendrait serrés l'un contre l'autre et les embrasserait, elle sur les yeux, lui sur le front. Enfin, peu importe l'endroit du visage, mais des baisers à lèvres écrasées, en leur disant stop au malheur. Maintenant, on était heureux.

La Mère se voulait l'oiseau marin de la fable apprise à l'école. Cette mère oiseau qui, d'un coup de bec, s'ouvrait le jabot pour nourrir ses petits.

Elle ne se souvenait plus de l'espèce d'oiseau ni de l'auteur de ce conte. Mais l'acte suprême de se sacrifier pour les autres lui plaisait bien. Vraiment, ces deux-là, elle les aimait jusqu'au tressaillement de son ventre.

CHAPITRE X

Le troisième dimanche d'avril, le Père monta, comme d'habitude, dans le logement du dessus. Il était de nouveau ennuyé, indécis, soucieux, mal à l'aise. Il n'aimait pas la situation vécue, une situation sans horizon.

Il n'accomplit pas le rite auquel il se soumettait d'ordinaire, à passer de pièce en pièce et d'en ouvrir toutes les armoires et les commodes. Il se rendit, directement, dans le bureau des portraits.

Assis, face à la bibliothèque vitrée contenant les carnets annuels, il prit, comme d'habitude, le stylo d'Adrien, en dévissa le capuchon, inspecta de près la plume en or, gravée de fines inscriptions. Il fit mine d'écrire sur le sous-main de l'écritoire. La plume avait encore une belle raideur sous la pression de l'index.

Il hésita à recharger le stylo en pompant dans l'encrier contenant, étonnamment, un fond d'encre bleue. Mais il ne le fit pas.

Alors, ce fut plus fort que lui. Il regarda intensément le portrait d'Adrien.

Une fois encore, en un dimanche d'avril, pendant que la Mère chantait à l'église, le père se sentait toujours coupable de trahison devant l'aïeul.

En outre, il arrivait à un âge propice pour faire un premier bilan de sa vie. En bafouant la tradition baron, pourquoi à l'époque, n'avait-il pas pensé aux conséquences ?

Que deviendrait le domaine après lui ?

En location ?

En métayage ?

Pire, mis en vente, peut-être, parcelle par parcelle ?

En ce temps-là, il ne s'était jamais préoccupé de l'avis du Fils, ni de la Mère, d'ailleurs.

Enfant docile, Emile accepta, sans rien dire, de quitter les collines pour l'internat des lycées et les studios en ville au temps de l'université.

En vérité, sa soumission n'avait d'égale que l'obéissance du Père aux décisions d'Adrien.

Ironie du sort ! Un malencontreux licenciement le ramenait sous le toit Salleneuve.

Tout était à recommencer, alors !

Et comme pour renforcer son sentiment de culpabilité, il y avait Elise, échouée dans sa maison, de même qu'un arbre mort déposé par une crue à l'écart du courant d'une rivière.

Mais, ce dimanche-là, ce remords lui paraissait subitement imbécile et devenait particulièrement insupportable.

Il voulait à toute force s'alléger de son poids et accomplit un travail ardu sur lui-même.

Vers midi, il était tellement plongé dans ses pensées, qu'inconsciemment, il faisait mine d'écrire avec le stylo d'Adrien, au risque d'abîmer la plume.

Alors, toujours assis, face à la bibliothèque de l'aïeul, il était enfin un homme déterminé à assurer le meilleur avenir au domaine.

La tradition baron avait imposé sa loi.

Il avait pris une décision.

Il en parlera à la Mère.

CHAPITRE XI

C'était la quatrième nuit après la prise de décision du Père dans le bureau des portraits.

Souvent, vers quatre heures du matin, la Mère se levait pour se rendre aux toilettes. Sur le ton de la plaisanterie, elle disait avoir une vessie trop petite. Elle se voulait discrète et ne tirait pas la chasse d'eau. Cependant, son retour dans le lit réveillait parfois le Père. Dans ce cas, il feignait de dormir. Mais elle ne s'y trompait pas. Alors, c'était plus fort qu'elle. Elle lui parlait.

Elle évoquait les travaux dans la maison ou dans le jardin à faire dans la journée à venir. Faisant semblant d'être réveillé à cause d'elle, il lui demandait de se taire sur un ton faussement de mauvaise humeur.

Cependant, cette nuit-là, contrairement aux autres nuits, il avait envie de parler, lui aussi.

Il lui expliqua le revirement d'opinion qui s'était opéré en lui, dans le bureau des portraits, le dimanche précédent.

Il ne verrait pas d'un mauvais œil, comme dirait le Commis, que le Fils restât avec eux pour exploiter le domaine.

Non pas comme depuis son retour de Dunkerque mais en qualité d'exploitant avec un statut juridique approprié.

Le Père parlait d'une seule traite comme pour se dégager d'un fardeau. En l'écoutant, la Mère comprenait qu'il avait mûrement réfléchi au projet.

Couchée sur le dos, les yeux grands ouverts dans le noir, elle resta quelques secondes sans répondre. Elle imaginait l'effort qu'il avait fait sur lui-même pour penser à cette solution d'avenir.

Lui qui, quinze ans auparavant, clamait haut et fort qu'il ne voulait pas de successeur afin de vieillir tranquillement.

Elle ne lui demanda pas la raison de ce changement d'opinion. Ce n'était pas le moment. Alors, la Mère parla :

– C'est vraiment une bonne idée. Je l'approuve totalement. Cependant, je ferai quelques remarques. Et, crois-moi, ce que je vais te dire va te surprendre. Mais il faut que la situation soit claire.

Tout d'abord, il est essentiel que la décision de rester avec nous définitivement vienne de lui. Mais à nous de faire attention qu'en le faisant, il ne choisisse pas la solution de facilité.

– Je ne comprends pas ...

La Mère parlait contre son gré. Si elle avait obéi exclusivement à son cœur, elle aurait dit oui tout de suite, sans chercher de complications... Mais il s'agissait d'être lucide, et lucide pour deux. Le Père était un excellent vigneron, certes. En revanche, sur les choses de la vie, il n'avait pas une vision toujours juste. Son fort attachement à la terre déformait parfois ses points de vue. De sorte qu'il ne voyait pas toujours certains mauvais aspects de l'existence : la maladie, le manque d'argent, les échecs professionnels et sentimentaux.

Quant aux problèmes existentiels, savait-il au moins qu'ils pouvaient exister chez certains ? En vérité, le Père à trop penser aux Etoiles, n'avait pas, parfois, les pieds sur terre. La Mère le savait. Elle le connaissait de cœur et par cœur.

Alors, elle reprit :

– Chez nous, la vie est facile pour lui.

La Mère souffrait en disant ces paroles. Mais il fallait poursuivre, aller jusqu'au bout, sans rien dissimuler ou oublier.

– Facile, je ne comprends pas !

– N'as-tu pas l'impression qu'il rattrape, à trente ans ce qu'il n'a pas connu, plus jeune, à la maison, sans voir plus loin.

Parfois, le Père pensait que la Mère avait de drôles d'idées.

Mais là, il y avait de quoi le surprendre.

– Je poursuis. Il nous a quittés à l'âge de quatorze ans. Il a toujours connu l'internat jusqu'au baccalauréat. Après la faculté, il logeait alors dans des chambres de bonne. A nous, il ne disait rien. Mais il parlait au Commis.

– Ah ! Celui-là...

– Oui, oui ! Que ça te plaise ou non, il se confiait à « celui-là » comme tu dis. Jusqu'à son diplôme d'ingénieur, il lui répétait chaque fois qu'il venait ici, qu'il trouvait le temps très long loin des collines et de nous. Et que c'était très dur, au point de se sentir exilé.

– Exilé, exilé ! Il ne faut pas exagérer quand même !

La Mère reprit :

– Ce sont les termes rapportés par le Commis.

– Quel faux-cul avec moi !

– Peut-être ! Mais connaissant ce vieux sorcier, tu t'imagines avec quel empressement il est venu me les rapporter. Il n'est pas méchant mais il aime bien les choses qui nous dérangent. Ça l'amuse.

– Pourquoi tu ne m'en as pas parlé, à l'époque ?

– Ça ne servait à rien. Souviens-toi ! Tu étais bien content de le voir réussir dans ses études, comme moi d'ailleurs. Je ne voulais pas t'ennuyer avec ça. J'ai respecté ta décision de ne pas le garder à la maison. Il n'y a pas à y revenir.

– Alors ?

– Je change de sujet. Oh ! finalement, c'est le plus important. Il y a Elise…

– Quoi, Elise ?

– Tu vois dans quel état elle est ? On dirait une revenante, un fantôme, un zombie, quoi.

Le Père se souviendra de cette nuit. Il apprenait que le Fils s'était considéré comme un « exilé » pendant ses études. Une raison de plus pour lui de se culpabiliser ! Et puis la Mère ! La Mère ! Il ne la connaissait pas capable de tenir des propos aussi affirmatifs et directs. Le Père était désorienté.

– Où veux-tu en venir ?

– Franchement, le vois-tu se faire du souci pour Elise ?

– Heu !… Eh bien non ! Il est correct avec elle. Mais c'est vrai, il ne donne pas l'impression d'être soucieux. Je le vois même détendu, bien dans sa peau et s'appliquant dans ce qu'il entreprend. Il est capable maintenant de faire tous les travaux que demande la vigne.

– C'est bien ce que je disais. Il se contente de vivre maintenant ce qu'il n'a pas connu dans sa jeunesse. Il se fie à nous. Il se repose sur nous. Il ne paraît pas se faire de souci pour l'avenir mais cela ne pourra pas durer longtemps. Il y a Elise. On ne sait pas ce que son état de santé nous réserve. Cette histoire de… cancer. Quand même !

– Emile ne t'en a jamais parlé ?

– Si, il y a quelques mois mais très peu de chose. Depuis, plus rien ! Il se laisse vivre. Il faudrait que notre médecin, le docteur Clavel, examine cette femme. Tiens, c'est une idée ! Demain, je dirai à Emile de lui demander de venir… Résumons ! Elle ne va pas bien du tout. Parfois, je me demande si elle a toute sa tête et puis, je le répète… ce cancer. Ce genre de maladie, c'est toujours une bombe à retardement. Tu veux mon idée ? Je pense qu'Emile n'a pas d'autres solutions que de rester ici… pour elle !

Ainsi, ils avaient chacun leur point de vue.

Le Père souhaitait qu'Emile reprît l'exploitation, le cas échéant, poussé par le seul amour des Etoiles, comme un Salleneuve, comme lui-même lors de ses vingt ans et non pas sous la contrainte.

La Mère, plus réaliste, pensait qu'il serait bien obligé de rester à la maison. Il était assuré du soutien immédiat de leur part si l'état de santé d'Elise venait à se dégrader en raison du cancer.

Quelque peu échaudé et déçu par ce qu'il venait d'entendre, le Père resta un moment sans rien dire. Finalement, les deux points de vue se complétaient. Le résultat serait le même.

Emile ne repartirait sans doute pas de chez eux.

Qu'il restât dans les collines pour mieux assister sa compagne gravement malade, avec l'aide de la Mère et du Père, se concevait.

Mais de par leur nature exceptionnelle, les Etoiles n'exigeaient-elles pas qu'il se consacrât à elles, sans partage, en excluant toute autre préoccupation ?

C'était bien là la question !

Une question que le Père, confusément, se posait.

Alors, il reprit sur un ton désenchanté :

– Comme tu le disais tout à l'heure, il faut que la décision de travailler avec nous vienne de lui…

– Bien sûr !

– Attendrons-nous longtemps avant qu'il nous demande de rester ? Ton avis !

– Je ne sais pas. Mais ça ne devrait pas tarder.

Le Père eut un ricanement :

– … A condition qu'il finisse de revivre ses années de jeunesse !

La Mère lui donna un coup de coude pour l'empêcher de se moquer davantage :

– … ce pauvre « exilé » !

Il eut droit à un deuxième coup de coude.

– Arrête. Ne fais pas le méchant. Ça ne te va pas.

– Je plaisantais.

– Tu n'es pas drôle. On s'est tout dit. Alors, dormons.

– Non, on ne s'est pas tout dit. Quand il aura décidé de s'établir ici, je veux que ce soit définitif.

– Bien sûr. Mais que veux-tu dire au juste ?

– Je ne voudrais pas qu'après la guérison d'Elise, il nous quitte.

– Tu ne vas quand même pas lui faire signer un contrat d'engagement à demeurer là, après qu'elle se soit remise de son cancer ? C'est ton fils. Un peu de confiance, s'il te plaît.

Puis, sur un ton plus calme :

– Ah ! quant à la guérison… la guérison…

– Va plus loin !

– Oh ! Rien. Je ne dis plus rien.

La Mère se gardait bien de dire qu'elle doutait d'un rétablissement rapide de la jeune femme. Soudain impatiente, elle dit :

– Il n'y a plus qu'à attendre. Et puis, il est près de cinq heures.

Comme d'habitude, elle avait dit le dernier mot, le mot de la fin de leur conversation nocturne.

Le Père se retourna sur le côté, un peu vexé et s'endormit.

Le coq de la Mère se mit à chanter, comme il lui arrivait de le faire au cours de certaines nuits noires. Mais ce ne fut pas le chant qui écourta le sommeil du Père. C'était les paroles de la Mère dites à voix basse. Elle murmurait des mots… Elle le faisait souvent après qu'un événement ou une parole l'avait émue, bouleversée ou indignée. La discussion avec le Père, cette nuit-là, l'avait vraisemblablement perturbée. Alors, elle chuchotait en parlant de choses anodines concernant la maisonnée. Mais le Père savait, d'expérience, qu'elle parlerait aussi d'amour. Il l'avait écoutée, maintes fois, en faisant semblant de dormir. Elle n'a pas tardé. Elle commença à exprimer des mots tendres pour lui, qu'elle croyait endormi. Des mots employés à la troisième personne, qu'elle semblait adresser à elle-même ou à un témoin imaginaire que cette nuit si particulière l'avait aidée à créer. La Mère et ses mystères !

Le Père ressentit, soudain, le puissant désir. Il se rapprocha d'elle. Elle n'en fut pas surprise. Puis, naturellement, il la recouvrit en se voulant léger. Elle avait déjà remonté sa chemise de nuit jusqu'à découvrir ses seins. Son souffle ! Déjà court !

Il vint en elle, en de tendres poussées, cependant que des hanches, elle paraissait s'élargir. Elle le serra fort sur elle pour qu'il pesât davantage. Très vite, contre l'oreille de son homme, elle expira une belle jouissance tandis qu'il se répandait.

CHAPITRE XII

Le mois de mai commençait mal. Il pleuvait souvent pendant la nuit. Il faisait frais le matin. L'air restait chargé d'humidité toute la journée. Les brumes mettaient du temps à se lever. Dans les basses terres du village, elles ne s'effilochaient, paresseuses, qu'en milieu de matinée. Le soleil donnait pourtant mais il était trop blanc. Ses rayons ne chauffaient pas. C'était le moment d'épamprer la vigne, effeuiller, disait le Père.

Des branches gourmandes poussaient en broussaille sur les ceps depuis la base jusqu'à hauteur du premier fil de fer. Elles aussi consommaient de la sève. Le développement des rameaux fructifères s'en trouverait fortement contrarié. Il fallait donc les couper. Le Père privilégiait le sécateur. Il avait conseillé à Emile de ne pas sectionner les gourmands au ras de l'écorce pour éviter de la blesser. Une plaie dans le bois de vigne était la porte ouverte aux maladies, disait-il. Il y avait assez de celles provoquées lors des taillages. Il ne fallait donc pas en ajouter. Alors, après chaque coup de sécateur, il restait un chicot. Cela n'avait pas d'importance pour la santé de la vigne.

Ce jour-là, un jeudi, ils travaillaient dans la vigne aux Etoiles. C'était la dernière parcelle à épamprer. Le père connaissait l'attachement du Fils à ce lieu. Alors, il avait gardé le meilleur pour la fin. Il avait encore plu sur le matin. Chaussés de bottes, les cuisses protégées par leurs cuissards imperméables, ils avançaient péniblement et traînaient à chaque pied un bon kilo de terre. Cette terre de la vigne aux Etoiles se montrait aussi lourde, après la pluie, que légère sous un chaud soleil. Le Commis la comparait à une femme qui donnerait du fil à retordre à son amant entre les moments d'ardeur folle. Fallait-il donc mériter dans la douleur, la femme et la terre, pour ce qu'elles donnaient ?

Les deux hommes parlaient peu. Quand on discute, on n'avance pas. Ils progressaient courbés. Jamais ils ne s'agenouillaient, même devant un pied particulièrement envahi de gourmands. Chez les Salleneuve, se mettre à genoux pour travailler n'était pas une posture coutumière. Adrien, le terrible grand-père du Père, Adrien Tonnerre de Dieu disait que c'était bon pour les fainéants ou les faibles, incapables de résister à la fatigue. Le Père, adolescent, s'y était risqué une seule fois. L'aïeul l'avait réprimandé en présence des commis de l'époque. Il en eut beaucoup de honte.

Etait-ce pour cette raison que dans la vigne aux Etoiles le Père allait de cep en cep en se penchant seulement pour supprimer les gourmands ? Parfois, il consentait, tout au plus, à une génuflexion. Le Fils l'imitait en tout. Il en était très heureux.

Le vent de Commenailles portait les heures du clocher jusqu'à leurs oreilles. Les pluies continueraient assurément mais le Père s'en moquait bien. Emile travaillait au même rythme que lui. Tout ingénieur qu'il était, habitué à faire travailler les autres, comme disait le Commis, il se montrait dur à la tâche et ne se relevait jamais. Pourtant, la terre molle ne leur facilitait pas l'ouvrage. Tous les vingt pas, ils la décollaient de leurs bottes en les frottant l'une contre l'autre. Ils laissaient derrière eux des mottes en forme de semelles. Chacune gardait, dans son argile, l'empreinte des crans en caoutchouc des chaussures.

Le Père aimait voir la vigne à chaque étape de son développement. Mais cette période de mai lui plaisait particulièrement, même humide. Il vivait chaque printemps comme lors de ses vingt ans. Le temps n'y changeait rien.

Il aimait voir chaque pied de vigne, ébouriffé de pousses vert amande. Certaines bourgeonnaient encore. Quelques-unes dardaient, à la lumière, leur bout en forme de téton. D'autres, plus précoces, faisaient déjà poindre des raisins miniatures, en dehors de leur cocon de soie.

Quand il se retournait sur son travail, il voyait les ceps dépouillés de leurs gourmands, avec leurs têtes végétales hirsutes, semblables à des arbustes taillés en têtard. Ils avaient tous des formes noueuses et s'habillaient d'écorces brunes souvent pantelantes. A les voir former les rangs, on dirait que le Père leur avait fait prendre l'alignement pour une sorte de parade, une parade immobile qui durerait au moins soixante ans. En lorgnant le Fils du coin de l'œil, le Père n'en était pas peu fier.

Il ne leur restait que deux courses de piquet pour finir la ligne, quand soudain, un oiseau jaillit devant le pied droit du Fils. L'envol ! Un bruit de soie froissée !

– Oh ! fit Emile.

– Quoi ?

– Une alouette ! Elle est partie presque de dessous mes bottes.

– Un nid ?

– Regarde-la, la maligne.

Le père a ri. L'oiseau d'un vol net, feignait d'être blessé, l'aile droite pendante.

– Elles savent s'y prendre, dit le Père.

– C'est pour détourner un éventuel prédateur du nid et l'entraîner à sa suite.

Le Fils était passé par l'école de la nature du Commis.

– Oui, la caille et la perdrix ont le même réflexe : attirer un renard, un chat derrière elles. Enfin tous ces écumeurs de plaine qu'on ne piège pas assez.

– Regarde ! Elle se pose sur un piquet avec une sauterelle dans le bec.

– Elles donnent la becquée.

– Ah ! le nid. C'était juste. J'ai failli l'écraser, s'exclama Emile.

– Où ?

– Là !

Le Fils le montra avec la pointe de son sécateur.

L'effet de surprise passé, les deux hommes percevaient de petits cris, semblables à ceux d'une souris, de quatre oisillons affamés.

L'approche du Père et d'Emile avait interrompu leur nourrissage par l'un des parents. Mais par instinct, le cou redressé, ils réclamaient leur pitance par de faibles pépiements.

Le Père, penché par-dessus le rang, émit comme un gloussement dans la gorge, un gloussement comme quiconque s'attendrirait devant des petits êtres fragiles et vulnérables.

Le Fils s'était accroupi. Les deux regardaient le nid ! Fait d'herbes sèches, garnies de crin, il était dans le gras de la terre, entre deux mottes étoilées par la pluie.

Leurs yeux, minuscules perles de jade, le plumage duveteux déjà gonflé, les petits passereaux trépignaient sur leurs pattes qu'Emile imaginait brindilles. De leurs becs jaunes démesurément ouverts, ils montraient, voraces, à leurs observateurs, le vermillon de leur gosier. Leur impatience fébrile les faisait déborder du nid. Cependant, ils restaient serrés les uns contre les autres et composaient une forme unique et mouvante. Ainsi, au premier regard, ils pouvaient illusoirement apparaître, les quatre ne faisant qu'un, comme un nouveau spécimen de l'espèce ailée.

Le Père fut le premier à réagir :

– Eloignons-nous ! On va les déranger. Les parents risqueraient de les renoncer… enfin de les abandonner.

– J'avais compris. Oui, mais l'épamprage ?

– Ah ! ce n'est pas pour quatre ou cinq pieds qui ne seraient pas effeuillés… Allez, avançons !

Ils firent péniblement quelques pas et reprirent leurs travaux, cinq ceps plus loin.

L'alouette s'était envolée du piquet.

Les deux hommes ne parlaient plus mais ils avaient chacun leur alouette en tête. Mais aucun ne l'aurait dit à l'autre.

Pourtant, cet oiseau, l'alouette, ils l'aimaient car au moment des amours, le mâle, pour attirer la femelle et marquer son territoire, quittait le sol pour s'élever dans les airs. Il montait si haut qu'il se confondait avec le ciel, tout en lançant, inlassable et joyeux, ses trilles.

Ils l'aimaient cet oiseau du printemps plus que le coucou trop vagabond ou que le fantomatique rossignol.

Ils l'aimaient car c'était l'oiseau de la lumière qui montait défier le soleil en s'égosillant du chant de l'amour. Ils l'aimaient parce qu'en même temps qu'ils l'entendaient faire ses interminables gammes, eux, les hommes, respiraient de nouveau le parfum de l'ail sauvage parmi les ceps, l'odeur de pâte à modeler des bancs de marne que le soleil irisait, la senteur des champignons Saint-Georges dans les prés reverdis. Ils voyaient en même temps, peu à peu, les buissons s'enneiger d'aubépines et humaient les premiers arômes de fleurs blanches du vin des Etoiles venant de faire ses Pâques.

Enfin, ils l'aimaient, cet oiseau de terre, couleur du calcaire des Etoiles de vigne car il appartenait également au ciel. Emile le préférait aux autres pour sa folie d'aimer.

Arrivés au bout de leur rang, les deux hommes décrottèrent leurs bottes contre les fils de fer torsadés, retenant les piquets de tête.

– Dis, le nid.... commença à dire le Fils.

– Oui, le nid...

– Enfin, je veux dire, les petits ! ils le quitteront dans combien de temps ?

– Oh ! deux ou trois jours, pas plus. Tu as vu, ils sont déjà vigoureux.

Ils reprirent chacun un autre rang.

– Alors, qu'est-ce que tu voulais me dire ?

– Oh ! rien...

– Mais si... tu voulais me dire quelque chose.

– On a bien prévu de bêcher la vigne dès qu'il ne pleuvra plus ?

Le père se mit à rire.

– Je te vois venir. Tu vois déjà les petites alouettes transformées en chair à pâté par la bêcheuse ? Alors, tu proposes quoi ?

– Et toi ?

– Non, non, à toi de me dire.

– Euh... Ils pourront voler quand exactement ?

Le Père se releva et ferma l'œil droit comme chaque fois qu'il réfléchissait avant de répondre.

– Supposons qu'ils quittent le nid dans trois jours. Ils resteront dans un petit périmètre autour de lui pendant environ cinq de plus. Ils s'envoleront dans huit jours. Que proposes-tu ?

– Tu risques de ne pas être d'accord. Tant pis ! Et si on bêchait dans une semaine ?

Le Père se mit à rire.

– Tu en as mis du temps. Bien sûr que je suis d'accord. Mais mon accord ne me coûte pas cher. La pluie de toute façon, n'est pas près de cesser. Quand elle s'arrêtera, il faudra attendre que la terre se resserre. Alors, quand on bêchera, les petites alouettes voleront depuis longtemps.

Et comme cette espèce maintenant se sédentarise, ce sont les mâles de la couvée que tu entendras s'égosiller au printemps prochain.

– Et si la terre avait été sèche, tu aurais accepté d'attendre huit jours pour passer le bêchard?

– Ça, fils, je te ne répondrai pas. Tu n'as qu'à le deviner...

Emile savait que le Père n’en dirait pas plus.

Ils se penchèrent de nouveau sur les pieds de vigne mais ils n’avaient plus d’alouettes en tête. Le Père s’était trahi en évoquant la présence du Fils, dans les collines, « au printemps prochain », lorsque les alouettes chanteront à nouveau le soleil. Il s’étonnait lui-même de l’avoir dit.

Le Fils, lui, restait stupéfait de l’avoir entendu, au point de rester sans voix.

CHAPITRE XIII

La Mère était intriguée par le passé d'Elise. Surtout depuis la nuit d'insomnie où elle envisagea, avec le Père, un éventuel avenir commun avec le jeune couple.

Avant, elle disait qu'il fallait prendre les gens comme ils étaient. Sans se poser de questions. Mais c'était avant ! Tant qu'on n'était pas impliqué dans une situation, on pouvait se montrer magnanime et énoncer des théories aussi généreuses que fumeuses.

Mais il y avait une réalité qui s'imposait aux Salleneuve.

Une femme malade qui avait tenté de se suicider, toujours mariée, vivait sous leur toit.

Une femme mystérieuse qui ne parlait pas, mangeait très peu et vivait en ermite dans la chambre du Fils, sans jamais prendre l'air.

Une femme dont Emile paraissait profondément amoureux.

La Mère, avant Elise, disait qu'elle préférait ne rien savoir sur les gens pour ne pas avoir à juger. Elle s'attachait à respecter un précepte de sa religion. Juger quelqu'un sur sa conduite passée ou présente n'était pas aimer ! Elle, la Mère, ne demandait pas mieux, d'aimer la jeune femme. Parce qu'elle était la compagne du Fils et aussi en souffrance.

Alors, le passé d'Elise aurait dû lui être indifférent.

Mais la tentation de savoir d'où elle venait eut raison de ses résolutions.

Dans quel milieu vivait-elle avant Emile ?

Et avec qui ?

Bien qu'il lui en coûtât, elle demanda au Commis de se renseigner auprès de son camarade de régiment, Charles Meunier, sur Hugo Reinert, mari d'Elise. Meunier était le régisseur du domaine de Valerne, propriété de Reinert.

Le Commis, avec délectation, s'empressa de le faire.

Par amitié pour la Mère, bien sûr ! Mais aussi parce qu'il était curieux de nature. La présence discrète d'Elise chez les Salleneuve l'intriguait. Le genre de situation mêlée à une histoire de fesses, comme il disait, l'émoustillait au plus haut point.

Ce qu'il rapporta à la Mère fut impressionnant.

Hugo Reinert était un grand architecte de renommée européenne. Il avait participé, notamment avec les plus grands de sa profession, à l'édification de bâtiments à Utrecht aux Pays-Bas, au cours des deux dernières années.

On reconnaissait toujours, d'après Charles Meunier, son style, par la hardiesse des formes architecturales qu'il créait. Il avait atteint le sommet de son art dans la conception d'une passerelle entre deux édifices.

Elle était comme enrubannée d'une structure en béton en nids d'abeilles. Les alvéoles étaient fermées par des plaques de verre teintées des sept couleurs de l'arc-en-ciel, rappelé par la courbure donnée au passage piéton.

Le soleil de midi créait un surprenant effet vitrail. Il n'était pas rare que les gens ralentissent le pas pour baigner dans une atmosphère irréelle, disait-on.

La Mère acheta dans un centre de presse de Lons-le-Saunier des magazines populaires nationaux et internationaux. Elle se concentra dans leur lecture avec la curiosité d'une midinette. Elle espérait, à travers les reportages, découvrir Hugo Reinert parmi les architectes, les designers et pourquoi pas parmi les gens du spectacle.

Elle lisait, au lit, les articles avec un mélange d'appréhension et de curiosité. Ce qui énervait le Père.

Ses craintes grandissaient de page en page. Le monde qu'elle découvrait se montrait tellement différent du sien.

Et c'était le monde d'Elise ! A l'image des femmes figurant sur les photos, la jeune femme devait, sans doute, participer à des réceptions mondaines, à côté de son mari.

De périodique en périodique, la Mère comprenait que les gens représentés toujours en tenue de gala préféraient la lumière des flashs à la lumière du jour. Ils se retrouvaient en des lieux où il fallait être pour exister. Et pire, à ses yeux, en les voyant en convives, elle comprenait que leur intérêt à rencontrer des personnages plus importants qu'eux l'emportait sur celui de bien manger. Elle imaginait sans peine Elise grignotant du bout des doigts, des mets aussi délicats que peu copieux. Sans jamais manger de pain et ne buvant que de l'eau comme elle le faisait à la maison Salleneuve.

Chaque soir, adossée contre l'oreiller, elle saisissait mieux, du moins le croyait-elle, le monde de la jeune femme d'avant les collines. Mais elle cherchait Hugo Reinert au fil des pages. Enfin, elle le trouva, sur une photographie, au moment où elle s'y attendait le moins. Les revues formaient déjà une pile impressionnante entre les pieds de la table de nuit. Il était vêtu de sombre et portait le nœud papillon. Pris de face en train de serrer la main d'un notable d'Utrecht, il ne souriait que des lèvres. Son regard était d'une fixité dominatrice. Sa silhouette, celle d'un homme fin et racé. Une jeune femme lui tenait le bras. Elle était d'une beauté de mannequin d'un magazine de mode. La légende de la photo parlait autant d'elle, animatrice d'une télévision allemande, que de Reinert, concepteur de la fameuse passerelle « Arc-en-Ciel », devenue l'une des principales attractions du quartier de la ville.

La Mère, d'une manière incompréhensible, ressentit, en voyant Reinert, un sentiment soudain d'infériorité. Le sentiment qu'éprouvaient ses aïeux bressans, tous des petites gens, lorsque le propriétaire, « le Môsseu », comme ils l'appelaient, venait une fois par an, recevoir le fruit du métayage.

Le Commis, qui n'enlèverait pas sa casquette, même devant un Archevêque, lui aurait dit, apprenant sa réaction complexée :

« Alors, Patronne, des hommes ont marché sur la lune. Pourtant on a encore peur du « Môsseu ! ».

Rien que de penser au Commis et à l'éventualité de ses sarcasmes, la Mère, comme à l'accoutumée, se ressaisit et jeta rageusement le magazine sur le plancher. Le bruit fit grogner le Père dans son sommeil. Le lendemain, elle mettrait toute cette littérature de pacotille au feu. Elle en savait assez sur le monde auquel avait appartenu Elise. Avant, elle occupait la place du « mannequin » au bras de Reinert dans les réceptions mondaines. Parmi tous les gens qu'elle fréquentait, il y en avait bien sûr qui créaient des œuvres de type « Arc-en-Ciel » comme son mari. Mais le monde qui se créait autour d'eux était, pensait-elle, celui de la superficialité, du paraître et du chacun pour soi.

Alors, peu à peu, miracle de sa bonne nature naïve autant que généreuse, l'idée négative qu'elle se faisait de la vie antérieure d'Elise l'arrangeait bien, d'une certaine façon.

Elle était persuadée que la jeune femme avait vécu dans un monde sans âme.

En rehaussant son oreiller, cette nuit-là, elle se sentit plus que jamais investie d'une mission.

A force d'affection, de petits plats et de légumes du jardin, elle contribuerait à redonner à Elise le goût d'exister. Elle tisserait autour d'elle, un cocon familial pour l'isoler de ses anciens fantômes et lui apprendre ce qu'était un véritable foyer.

CHAPITRE XIV

Le Père avait un pluviomètre enregistreur installé dans le jardin de la Mère.

A la mi-mai, il était tombé cent onze millimètres d'eau depuis un mois. Mais il y avait une autre information aussi alarmante. La station d'observation des maladies de la vigne le prévenait d'une attaque imminente de mildiou et d'oïdium. La dernière contamination, dix jours auparavant, s'était déjà montrée sérieuse. Elle avait été bien enrayée. Mais la prochaine contagion semblait beaucoup plus grave. A nouveau, on relevait de nombreuses taches sur le feuillage en Arbois et sur Château-Chalon. Il s'agissait de profiter de la plus petite éclaircie pour traiter le vignoble.

Le Père et Emile ont étudié minutieusement les prévisions météorologiques sur les documents reçus. Ensemble, ils déchiffraient le tableau présentant les dates propices pour traiter. Elles étaient très restreintes. Il n'y aurait que deux jours favorables dans la semaine à venir. Pour chacune des deux journées, le traitement devait se dérouler de dix heures à midi. D'après les prévisions de la station d'observation, il y aurait moins de vent et de risque d'humidité sur les pousses, pendant ce créneau horaire.

Le Père demanda à Emile de faire un rapide calcul. Ce qui fut fait. Conclusion ! En deux heures seulement, ils ne pourraient pas effectuer le travail sur l'ensemble du domaine. Ils tombèrent d'accord pour ne pas suivre à la lettre les recommandations. Ils décidèrent de commencer tôt le matin, plutôt qu'à dix heures. Ils n'avaient pas le choix.

Le Fils était surpris et ravi de participer, enfin, aux prises de décision concernant le domaine. Auparavant, il accomplissait volontiers les travaux de saison. Depuis son licenciement, – deux ans déjà –, il était nourri et logé. Il ne participait financièrement à rien. Il se rappelait la remarque du Père à propos de l'indemnité versée par l'entreprise. Elle était comme marquée au fer rouge dans sa mémoire :

– C'est du mauvais argent. Je n'en veux pas à la maison. Garde-le pour plus tard. Pour toi ! Ici, on ne te demandera rien, sinon de nous donner un coup de main tant que tu seras là.

Le coup de main ! Il l'avait donné. Et même au-delà ! Il travaillait comme un commis. Le Père décidait de tout. Normal ! Il était le Père qui ne lui avait pas demandé de revenir. Alors, Emile s'échinait sur l'ouvrage, sans rechigner. La reconnaissance du ventre !

Mais depuis le mois d'avril, le Père changeait de jour en jour et lui demandait son avis sur tout. Il manifestait alors, d'une façon soudaine et surprenante, un profond respect envers l'environnement. Lui qui, auparavant, n'en faisait aucun cas. Jadis, il s'irritait d'entendre parler, sans cesse, de ce qui était bon ou mauvais pour la planète. Subitement, il devint un chantre de la protection de la nature et un inconditionnel des prescriptions fournies par le fameux Grenelle de l'environnement.

Alors, les traitements phytosanitaires devinrent son principal souci. Il disait :

– Traiter mieux pour traiter moins.

Qu'il convertissait en :

– Traiter quand il faut, comme il faut.

Il en avait fait sa principale devise. Il l'inscrivit même au stylo-feutre, en grosses lettres noires, sur l'armoire métallique renfermant, pour la sécurité, tous les produits de traitement.

Ce changement d'attitude n'avait pas dû être facile pour lui. Surtout de la part d'un homme qui, voulant protéger ses vignes à tout prix contre la maladie, traitait plutôt plus que pas assez. Mais c'était sa manière d'impliquer davantage Emile dans la viticulture. L'impliquer, certes ! Mais le séduire aussi car il savait le Fils très sensible aux problèmes écologiques comme tous les jeunes gens de sa génération.

En collant l'affiche portant la devise, il faisait un acte de pédagogie auprès d'Emile. Même si, secrètement, en la rendant visible, il cherchait à se convaincre du bien-fondé de son inscription.

Il décida brusquement de changer de matériel. Jusqu'alors, les traitements se faisaient avec une puissante turbine placée très haut, à l'arrière du tracteur enjambeur. Avec le bruit d'un réacteur d'avion, elle pulvérisait le produit autant sur le sol et dans l'air que sur la vigne. Le Père disait toujours qu'il fallait réfléchir longuement avant d'agir. Pour réfléchir, bien sûr, il réfléchissait mais vite et d'une façon inaccoutumée.

Avec l'avis d'Emile qui peinait à le suivre, il demandait des devis. Lorsque les réponses tardaient, le Père rappelait les fournisseurs. La turbine pollueuse fut remplacée dans un bref délai par un système pulvérisateur à rampes verticales passant entre les rangs de vigne. Ce système limitait considérablement les pertes de produit dans l'environnement en projetant sa quasi-totalité sur les feuilles. Dans sa frénésie de nouveaux investissements, le Père ne s'arrêta pas là. Il prévoyait de construire, derrière la maison, une station de lavage avec récupération des effluents dans une cuve enterrée. Le Fils ne pouvait qu'y souscrire.

Le Père ne parlait que de ses projets à table. La Mère ne disait rien. Emile la voyait quelquefois sourire. Même Elise semblait écouter le Père avec intérêt. Parfois, et c'était nouveau, il s'exprimait en la regardant comme s'il cherchait à l'associer. A plusieurs reprises, il vit le visage de la jeune femme se détendre, donnant l'illusion qu'une entente s'établissait entre elle et le Père.

Le Fils mit en œuvre le matériel de traitement dès sa livraison. En le voyant faire, le Père se montrait d'humeur joyeuse. Entre deux essais, il démontait et remontait, sans raison, les buses de pulvérisation avec des gestes d'horloger et un plaisir non dissimulé.

Ce fut, pour les deux hommes, une période charnière dans leur manière de travailler ensemble. Le Père laissait beaucoup d'initiatives à Emile. La prise en main du nouveau matériel et le suivi du projet de la station de lavage lui rappelaient son métier d'ingénieur. Il n'était plus commis. Le travail physique et intellectuel du moment atténuait, de surcroît, le souci qu'Elise, éteinte et sans ressort, lui causait. Il le réconfortait aussi dans son espoir qu'elle redevînt, comme avant, au temps des Abbesses et de leur bonheur charnel. Un espoir renforcé par l'intérêt, bien que fugitif, qu'elle montrait parfois, à table, aux paroles du Père.

Le soir, dans leur chambre, encouragé, il lui expliquait les travaux de la journée écoulée en pensant lui faire partager son enthousiasme retrouvé. Il parlait beaucoup jusqu'à s'étourdir. Elle l'écoutait, sans rien dire, avec parfois un regard amusé. Mais vite, cette petite lueur de vie s'éteignait. Elle reposait, d'un geste las, le livre qu'elle lisait. Un livre dont le marque-page ne se déplaçait guère de jour en jour. Elise se retranchait du monde. Emile terminait à peine de se déshabiller, qu'elle dormait déjà, d'un sommeil artificiel, sous l'effet des médicaments.

Une nuit, un couple de fouines en rut fit un grand tapage dans le grenier, juste au-dessus de leur chambre. Entre les sarabandes menées par les sauvagines, le Fils entendait le souffle paisible de la jeune femme. Elle paraissait s'en remettre à lui.

Alors, ce fut pour lui, une évidence ! Par une nuit de sauvagines, en folie d'amour nocturne, Emile pensa qu'il n'y avait pas de meilleur endroit que la maison Salleneuve pour lui redonner le goût de vivre.

Il attendait le bon moment pour proposer au Père de rester définitivement chez lui.

CHAPITRE XV

Il était à peine six heures. Le levant prenait des lueurs d'incendie. Mauvais signe pour les jours suivants. La pluie assurée ! Mais ce matin-là, il y avait une embellie. La station météorologique avait vu juste. Il ferait beau pendant quarante-huit heures. Il s'agissait d'en profiter et de traiter la vigne contre le mildiou et l'oïdium.

La Mère s'était levée avant les hommes pour faire le café. Elle prit une grosse miche de pain qu'elle avait mise à rassir dans la huche. Elle y traça d'un geste vif, une croix sur son envers, de la pointe de son couteau. Puis elle fit de larges tranches qu'elle introduisit dans le grille-pain. Elle sortit du réfrigérateur le beurre en motte posé sur une petite assiette en porcelaine blanche. Elle retira un pot de miel d'acacia du printemps précédent de son armoire de cuisine. La température ambiante l'avait délicieusement liquéfié. Elle ne put résister au geste enfantin de tremper l'index dans le nectar et de le sucer. De mettre ses papilles en fête tôt le matin lui donnait de l'entrain, disait-elle. Alors, elle replongea le doigt encore plus profondément dans le miel et le téta, produisant un bruit de succion prolongé.

Lorsque les hommes arrivèrent, la grande cuisine sentait bon le pain grillé et le café chaud. La Mère se tenait debout pendant qu'ils déjeunaient. Elle penserait à elle après leur départ.

Après qu'ils eurent mangé, elle les regarda traverser la cour. Pour ne pas réveiller Elise, Emile avait demandé au Père de garer les tracteurs près du portail, prêts à partir. Elle vit le Fils monter lentement dans la cabine du gigantesque enjambeur. Le Père s'installa sur le siège du petit tracteur vigneron. Dans un bel ensemble, ils firent démarrer le moteur dans un bruit assourdissant. Ils s'engagèrent dans la rue, le Père en dernier. Son quatre-roues motrices traînait une remorque chargée d'une citerne d'eau destinée à diluer le produit de traitement. A vitesse lente, les deux hommes se dirigeaient vers les coteaux dans un nuage de fumée bleue.

Le silence revenu, la Mère fit une toilette rapide. Elle se rafraîchirait après son travail. Elle revint dans la grande cuisine et resta debout devant la fenêtre donnant sur la cour. Le matin, elle aimait le calme qui régnait dans la maison. Un pâle soleil faisait perdre à l'aube ses couleurs. Quelques rayons de lumière blanche filtraient, cependant, à travers le feuillage des grands tilleuls au fond du jardin. Ils faisaient ressortir les défauts des vieux carreaux ainsi que des points de poussière. Il faudrait, pensait la Mère, donner un coup de chiffon. Mais elle ne le fit pas. Non pas par manque de courage. Elle en avait à revendre, comme disait la vieille Anne, son ancienne femme de ménage :

– On ne fait jamais les vitres quand le soleil donne à travers. On voit trop les traces laissées par le chiffon. Quand on veut en effacer une, on en crée une autre …

Elle se servit du café et revint à la fenêtre. Elle le buvait à toutes petites gorgées, en clignant des yeux, autant à cause du plaisir que de la lumière. Elle achetait, depuis plusieurs années, un arabica d'Ethiopie. Elle le sucrait à peine pour ne pas le dénaturer. Il était si généreux qu'une petite gorgée, prise du bout des lèvres, suffisait à napper la bouche d'un goût chocolaté.

Depuis la nuit d'insomnie et d'amour avec le Père, elle se sentait soulagée, comme délivrée d'un poids. Leur décision de créer les meilleures conditions pour qu'Emile décidât lui-même, de rester sur le domaine, n'y était pas pour rien. Et la manière de la sceller en faisant l'amour, contribuait à la sacraliser. Elle se sentait plus que jamais capable d'affronter toutes les difficultés de l'existence et d'aider Emile et Elise à y faire face.

En ce matin de mai, la Mère prenait le temps de savourer son bonheur d'exister. A tel point qu'un friselis de plaisir inattendu lui parcourut le ventre. Un souvenir, à n'en pas douter, de la jouissance partagée avec le Père, quelques nuits auparavant.

Debout devant la fenêtre, avec mille idées en tête, la Mère touchait au ravissement.

CHAPITRE XVI

C'était la deuxième journée de traitement phytosanitaire. Le beau temps avait l'air de durer. Les deux hommes sortirent du portail dans un vrombissement assourdissant des moteurs et accompagnés dans la rue par l'habituel nuage de gaz d'échappement. L'isolation de la cabine du tracteur enjambeur protégeait le conducteur de toute inhalation des produits injectés.

Cependant, le Fils avait revêtu une combinaison qui le protégeait de la tête aux pieds. Il portait autour du cou, un masque respiratoire. Il ressemblait à un cosmonaute. Il aurait tant aimé qu'Elise le vît ainsi vêtu pour au moins espérer un sourire. Le Père était habillé en vigneron, comme d'habitude. Il apportait l'approvisionnement en eau pour recharger la cuve de produits. Il ne s'exposerait pas au fin brouillard d'ingrédients pulvérisés et n'avait pas besoin de s'en protéger.

Sur le pas de la porte, la Mère les avait regardés partir. Elle avait l'esprit léger comme la veille et décida d'aller au jardin. Elle craignait la présence de doryphores sur les pommes de terre.

Quand elle traversa la cour, le soleil se trouvait à mi-hauteur des tilleuls. Le battant de la porte du jardin grinça. Pour elle, ce bruit n'apparaissait pas anormal. Elle pourrait demander au Père de lubrifier les gonds avec sa bombe d'huile à fusil, elle ne le fera pas. Elle trouvait que ce léger chevrotement, provoqué par chaque ouverture, s'accordait avec cette vieille demeure. C'était même rassurant pour elle, comme pouvait l'être, jour après jour, le même craquement d'une poutraison séculaire ou les plaintes répétées du mât d'un voilier. Le bruit de la porte du jardin n'était donc pas la conséquence d'une négligence. Il rythmait ses allées et venues. En produisant chaque fois le même son, il faisait croire en des temps immuables malgré les bouleversements de la vie. Et la présence d'Elise en étant un ! Et pas des moindres !

Elle parcourut le carré de pommes de terre. La bouillie injectée par le Père maquillait les feuilles d'un poudrage vert et bleu. Elle fut soulagée de ne voir aucun doryphore. Elle éprouvait, pour ces insectes, une grande répulsion et les comparait aux poux. L'origine de ce dégoût datait de son enfance. Lucie, sa voisine de classe à l'école primaire, avait des poux dans sa chevelure et sentait l'écurie. Lucie cumulait sur sa tête crasseuse tous les handicaps qu'une famille pauvre infligeait. Outre son incapacité à apprendre à lire et à écrire, elle avait, de surcroît, des locataires indésirables dans ses cheveux filasses. Des parasites qui pouvaient élire domicile sur d'autres têtes. Chaque enfant eut droit alors, à un traitement aussi collectif qu'énergique infligé par la dame Maîtresse Angèle. Le traitement fut renouvelé à la maison. Cela prenait la forme d'une punition.

Dame Maîtresse Angèle eut toutes les peines du monde à ce que Lucie ne fût pas rejetée par ses camarades. Après quelques leçons de morale durant cinq jours d'affilée en première heure et portant sur l'hygiène corporelle et la tolérance pour autrui, l'école de la République éprouva bien des difficultés à faire réintégrer la pauvre Lucie dans les jeux de la récréation. En même temps, la Mère apprenait au catéchisme qu'il fallait aimer son prochain, quel qu'il fût, en toutes circonstances. Elle eut du mal à appliquer les recommandations de la dame catéchiste et de la dame maîtresse.

L'odeur du fumier, elle pouvait s'y habituer à force d'être assise à côté de Lucie. Par contre, son grand-père Octave, ancien combattant de la guerre dans les Dardanelles, lui disait que les poux augmentaient le risque d'attraper le typhus. Il disait que pour traiter ces bestioles, on faisait comme pour les doryphores des pommes de terre : on saupoudrait ! Le grand-père y était allé un peu fort mais le mal était fait. Pour se rattraper, il disait que ces doryphores, certes aussi détestables que les poux, ne donnaient pas le typhus. Mais la Mère entretenait aveuglément la confusion entre ces deux prédateurs. Elle refusa de manger des pommes de terre pendant des mois, même les pommes de terre nouvelles dont elle raffolait.

Elle gardait ainsi, depuis l'enfance, une profonde aversion contre les doryphores. Alors, chaque année, elle demandait au Père de traiter, plus qu'il ne fallait, les pommes de terre contre l'invasion des insectes coléoptères, dévoreurs de feuilles.

CHAPITRE XVII

Depuis la tentative de suicide d'Elise, à Noël, Emile n'avait pas retrouvé son corps.

Cela faisait cinq mois que ses doigts ne cheminaient plus sur sa peau. Ils auraient été pourtant aussi habiles qu'auparavant.

Pendant tout ce temps, la paume de ses mains n'avait coiffé ni un sein, ni épousé le modelé d'une hanche, ni pétri une fesse.

Alors, pour tenter de compenser ce manque, il lui faisait prendre des poses en pensée, comme au temps des Abbesses. Il retraçait patiemment, pendant ses insomnies, la géométrie parfaite de ses grains de beauté.

Après leur retour de Lyon, il espérait retrouver leurs étreintes.

Ce fut le lendemain de leur arrivée, en mars, qu'il connut l'un des plus grands déchirements de sa vie.

Fatigué de la première journée de travail, il décida de se coucher tôt. Mais il voulait surtout retrouver Elise dans l'intimité de leur chambre.

Il se déshabilla vite pour se mettre au lit le premier. Il vit avec stupeur qu'elle tarda à le faire. Pire, elle retira ses dessous après avoir revêtu sa chemise de nuit. Elle le rejoignit, enfin, mais sans empressement. Il eût été maladroit de lui parler. Il ne le fit pas. Il connut alors la redoutable épreuve de dissimuler une souffrance intérieure par une attitude faussement indifférente.

Il se risqua, cependant, à passer une main à plat sur son ventre et de la faire glisser jusqu'au bombement du tissu formé par sa toison d'amour. Elle ne repoussa pas son geste mais resta les cuisses fermées, ce qui lui fit encore plus mal. Il n'insista pas. Il l'aimait tant. Le cœur lourd, il se replia sur son désir et mit du temps à s'endormir.

Avant le drame des Abbesses, le Noël précédent, l'amour les pressait de se rejoindre dans la chambre face au lac. Depuis son retour chez le Père, Emile se nourrissait de son amour pour elle afin de s'armer de patience.

Le revirement de situation et l'indifférence d'Elise à son égard étaient bien éprouvants.

Avant, quand il la regardait poser nue, il lui faisait déjà l'amour avec ses yeux. Elle aimait à le lui dire. En amante experte et savante, elle lui avait fait prendre conscience de sa forte sensualité. A force de jouissance partagée, elle l'avait enchaîné.

Mais sous le toit du Père, Elise n'était que langueur et abattement. Elle ne parlait plus, sinon pour dire merci quand la Mère l'invitait à manger davantage.

Depuis ce jour, Emile était en mal d'amour. Son ventre ne s'habituait pas à l'abstinence. A l'époque du bonheur, elle lui disait souvent, – voyait-elle dans l'avenir ? –, lorsque l'un viendra à manquer, l'autre devra suppléer. Alors, il faisait beaucoup d'efforts sur lui-même. N'était-il pas toujours son identique et son pareil, comme elle disait ? Le Fils avait beaucoup de mal à s'en persuader.

CHAPITRE XVIII

Comme chaque année, l'esca avait fait des ravages dans le vignoble. Il n'existait pas de traitements pour s'en protéger. Alors, les vignerons arrachaient les pieds morts ou les tronçonnaient au-dessus de la soudure de greffage.

Dans la vigne aux Etoiles, une centaine de ceps environ étaient morts, cent dix exactement. Emile les avait comptés en les sciant avec la tronçonneuse de jardin. Le Père avait commandé à un entrepreneur de travaux viticoles, Charles Rousselet, de creuser les trous pour les remplacer. C'était avant Noël, avant la tentative de suicide d'Elise. Ce jour-là, Emile participa à un travail inconnu par lui.

Le tracteur enjambait deux rangs. Du haut de sa cabine, Charles forait avec une tarière de grand diamètre, en passant d'une rangée à l'autre. Le Fils marchait dans une ligne, à côté, pour observer. L'herbe courte se dentelait de givre. Le sol gelé résistait à la pénétration de l'outil. La commande hydraulique chevrotait de toute sa puissance. Par une lente rotation, l'énorme vrille se vissait dans la terre. Les éclats de roche crissaient au contact de l'acier. Les racines des pieds malades étaient encore bien vivantes, toutes irriguées de sève, mais de sève contaminée. Souples, elles n'offraient aucune prise au tranchant. Elles n'étaient donc pas coupées mais arrachées de leur gaine d'argile jusqu'à leur chevelu. Certaines, plus tenaces, s'enroulaient en écharpe autour du fer poli par l'usage. Avec son tracteur géant, Charles progressait dans la vigne au rythme lent des forages. Il laissait derrière lui des trous béants, cerclés par des bourrelets de la terre évacuée. Lorsque le nombre fut atteint, le Fils offrit à Charles un café tiré de son thermo, puis se fit expliquer le fonctionnement du tracteur.

Alors qu'il grimpait dans sa cabine, l'entrepreneur lui lança, malicieux :

– Un trou est fait pour être bouché !

– Pardon ?

Emile ne comprit pas l'allusion.

– Votre père ne vous a pas dit ?

– Dit quoi ?

– Il faut remettre la terre dans le trou.

Le Fils croyait à une plaisanterie.

– Je suis sérieux, Monsieur Salleneuve. La terre remise en place s'affinera pendant l'hiver avec la pluie, la neige, le gel. Elle sera meuble, à point, lorsque vous planterez vos jeunes pieds.

Assis sur son siège, il dit encore :

– J'oubliais de vous dire. L'opération ne peut se faire qu'à la pelle. Bon courage !

Puis il mit en route son engin. Le bruit du moteur couvrit son rire.

Penaud, Emile le vit disparaître dans un virage du chemin des Etoiles. Il effectua le travail sans rechigner. Peu d'ingénieurs sans doute n'avaient autant utilisé une pelle en si peu de temps.

Il prit vite la cadence et remplit les cent dix trous en moins d'une journée.

A cette époque, ses mains étaient orphelines du corps d'Elise. Cependant, il répugnait de les avoir calleuses. Il mit des gants pour tenir le manche.

L'hiver passa et accomplit son œuvre. Les trous rebouchés restaient visibles. Ils formaient des disques de terre sans herbe. Ils ponctuaient inégalement les rangs. Certains, pourtant, se trouvaient à intervalles réguliers. Ils témoignaient des ravages de l'esca et son pouvoir de contaminer plusieurs pieds d'affilée.

Au vingt du mois de mai, il faisait bon, enfin, depuis une semaine. La terre de la parcelle aux Etoiles avait perdu l'eau des anciennes pluies sur une grande profondeur. Déjà, elle se gaufrait en surface et craquait délicatement sous les pieds. Cependant, elle gargouillait quand le pas devenait lourd.

Trois jours auparavant, le Père fit l'expérience de taper brutalement du soulier. Elle réagit au coup de talon. Un long gargouillis se propagea dans son ventre, sur une largeur de trois rangs de ceps. La terre se montrerait friable pour être à nouveau creusée. Une bêche y trouverait le mouillé au bout de son fer. Le Père conclut que les conditions étaient idéales pour planter des jeunes pieds de vigne, aux endroits des trous rebouchés, même s'il était un peu tard, dans la saison pour le faire.

Il décrocha les outils de plantation d'un râtelier de son atelier, sur le côté de la grange. Chacun d'entre eux correspondait à une manière de faire.

Le Fils ne les connaissait pas.

Au premier regard, il les trouva beaux.

Il les saisit les uns après les autres comme un apprenti luthier dans la découverte d'instruments anciens.

Une évidence ! Ces outils, pourtant inertes, n'étaient pas morts. Ils n'étaient pas muets non plus.

Ils ont parlé au Fils, dès la première seconde.

Le Père prit le plus léger qu'il appela fourchette. Cet outil en forme de té, se composait d'une tringle métallique fixée perpendiculairement à un manche long de quatre doigts et bombé en son milieu pour une prise en mains parfaite. Le forgeron, avec son bédane, avait fendu l'extrémité de la tige sur une longueur de trois doigts. La fente ainsi créée s'évasait en bout pour constituer deux dents pointues, ouvertes en vé et taillées à l'arrière en biseau. Son nom, fourchette, venait de la forme des pointes.

Le deuxième se montrait impressionnant. Une gouge, a dit le Père ! Son fer, d'un poli de miroir, brillait comme un soc de charrue. Avec sa forme en gouttière, elle faisait penser à une jambière portée par les guerriers grecs de l'antiquité. Le forgeron avait aminci le dessus de la gouttière en une tige liée à un manche. L'ensemble formait une croix. L'outil exigeait d'être tenu des deux mains.

Quant aux autres instruments, il s'agissait d'une bêche à fer plat ainsi que d'une petite pioche à manche court pouvant être utilisée parfois d'une seule main.

– Un fossou, a dit le Père en souriant.

C'était son nom donné par les gens des collines.

Sur chacun des manches de ces quatre outils, les initiales A.S. étaient gravées au feu. A.S. Adrien Salleneuve, l'aïeul Tonnerre de Dieu.

Le Fils fut troublé en les voyant. Il comprit leur signification. Mais par pudeur, il se retint de la dire au Père. Pour lui, ces lettres majuscules n'affirmaient pas une idée d'appartenance. Adrien était mort depuis plus de trente ans. Elles témoignaient plutôt de la continuité du temps et liaient les générations de Salleneuve entre elles. Le passé survivait dans leurs pleins et leurs déliés. Elles rappelaient tout le chemin parcouru par la famille depuis leur gravure, entre les deux guerres mondiales. Ces initiales semblaient dire à Emile, le dernier :

– Notre histoire avec toi continuera-t-elle ?

Le Père l'observait silencieusement. Ce qu'il lisait dans les pensées du Fils le rendait très heureux.

Emile prit chaque outil, les uns après les autres et les retourna dans tous les sens, pour les regarder en détail.

L'usage, pendant tant d'années, les avait embellis. Leurs formes s'étaient adoucies. Les mains calleuses des commis avaient lustré leur bois. Les gestes pleins de noblesse de ces hommes avaient rendu ces instruments vénérables. L'acier de la gouge et de la bêche, en se frottant à la terre, offrait au regard l'effet d'un beau grainé. Ces outils ne présentaient plus d'angles vifs. Même leurs pointes s'étaient arrondies. Comme de vieux meubles patinés, ils paraissaient plus beaux usés, qu'à l'état neuf. De la terre marbrait, par endroits, le métal de la fourchette et du fossou. Emile essaya de la gratter avec l'angle du pouce. Mais en vain, elle ne s'écaillait pas. La terre ancestrale était devenue la peau de l'acier et l'empêchait de rouiller. Le Père vit le geste. Il expliqua que les outils n'étaient jamais lavés à grande eau après utilisation pour éviter leur oxydation. Ils étaient grattés pour enlever le plus gros de la terre ou parfois bouchonnés avec un papier journal pour les sécher.

Le Fils observa de nouveau les initiales A.S. Elles prenaient pour lui la valeur d'inscriptions gravées dans le marbre.

Mais pour le Père, les moments de sentiments ne devaient pas trop durer. Le travail attendait. Il y avait cent dix pieds de vigne à planter au travers de la vigne aux Etoiles. Les conditions se montraient bonnes. Il s'agissait d'en profiter par crainte que le temps ne changeât.

Arrivés sur la colline, le Père passa vite aux démonstrations. Il voulut montrer au Fils comment utiliser la fourchette. Tout d'abord, il fit cinq trous de suite avec un plantoir cylindrique coudé, muni d'un repère pour ne pas aller trop profondément. Chaque jeune pied de vigne devait dépasser d'un à deux centimètres le niveau du sol, pour se développer à l'air libre. Puis, il saisit la fourchette, la main droite bien refermée sur le manche, la tringle passée entre l'index et le majeur. Avec l'autre main, il prit un plant parmi la botte immergée à demi dans le praliné d'un seau de vendange et plaça sa hampe entre les dents. Puis, le tenant par la tête, il l'appliqua de toute sa longueur sur la tringle. Ensuite, il le remonta, parallèlement à la tige jusqu'à faire buter le bourrelet formé par les racines, contre les dents. Il le présenta à l'entrée du trou et le descendit, – les racines se rebroussaient –, en poussant sur le manche de la fourchette. Après, il retira l'outil et tassa la terre meuble tout autour du pied avec l'extrémité du manche du fossou. Il ne devait y avoir aucune poche d'air. Le plant devait être en contact avec la terre de la pointe de ses racines jusqu'au niveau du sol pour assurer sa reprise. D'où la nécessité d'un bon tassement ! Cette recommandation paraissait primordiale pour le Père, au point de la répéter. Enfin, il coiffa le futur cep d'une gaine en plastique trouée au-dessus pour l'aération. Ce manchon, maintenu en plus par un tuteur en bambou fiché en terre, avait pour objet de concentrer la chaleur du soleil sur la jeune pousse pour un bon débourrement. Il offrait également une protection efficace contre le coup de dent en cisaille des lièvres.

A chaque opération, le Père s'assurait de la bonne compréhension d'Emile. Son insistance faisait sourire ce dernier. Lorsque le Père parlait avec autorité, le Fils s'en amusait intérieurement. Mais il s'appliquait à jouer ostensiblement le rôle du bon commis, ce qui énervait le Père. Ce que recherchait le Fils !

Le Père, un peu vexé, lui tendit la fourchette et dit :

– A ton tour, cette fois.

Emile n'eut pas de mal à imiter les gestes. Le Père l'observait. Le Fils donnait l'impression d'avoir fait ce travail depuis toujours. Le Père se garderait bien d'exprimer sa satisfaction. Pourtant, il se rengorgeait de fierté.

Sidéré, comme chaque fois qu'il voyait le Fils s'adapter aisément à un nouveau travail et acquérir le geste professionnel adapté. Ce garçon avait apparemment du sang Salleneuve dans les veines. Il pouvait continuer seul les plantations avec la fourchette.

Mais avant de descendre à la maison, le Père voulut lui montrer l'utilisation de la gouge.

Très vite l'emploi de l'outil ne se montra pas convaincant. Le Père l'enfonçait dans le sol en soufflant sous l'effort. Ses joues rougissaient. Les veines de son visage se gonflaient. En même temps qu'il appuyait du pied sur le dessus du fer, il basculait l'outil de droite et de gauche pour une meilleure pénétration. Arrivé à la profondeur estimée, il s'arc-bouta des deux bras sur le manche et grimaçant, fit effectuer au fer un tour complet. Puis il retira la gouge à grand-peine, en poussant une plainte. Il décolla enfin la carotte de terre de l'intérieur de la gouttière d'un coup de talon. Ce n'était pas, à l'évidence, un travail de tout repos. La terre, de surcroît, devenue légère, en quelques jours, retomba dans le trou en le remplissant au tiers. Les deux hommes rirent devant le peu de résultat. Après l'essai peu concluant avec la gouge, le Père s'apprêtait à repartir à la maison. Emile le rappela :

– Et la bêche. Tu ne m'as pas montré comment faire !

– Ah ! La bêche ! Avec elle ce serait pourtant la meilleure méthode, mais tu te vois creuser une centaine de trous avec les risques de rencontrer de la roche ? Non, trop fatigant. Tu te casserais les reins ! Je l'avais prise machinalement parce qu'elle se trouvait avec les autres outils.

– Tu me montres ?

– Quoi ?

– Comment on fait !

– Pas la peine, je te l'ai dit. Trop dur ! Et puis, j'ai un client à dix heures.

Mais il céda devant le regard insistant d'Emile.

Il réalisa un trou carré de la largeur du fer de la bêche. Il appuyait du pied droit sur le dessus du tranchant et pénétrait chaque fois de trois à quatre centimètres. Puis il évacuait la terre. Le trou creusé, il se mit à genoux. Il enlevait de ses mains, les éclats de roche et les petites mottes qui y étaient tombées. Enfin, avec le fossou, il fit tomber de la terre fine et l'étendit avec précaution du bout des doigts jusqu'à former, sur le fond, une litière d'épaisseur régulière. Il y étala le chevelu fourni d'un jeune plant en évitant le chevauchement des racines. Ensuite, il recouvrit ce chevelu d'une couche de terre poudreuse. Il ne la pressa pas trop avec le manche du fossou retourné, par crainte d'écraser les racines. Il prit le temps de planter un autre pied. Rien, dans sa façon de faire, n'échappait au Fils. A sa manière de rempoter la terre puis de la pétrir et enfin de la modeler, le Père prenait, tour à tour, les gestes du fleuriste, du boulanger et du potier. Ce sera ce procédé qu'Emile utilisera. Le Père fut surpris de son choix. Mais pressé de retourner à la maison pour recevoir des clients, il ne fit aucun commentaire et le laissa libre d'opérer.

Plus tard, à midi sonnant, le Fils ressentait déjà des courbatures dans les membres et au bas du dos. La chemise mouillée de sueur, il rangea les outils dans la cabine de l'utilitaire. Le travail était lent, épuisant. Il lui restait quatre-vingt-dix-huit pieds à mettre en terre. Cela ne l'impressionnait pas.

Malgré la fatigue, il était impatient de revenir après le repas. Il avait de bonnes raisons pour cela. Deux heures plus tôt, en lui montrant comment planter, le Père eut des gestes avec la terre comme s'il s'agissait d'un être aimé. Les gestes doux d'un amant attentif à ne pas brusquer l'amante. Le Fils en fut troublé. Il n'imaginait pas que le Père fût capable de communier à ce point avec la nature. Il ressentit alors un surprenant désir d'amour dans le ventre. L'amour dont il était sevré depuis si longtemps.

La demie de treize heures venait de sonner au clocher. Emile gara l'utilitaire sur un contour de la vigne aux Etoiles. Il revenait tôt au travail. Il n'avait aucune raison de rester à table. Elise, comme chaque jour après le repas, remontait dans leur chambre pour la sieste. Elle avait dû exagérer dans la prise de médicaments. C'était ce que pensait la Mère. La jeune femme était dans un état de somnolence inquiétant et se déplaçait comme un automate. Une morte vivante, comme aurait dit le Commis.

Mais ce n'était pas la principale cause de l'empressement d'Emile à remonter sur la colline. Il avait hâte de se remettre à planter de jeunes pieds de vigne. Il s'était bien organisé pour accomplir ce travail. Il avançait dans la ligne où il avait commencé le matin. Il poussait une brouette métallique de terrassier remplie de son matériel. Trente plants regroupés en botte trempaient leurs racines dans le pralin.

Un sac de terreau se tenait verticalement dans un équilibre instable, ce qui obligeait Emile à ne pas trop lever les brancards de la brouette. Il avançait le dos courbé. La roue grinçait à chaque tour. Une fauvette imitait le rossignol dans un buisson au-dessus de la parcelle. Le grincement ne s'accordait guère avec le chant mélodieux. Emile mettra une goutte d'huile sur l'axe de la roue à son retour à la maison. Il arriva enfin à l'endroit de son travail. La fauvette, là-haut, s'égosillait de plus belle. Le Fils se dit que l'après-midi serait beau.

Il prit la bêche et commença à creuser. D'habitude, il mettait des gants pour travailler. Mais ce jour-là, il avait décidé de rester les mains nues. Après le repas, dans la salle de bains des parents, il s'était coupé les ongles à ras. Comme il le faisait avant chaque rendez-vous d'amour avec Elise à l'hôtel des Abbesses. Il craignait tant de la blesser. Il ne redoutait certes pas de griffer la terre des Etoiles ni de sentir l'argile se loger sous ses ongles au risque de les casser. Non, il désirait se mettre en intimité avec la terre.

Le matin, Emile avait travaillé avec le Père au chant de l'alouette mais l'après-midi, l'oiseau des nuages se retenait de chanter. L'oiseau préférait le soleil matinal pour monter au ciel avec la brume de la rosée. Alors, la fauvette dans un buisson au-dessus de la vigne aux Etoiles profitait de sa discrétion. Elle modulait ses trilles pour qu'il levât la tête, ce qu'il fit en s'appuyant sur le manche de la bêche. Le moment lui paraissait magique. Un pouillot véloce ne voulut pas être en reste… Il ne chantait que sur deux notes de sons différents, l'un élevé, l'autre bas. Des sons identiques à ceux de pièces en or qu'un usurier ferait tomber une par une, sur un tas de monnaie. La fauvette lançait ses variations mélodieuses, tandis que le pouillot véloce rythmait la mesure sur deux temps. Ils étaient juste là, dans la friche d'en haut pour enchanter Emile. En les écoutant, il devint d'humeur vagabonde. Il lui plaisait d'imaginer qu'il s'agissait d'oiseaux du Paradis de la Mère. Ils seraient descendus sur terre, rien que pour lui, en faisant de ses vulgaires buissons, enchevêtrés d'épines, l'enceinte acoustique de voix célestes.

Emile se remit au travail. Il appuyait du pied droit sur le fer de la bêche mais modérément. Il ne voulait pas enlever une grande épaisseur de terre. Certes, pour éviter de former des mottes mais aussi pour prendre son temps et profiter du moment venu. Le duo formé par les oiseaux, là-haut, l'y aidait.

Aux Abbesses, il ne fit jamais sur elle de gestes précipités.

Quand ils se retrouvaient, ils restaient longtemps debout, face à face, à se dévisager, à se toucher du bout des doigts. Chaque après-midi de rencontre, le lac semblait faire exprès de prendre des couleurs singulières. Il déclinait ses plus beaux verts du côté de ses roselières. Ces couleurs devaient, normalement, attirer le regard puis le retenir. Mais Emile ne s'en souciait guère. Les yeux d'Elise se mouillaient de la joie des retrouvailles. Seul, leur bleu turquoise valait la peine d'être regardé. Alors, à genoux, avec d'infinies précautions, il la déchaussait et lui baisait les pieds. Puis, se plaçant derrière elle, il lui enlevait ses vêtements, l'un après l'autre, avec lenteur et délicatesse. Avec les effets en chiffon autour d'elle, elle paraissait une nymphe sortie de sa chrysalide.

Ainsi les gestes d'Emile prolongeaient le rituel de gravir, une à une et sans empressement, les vingt-six marches d'escalier sur deux niveaux de l'hôtel, pour arriver jusqu'à elle.

Il commença à creuser le deuxième trou au plus fort du chant des oiseaux. A les écouter, tout en travaillant, il ressentait monter en lui comme un sentiment de reconnaissance envers eux car enfin, ces deux oiseaux remontés d'Afrique, depuis mars, s'accordaient à chanter à deux voix sur une terre abandonnée, redevenue sauvage. Dans l'enchevêtrement des branches de buissons informes et d'épines acérées comme des barbelés, anonymes et laids, ils occupaient l'espace des collines de leur chant. Ils rendaient la nature joyeuse ainsi que celui qui les écoutait.

A mi-profondeur, la bêche crissa sur un lot de petits cailloux. Emile s'en étonna. Puis il regretta de ne pas les avoir enlevés ainsi que les éclats de roche lors des rebouchages, avant Noël. A cette époque, il ignorait la nécessité de le faire. Surprenant ! Le Père ne le lui avait pas conseillé. Il ne fallait évidemment pas que la terre entourant le jeune plant ne contînt de la caillasse. Il y avait le risque de ne pas réaliser un terrassement suffisant pour homogénéiser l'humus et de créer des poches d'air. Il s'agissait que chaque infime partie des racines et de l'écorce du cep fût en contact intime avec le plus minuscule grain argilo-calcaire pour s'en nourrir et boire son eau.

A chaque trou creusé, le Fils faisait crisser le fer de bêche. Accroupi, il extrayait à la main les pierres une par une de la terre fraîche et en faisait des tas. L'opération pouvait apparaître fastidieuse et pénible, entraînant une perte de temps.

Mais le Fils ne s'impatientait pas. Au contraire, il faisait le tri calmement. Il savait que l'accomplissement de la tâche suivante lui procurerait beaucoup de plaisir

En se tenant toujours derrière elle, il la guidait, par les épaules vers la grande glace à châssis, placée dans une encoignure de la chambre. Il pouvait ainsi la voir en pied, de face et de dos. Il aurait voulu disposer d'un jeu de miroirs pour que l'image d'Elise pût se multiplier à l'infini.

Le dégrafage du soutien-gorge était, chaque fois, un moment bouleversant. Son cœur battait fort. Sa bouche devenait sèche, son souffle court. Ses doigts tremblaient. Elle l'observait dans le miroir, les yeux mi-clos. Son sourire d'ange traduisait son plaisir de le voir timide, hésitant, maladroit. Comme un adolescent en apprentissage d'amour !

Ses seins aux pointes vite retroussées se libéraient du sous-vêtement de toute façon superflu. Ils ne reconnaissaient de bonnets que les mains d'Emile.

Il venait de creuser le douzième trou et il ne lui restait plus qu'à le préparer pour recevoir le plant. La fauvette et le pouillot véloce chantaient toujours. Le soleil s'essayait à l'été et lui chauffait la nuque. Souvent accroupi, il touchait parfois du front l'un des fils de fer et ne pouvait donc pas porter de coiffure. Tête nue depuis le matin, son visage prenait des couleurs. N'étant pas sujet aux coups de soleil, sa peau ne passait jamais par un rougeoiement intermédiaire. Elle brunissait vite.

Le douzième trou, plus que les précédents, exigeait beaucoup de travail. Les pierres, enlevées une à une à la main, s'entassaient à côté de l'amas de terre retiré à la bêche. Mais il restait de nombreux tronçons de racines du vieux cep arraché, avant Noël, par la tarière. Le Fils n'avait pu les trancher avec le fer de son outil. Il ne pouvait pas non plus les arracher de force. Elles s'en allaient encore loin dans le sous-sol et s'y agrippaient de toutes leurs radicelles. Pour les couper à ras des parois du trou, il fallait le sécateur et donc se mettre à genoux.

Emile aurait pu emprunter les genouillères de carreleur pendues dans l'atelier du Père. Mais il n'en fit rien. Il pouvait aussi confectionner un coussin en bourrant de chiffons un sac plastique. Il n'en fit pas davantage. La relation qu'il voulait vivre avec la terre, ce jour-là, exigeait qu'il n'y eût que l'épaisseur du pantalon entre la terre et sa peau. Il s'agenouilla. Ses genoux brisèrent la croûte gaufrée que la terre des Etoiles formait dès les premières chaleurs. Ils s'enfoncèrent peu car ils trouvaient en dessous, le dur. Cette terre n'aimait guère qu'on la pénétrât. Elle se défendait en piquant le Fils de ses graviers. Mais Emile supportait les piqûres et s'obligeait à porter son poids sur une jambe, puis sur l'autre, pour limiter la douleur sur sa peau. Penché, le visage au niveau du trou, il coupait les racines qu'il entassait à part pour les évacuer de la vigne et les brûler. Ce travail terminé, il entreprit de préparer le fond pour qu'il reçût le chevelu du jeune pied de vigne. L'opération exigeait qu'il se penchât encore plus. Retranché de l'air ambiant, la vue se limitait à une cavité à fond plat, guère plus large que sa tête. Le Fils sut qu'il était arrivé. Un monde en miniature et complexe s'offrait à lui. Il pénétrait du visage, la matrice de la terre. Des insectes de plusieurs espèces étaient tombés de leur refuge en surface. Aveuglés par la lumière du jour, engourdis, ils se déplaçaient dans tous les sens et cherchaient à s'échapper du piège. Plus fébriles, des fourmis rouges les croisaient. Elles étaient les seules à pouvoir s'évader. Certaines gravissaient déjà les parois, toutes antennes vibrantes. D'autres insectes appelés pince-oreilles par le Commis, cherchaient à les imiter. Ils échouaient dans leur tentative, retombaient sur le dos, puis recommençaient. Deux coccinelles semblaient perdues parmi ce petit peuple. La bêche les avait sorties de leur léthargie. Elles se déplaçaient avec lenteur. Le moindre grain de terre rencontré était pour elles, une épreuve. Dans un réflexe de survie, elles cherchaient à s'envoler. Mais encore ankylosées par l'hiver et le printemps, elles ne pouvaient faire plus qu'entrouvrir leurs élytres orange à points noirs.

Emile les prit délicatement entre le pouce et l'index et les mit sous l'écorce protectrice d'un cep voisin. Puis il replongea la tête dans la cavité. Des lombrics mutilés par le fer se retiraient dans leur tunnel, se vidaient de leur humeur, du sang mélangé à de l'eau. Mais le Fils ferma un temps les yeux et huma les odeurs intimes de la terre. Les racines suaient leur dernière sève par leur extrémité fraîchement tranchée. Elles exhalaient un parfum de bâton de réglisse qu'Emile, enfant, mâchonnait. D'étranges senteurs se mélangeaient mais chacune gardait sa propre nature. Le nez dans le trou de la terre, le Fils les flairait comme un animal à l'entrée d'un terrier. Il y percevait des odeurs de mine de crayon, de pâte à modeler et de mastic. Mais était-ce le fait de pénétrer davantage dans la cavité ? Plus il descendait la tête dans le sombre, plus la terre lui offrait son odeur la plus secrète, une odeur suave, lourde, capiteuse, l'odeur du ventre d'un gibier à poils, éviscéré depuis peu.

Nue ! Devant lui elle se tenait nue et attendait la jouissance. Il la regardait mais cela ne lui suffisait pas. Il voulait, par le toucher, mémoriser l'incomparable perfection de ses formes. Alors, ses mains parcouraient avec lenteur le contour de son corps. Il accomplissait ce rituel à chaque rencontre. En le faisant, il éprouvait, chaque fois, une même et intense émotion au point de manquer d'assurance sur ses jambes. Une émotion comme s'il s'agissait de la première caresse d'un amour commençant ou de la dernière, juste avant l'adieu.

Ses mains s'attardaient sur le rebondi des hanches mais elles reprenaient le cheminement charnel et décrivaient jusqu'aux genoux, la belle silhouette.

Certains s'agenouillent pour prier ou pour se faire pardonner ou bien encore pour accueillir un enfant dans ses premiers pas.

Lui, c'était devant elle qu'il tombait à genoux !

Il ne croyait pas au Dieu de la Mère. Mais d'une certaine façon, il rendait grâce à la beauté de son amante et la remerciait d'être elle.

Plutôt que la lumière du lac, il préférait le noir d'Elise.

CHAPITRE XIX

Le docteur Clavel était le médecin de la famille Salleneuve depuis la naissance d'Emile. De petite taille, aussi épais que large, les bras d'un homme pourtant doté d'abattis respectables n'auraient pu faire le tour de sa ceinture. Une barbe fournie et bouclée poivre et sel laissait voir des pommettes toujours colorées. Ses cheveux grisonnaient à peine. Ils poussaient dru et descendaient bas sur le front. Ses yeux bleu pervenche pétillaient de malice derrière des verres de lunettes épais comme des loupes. Un sourire permanent ourlait des lèvres charnues, sanguines et gourmandes. Sa bonne humeur proverbiale le faisait parler souvent avec les mains. Ses mains ! Elles étaient petites, potelées, curieusement blanches. Il marchait à petits pas rapides. Ce qui était surprenant ! Toujours chaussé de mocassins de demi-saison, été comme hiver, la pointure de ses pieds ne devait guère atteindre trente-neuf.

Depuis plus de trente ans, la Mère s'étonnait toujours de voir un tel homme avec des extrémités aussi courtes. Cela n'allait pas avec l'idée qu'elle se faisait de la morphologie masculine.

Elle s'en amusait mais n'osait pas s'en moquer. Elle le respectait trop pour la justesse de son diagnostic réputé dans les collines. Elle le craignait aussi, inconsciemment, pour son pouvoir de médecin d'annoncer une guérison, une rémission ou l'aggravation d'un état de santé. Mais elle l'admirait et l'estimait autant pour ses qualités humaines. Ne disait-on pas qu'il ne faisait pas régler ses consultations à des familles pauvres ? On rapportait également, qu'en dernière extrémité, il conseillait aux proches d'un vieillard en fin de vie, de lui offrir à boire un verre de vin de paille, au quotidien, en guise de médicament ! Légende ou réalité? Seul le Commis pouvait le savoir. Il ne disait rien sur le sujet. Ce qui équivalait de sa part à une moitié de vérité.

Par contre, le vieux sorcier préférait se moquer gentiment de lui. Il répétait souvent la même rengaine :

– Le docteur, quand il vient vous visiter, on le voit si heureux qu'on se reprocherait d'être malade pour ne pas le décevoir !

Mais le Commis partageait un secret avec lui. Le docteur Clavel aimait les femmes mais il se gardait bien d'être infidèle à la sienne. Il était sensible à la beauté de certaines d'entre elles, ce qui lui faisait détester encore plus la maladie. Non pas qu'il fît une distinction entre les laides et les belles, mais il ne pouvait supporter qu'une belle chair fût malade.

Un jour, il s'en était confié au Commis. Il avait parlé de sa révolte devant la décrépitude d'un corps malade. Il était allé loin dans la confidence. Mais avec le Commis, médecin ou pas, on aimait dire ce qui embarrassait la tête et le cœur. Sans doute que le vin des Etoiles du Père y était pour beaucoup. Le Commis, vu la circonstance, avait débouché une bonne bouteille de Savagnin vieillie pendant cinq ans, sous voile, en fût de chêne.

En l'écoutant parler, le vieux renard se garda bien de faire une quelconque réflexion sur la fidélité du docteur envers sa femme. Il était plutôt de nature à l'encourager à lui être infidèle. Mais il savait que l'intérêt particulier du praticien pour les femmes malades et notamment les plus belles, ne provenait pas d'un désir charnel. Le Commis était le seul à savoir l'origine de cette inclination.

Josette Clavel, sa mère, une très jolie femme, disait-on, était morte à quarante ans, des suites d'un cancer du sein. Le fils fut témoin de sa lente agonie. Révolté, il s'orienta vers les études de médecine après son année de terminale scientifique au lycée de Lons-le-Saunier. Depuis, en présence d'une femme atteinte d'une simple grippe ou d'un cancer, c'était sa mère qu'il soignait.

Mais le Commis que les histoires sentimentales agaçaient, avait d'autres raisons d'estimer le docteur. Clavel disait que tous ces vieux qui avaient travaillé la terre des collines avec le même bonheur, jusqu'à leur dernière et ultime vendange, méritaient de mourir sous leur toit.

Un dernier respect à sa façon ! Au début, les familles rechignaient. Achever sa vie à l'hôpital puis reposer un temps dans un funérarium étaient devenu courant. Mais Clavel savait dire les mots justes, ceux du cœur. Convaincus, les proches du malade acceptaient. Alors, le médecin donnait beaucoup de son temps ! Il veillait à la bonne qualité des soins à domicile et tenait souvent la main du mourant jusqu'à son dernier souffle.

Comment ne pas aimer cet homme ? Il vivait son métier comme un sacerdoce. Ce n'était pas pour déplaire à la Mère. Comme le Commis, elle aimait le praticien pour encore une autre raison. Il s'était établi une complicité entre les deux depuis près de quinze ans. Elle se souvenait de ce premier moment de connivence. Il venait d'ausculter Emile pour une mauvaise grippe. C'était une fin d'après-midi de janvier. Il rédigeait l'ordonnance sur la table de la grande cuisine. La Mère disait que, à cause de la fièvre du Fils, elle reportait un repas de famille, – des cousins de Bresse –, prévu deux jours après. Sans doute, tout en écrivant, lui avait-il demandé son menu ? Elle lui avait parlé de pâté de bécasse. Il a cessé d'écrire puis a regardé la Mère avec un air interrogatif. Un pâté de bécasse ! Il n'en avait jamais mangé. Elle attendit que l'ordonnance fût écrite. Puis, elle lui mit la terrine sous le nez, une terrine en terre peinte de deux couleurs, marron clair et marron foncé. Il fut immédiatement saisi par le voluptueux fumet qui s'en dégageait. Elle lui en servit une tranche, une belle entame ornée de gelée tremblante, d'un brun transparent. Avec le couteau, il étalait des petites parts sur des morceaux de pain. Il mangeait comme un campagnard. La Mère n'en était pas sûre, mais il lui semblait qu'il fermait les yeux de plaisir à chaque bouchée. Il lui demanda la recette. Elle la lui donna dans le moindre détail. Alors, ce jour-là, elle sut ! Il cuisinait à la maison et aimait les plaisirs de la table. La Mère portait une attention toute particulière, voire sourcilleuse, aux réactions de ceux qui goûtaient ses plats pour la première fois. Bien qu'elle s'en défendît, elle attendait toujours des compliments. Ce jour-là, elle en eut de la part de Clavel, non seulement médecin mais aussi cordon-bleu. La deuxième fonction, aux yeux de la Mère, paraissait aussi importante que la première. Depuis, elle avait beaucoup de vénération pour l'homme. Une vénération qui ne se démentait pas malgré les années !

A la demande d'Emile, le docteur Clavel se procura le dossier médical d'Elise auprès du centre hospitalier de Lyon. Elle devait subir un contrôle au mois d'août. D'ici là, le médecin n'aurait pas à assurer un suivi consécutif à la tentative d'empoisonnement de la jeune femme, cinq mois auparavant. Cependant, après la première consultation, il lui prescrivit des médicaments neuroleptiques.

Normalement, ces tranquillisants devaient exercer un pouvoir calmant sur le système nerveux. Mais son état psychique s'était aggravé au fil des jours. Elle ne respectait pas les doses de médicaments fixées. Elle les dépassait parfois largement. Le médecin s'en rendait compte lors des renouvellements, en voyant son état de somnolence. Il avait bien essayé les reproches mais rien n'y faisait. Elle l'écoutait sans rien dire, en souriant.

Pendant une auscultation, il joua son va-tout et lui demanda de décrire son mode de vie chez les Salleneuve. Elle pouvait le rejeter et se refermer davantage. Mais son initiative était bonne. Elle répondit spontanément, comme si elle attendait qu'on lui posât la question. Il avait touché un point sensible. Alors, il l'écouta.

Elle n'était plus actrice de rien mais une spectatrice forcée jusqu'à la nausée. C'était difficile à expliquer. Cela revenait, disait-elle, à essayer de raconter un film aux images ternes avec de maigres dialogues et un pauvre scénario, sans action ni effets de surprise. Les regards apitoyés de la Mère, son insistance à table pour goûter à tous les plats, l'irritaient. Elle savait, pourtant, que c'était pour son bien. Mais une partie d'elle-même se rebellait d'être considérée comme une malade, une chose. Par nature, elle avait toujours eu un petit appétit. Mais l'obstination de la Mère, à la pousser à se nourrir, lui déclenchait par réaction, une sensation de dégoût. Pire, elle éprouvait ce sentiment à la moindre odeur de cuisine, – et il y en avait toujours dans cette maison –, avant de s'asseoir à table avec les hommes.

Chez ces gens-là, toutes les décisions se prenaient devant une assiette bien remplie. Ils ne parlaient que du travail et du vin. Jamais de plaisanterie ! Aucune fantaisie !

Le médecin ne lui demanda pas si « chez ces gens-là » elle y associait Emile… Il verrait plus tard.

Mais il y avait là, un véritable choc culturel entre Elise et les Salleneuve…

Pendant qu'elle parlait, le docteur Clavel, singulièrement, ressentait une intense satisfaction.

Bien sûr, il fallait des médicaments pour endiguer les effets d'une névrose. Car il s'agissait bien d'une névrose. Par contre, il avait bien fait de ne pas avoir prescrit des anxiolytiques... Pourtant, il n'allait pas tarder à le faire. Il craignait une psychose et se préparait à diriger la jeune femme vers un confrère de la spécialité.

Mais la parole ! Cette sacrée parole ! Quoi de plus courant que la parole pourtant !

Il discutait souvent avec le Commis. Il s'arrêtait quelquefois chez lui, au retour de visites.

Le vieux sorcier n'avait pas fait les universités. Son école à lui, c'étaient les collines !

Cependant, les deux hommes, chacun à leur façon, croyaient au pouvoir de la parole libératrice.

Le Commis recourait toujours au vin des Etoiles, assis à table, pour faire parler un homme « cadenassé » dans sa tête. C'était son expression.

Le médecin, quant à lui, usait de sa bonhomie et de son bon regard de myope derrière ses gros verres de lunettes. Avec son embonpoint d'homme épanoui et sa manière bienveillante d'écouter, il inspirait confiance.

L'un et l'autre de ces personnages étaient capables d'entendre les pires confidences sans broncher. A vouloir le bien des autres, ils partageaient en quelque sorte et à leur manière, la même humanité.

Le docteur Clavel multiplia alors les visites au point d'alerter la Mère qui craignait davantage pour la santé d'Elise. Il lui demanda de ne pas s'alarmer. Il lui expliquerait plus tard. Comme il le faisait parfois, il ne demandait aucun honoraire. En soignant Elise, il pensait trop à sa propre mère.

Au cours d'une visite, il se risqua à questionner Elise sur la nature de sa relation du moment avec Emile. Elle lui rappela que tout la répugnait. Elle hésita à poursuivre... Même l'amour charnel, lâcha-t-elle brusquement. Elle ne pouvait l'envisager sous le toit du Père. Elle se sentait bloquée et était reconnaissante à Emile de ne plus la solliciter.

Le médecin plaignit le Fils en secret mais en même temps, il jubilait. Enfin, elle exprimait un sentiment de gratitude à l'égard de son compagnon.

Il lui dit alors qu'il s'agissait, de la part d'Emile, d'une belle preuve d'amour et de respect.

Elle le regarda, interloquée. Elle donnait l'impression de ne pas avoir entendu parler de sentiments depuis longtemps. Il y eut comme une lumière dans ses yeux turquoise.

Puis, en ébauchant un sourire, elle dit au médecin qu'elle était de religion protestante. Il haussa les sourcils en signe d'incompréhension.

Elle se détendit en continuant. Elle lui confia que ses confidences ressemblaient aux confessions des catholiques.

Il ne voyait toujours pas où elle voulait en venir.

Sur un ton soudainement ironique, elle ajouta :

Pour ressentir, paraît-il, les bienfaits du pardon de ses péchés, encore fallait-il ne pas en cacher, n'est-ce pas ?

Ainsi, elle s'était aperçue que leurs conversations relevaient plus d'une thérapie psychanalytique, à la mode Clavel, que du domaine de la convivialité. Elle avait aussi déjoué la manière de faire du médecin, à son égard.

Une malade capable de faire cette découverte ne pouvait qu'être proche de sa guérison. En faisant ce constat, le docteur Clavel aima encore plus son métier.

L'entretien aurait pu s'arrêter là, mais en se moquant gentiment, elle dit :

– Docteur, je voudrais une absolution. C'est bien comme cela que vous dites ? De votre part, pour tous mes péchés. J'aimerais continuer…

Clavel était pris à son propre piège. Mais comme il était heureux !

Elle raconta sa vie passée dans les moindres détails. Elle relata son éducation calviniste, rigoureuse, donnée par sa mère, sa fugue à seize ans pour rejoindre un groupe de punks à Zurich, son existence débridée dans les logements délaissés de la ville, son mariage avec Hugo Reinert, architecte renommé, les séjours mondains dans les capitales européennes, l'échec de son mariage puis la rencontre avec Emile. Et là, elle marqua un temps d'arrêt avant de reprendre son histoire sur un ton plus bas. Elle se retourna vers la fenêtre comme pour quêter la lumière et paraissait oppressée. Parler d'Emile était la cause de son émotion. C'était bon signe !

– Pour le reste, continua-t-elle, vous avez dû tout apprendre dans mon dossier médical.

Il fallait sous-entendre son suicide manqué et le cancer... Une telle lucidité était la promesse d'un prompt rétablissement.

Clavel ne fit aucun commentaire. Il redevint médecin généraliste. Il lui prit sa tension artérielle et l'ausculta volontairement longtemps avec le stéthoscope. Tout était normal.

Toutefois, il préféra maintenir les médicaments par prudence. S'il aimait jouer au psychologue parfois, il n'en était pas moins un homme de la médecine fortement médicamenteuse.

En redescendant de la chambre, il avait hâte de discuter avec la Mère. En vérité, il aimait les odeurs de la grande cuisine au moment de la préparation des repas et partageait un bon moment de complicité culinaire. Ce jour-là, elle cuisinait un civet de lapin. Assis dans un coin de table, à côté des assiettes déjà mises, il la questionnait sur sa recette tout en rédigeant une ordonnance.

La Mère n'éprouvait aucune gêne avec le médecin. Ils obéissaient à la même passion pour la cuisine. Elle expliquait dans le détail, sa manière de faire.

La veille, elle avait séparé les spécimens d'une même portée de lapins. Ils commençaient à se chevaucher. Il lui fallait de la place pour les loger dans son clapier. Elle en profita pour choisir un beau mâle, afin de libérer une cage. Elle préférait tuer les lapins, la veille, pour que la viande pût rassir, sans manquer de récupérer le sang dans un bol, toujours le même, de l'ancienne faïencerie de Salins. Il faisait partie du service de table offert par la vieille tante Marie pour leur mariage. Ebréché, la Mère lui avait trouvé un autre emploi.

Le docteur Clavel l'écoutait en souriant. La Mère était une personne du terroir. Elle s'exprimait comme le Père et le Commis, toujours d'une façon indirecte, avant de dire l'essentiel. Le docteur Clavel s'y était habitué et s'en amusait.

La Mère, habituellement, ne disait pas tout de ses recettes. Elle faisait semblant et gardait secret ce qui faisait la différence avec celles d'un livre de cuisine. Mais avec le médecin, elle ne cachait rien et n'économisait aucun détail.

Elle montra la grosse cocotte en fonte noire au fond charbonné et souleva le couvercle. Une buée s'en échappa jusqu'au plafond et chargea l'air de la cuisine d'un fumet pénétrant.

Pour plus d'exhalaisons odorantes, la Mère retourna les morceaux avec une cuillère à long manche en bois, brûlée par endroits. Elle invita le médecin à y mettre son nez. Ce qu'il fit sans hésiter en plaquant sa cravate contre sa poitrine. Il humait par petits coups et ponctuait chaque aspiration par des sons de gorge trahissant son plaisir. Il retourna à la table et s'y buta à cause de ses verres de lunettes troublés par la vapeur. Ils rirent. Puis la Mère reprit ses explications.

Deux heures avant de servir, elle chauffait dans la cocotte un peu d'huile et une noix de beurre jusqu'à leur fusion totale annoncée par des crépitements. Elle mettait ensuite les morceaux à dorer en les retournant régulièrement puis les saupoudrait avec deux cuillerées de farine. Elle laissait bien brunir et ajoutait un bol de bouillon de poule au pot, cuisinée la veille. Elle faisait toujours ainsi. A tout civet de lapin, précédait, le jour d'avant, une poule au pot pour en faire des consommés.

Elle insista pour que le mélange, tourné et retourné, fût porté à ébullition, après avoir mis le traditionnel bouquet garni. Alors, c'était le moment d'y verser du vin rouge.

Le médecin demanda quelle quantité. La Mère réagit aussitôt. Elle savait qu'il venait ce jour, visiter Elise, donc elle ne mit que la moitié de la bouteille. Elle en avait gardé pour lui en faire goûter. C'était dit avec malice.

Elle voulait pourtant se justifier pour le grand volume de vin ajouté dans la sauce.

Il ne savait pas ce qu'étaient deux hommes à table, rentrant toujours d'un travail fatigant au grand air. La sauce devait être corsée, relevée. Une sauce d'homme, plaisantait-elle ! Le vin était un Trousseau. Une cuvée spéciale que le Père faisait avec les raisins d'une vieille vigne de soixante ans, la Closerie, plantée par Adrien Tonnerre de Dieu, sur des marnes rouges. Fièrement, la Mère précisa qu'un lot de bouteilles de ce vin était destiné à ses sauces :

– Une longue macération des pulpes avec le jus, dans une cuve, l'habillait d'un rouge intense, le fortifiait de tanins soutenus et le parfumait d'arômes de fraises et de cerises, avec une tonalité épicée.

La Mère connaissait bien sa leçon et la récitait sur le ton d'une élève appliquée.

Le médecin rit bruyamment en la voyant jouer son numéro. Tout en s'esclaffant il comprit la raison des haut-le-cœur d'Elise.

La Mère continua d'énoncer sa recette sous le regard amusé du docteur. Elle insista sur la dose de sel, de poivre et l'importance des aromates ; l'ail finement haché, un gros oignon coupé en lamelles, deux carottes en morceaux, des branches de thym, des feuilles de laurier. Ah ! Elle faillit oublier le bouquet de persil ! Très important ! D'autant que les queues donnaient beaucoup de goût. Le docteur l'ignorait. Qu'avait-elle encore à ajouter ? Plus rien. Il ne restait plus qu'à porter la cocotte à ébullition, laisser cuire pendant au moins une demi-heure à feu vif. Un lapin cuisait vite, ajoutait la Mère. Surtout les siens, réputés pour être friands. Jamais gras, ils ne mangeaient que du vert et du sec ; qu'elle traduisit au médecin par herbe et foin. Mais rien ne valait, poursuivait-elle, de laisser mijoter.

Et enfin, la Mère, en touche finale, ajoutait le sang de l'animal, vinaigré au préalable, pour éviter la coagulation.

Le médecin se rendait-il compte de tous les produits mis en contact les uns avec les autres dans une même casserole ? La Mère vivait ce qu'elle disait. Dans le feu de ses explications, le rouge lui montait aux joues, ses yeux brillaient. Le médecin nota que la passion lui donnait du vocabulaire. Elle disait des divers ingrédients, qu'ils devaient se marier, se combiner, se confondre et se fondre, et même s'assimiler les uns aux autres. Pour qu'en fin de cuisine, disait-elle, celui qui mettrait le nez au-dessus de la cocotte, ait l'irrépréhensible envie de saucer.

– Ce que vous avez fait tout à l'heure, docteur !

– Parce que vous m'y avez incité.

– Voulez-vous ?

– Quoi ?

– Saucer ?

– Volontiers mais je ne voudrais pas vous obliger.

– On a le temps ! Les hommes rentrent à midi et demi.

– Trois quarts d'heure devant nous ? J'ai le temps entre deux consultations à faire. Je passerai à table vers quatorze heures.

– Alors, je vous prépare un en-cas. Le foie sur des croûtons. Ça vous va ?

– Ah ! Chère Madame, vous savez par où me prendre. Vous ne m'avez pas dit pour les croûtons !

– J'oubliais. Je coupe des fines tranches dans une baguette de pain rassis. Je les dore à la poêle dans de l'huile mélangée à du beurre pendant trois minutes sur chaque côté, puis, je les frotte à l'ail en appuyant fort. Le Père aime bien. Je vous le dis, docteur, rien que la sauce et les croûtons feraient le plat d'un pauvre.

– Je veux bien jouer au pauvre, dit le médecin en rangeant son bloc d'ordonnances dans sa sacoche.

Elle lui donna une grande serviette blanche qu'il noua autour de son cou. La Mère dit qu'il faisait alsacien.

Sur son assiette creuse à soupe, couleur terre, elle disposa quatre croûtons en formant un nid. Elle y plaça le foie dans le creux. Puis, elle les nappa de deux louches de sauce aussi noire qu'une peau de boudin.

La Mère coupa une tranche de pain large comme deux mains, en pressant la miche contre sa poitrine.

Le pain, les seins, une femme !

Le pain contre les seins d'une femme !

Le médecin, dans ce geste, vit un symbole fort. Il en fut touché au plus profond de lui-même. Il eut, alors, l'illusion de revivre un moment de tendresse familiale à jamais disparu. En voyant la Mère couper le pain d'une façon maternelle et familière, il ressentit la douloureuse impression de reprendre le cours d'une histoire interrompue avec la sienne.

Mais prudent, il veillait à ne pas rester soumis trop longtemps à l'enchantement d'un moment féerique de cette nature. Le retour à la réalité eût été trop dur. Alors, pour s'en libérer, il s'imposait toujours la même pensée.

Sa mère, dans la tombe, avait l'âge de sa fille !

Après cette réflexion, à caractère irrévocable, le docteur reprenait le cours des choses de la vie. Tout au moins, jusqu'à la prochaine circonstance, chargée d'égale émotion, qui évoquerait sa mère, partie trop tôt.

Assis à un coin de table de la grande cuisine, le médecin faisait craquer les croûtes sous le couteau. Il ne disait rien. La Mère allait parler la première. Il le savait. L'assemblage du sang de lapin avec le vin de Trousseau donnait à la sauce la saveur incomparable des plats mijotés.

– Alors, comment va-t-elle ?

La question ne le surprit pas. Il prit cependant le temps d'y répondre.

Il avala une dernière bouchée de pain noirci par la sauce du civet. Puis, il but une longue gorgée de vin rouge en le faisant chanter sur sa langue. Il fit un compliment pour ses arômes de fruits rouges. Il insista sur sa note épicée, en fin de bouche. Enfin, d'un geste délicat, il tamponna ses lèvres avec la serviette.

Comme les gens des collines, le médecin prenait des détours par le geste et la parole pour venir au sujet principal de la conversation.

La Mère, amusée, observait ses petites mains blanches et grassouillettes.

– Elise va sur le mieux.

Il surprit la Mère par cette familiarité d'utiliser le prénom. Mais il le fit exprès. Tout lui paraissait bon pour tirer la jeune femme de son isolement et établir un début de dialogue entre elle et les Salleneuve.

– Ah bon ! On ne le dirait pas.

– Elle n'occupe pas la meilleure place.

– Pourtant, elle l'a choisie…

La Mère s'étonnait de la dureté de ses propres paroles.

– C'est le désespoir qui l'a guidée chez vous.

– Bon, on ne va pas revenir sur… les événements malheureux.

– Il faut se les rappeler pour mieux comprendre son attitude.

– Quand même ! Est-ce qu'on ne fait pas tout pour elle ?

– Sans doute, sans doute ! Sans vouloir vous vexer, êtes-vous sûre de faire tout pour elle ?

Embarrassée, la Mère fit mine de s'essuyer les mains dans son tablier.

– On l'a accueillie en étant devant le fait accompli.

– C'était bien la moindre des choses, vu son état de santé. Elle est quand même la compagne de votre Fils !

– Avec elle, on a l'impression d'être devant un mur.

– Avez-vous essayé de parler avec elle, entre femmes ?

– Parfois, j'ai envie. Mais à la dernière minute, je me retiens. Je ne sais pas pourquoi.

– Elle vous intimide.

– Ah… quand même ! Elle pourrait être ma fille.

– Avant vous, elle a connu mille vies.

Sur un ton moqueur, la Mère répond :

– Elle vous a donc tout dit ?

– Oui, tout !

– Une vraie confession alors. Pour une protestante, c'est original.

La Mère manquait de tolérance. Elle se repentit vite.

– Excusez. Je ne voulais pas me moquer d'elle.

– A propos de la confession, Elise m'a tenu les mêmes propos.

Il reprit :

– Elle est en instance de divorce, a tenté de se suicider, a subi une interruption de grossesse. Toute sa vie fut un échec sentimental avant votre Fils. Vous voulez que je continue… ?

– Non, c'est inutile. Je ne veux pas en savoir davantage.

– Les temps ont changé. Il faut balayer les mauvaises histoires du passé. Ne retenir que les bonnes !

La Mère n'était plus elle-même. Elle se mit à ricaner.

– Des bonnes, des bonnes. Il ne doit pas y en avoir beaucoup.

– Si, Hélène, si ! Au moins une !

– Ah bon ! Laquelle ?

– Votre Fils Emile.

La Mère resta bouche bée et ne se frottait plus les mains dans son tablier.

Le médecin avait touché un point sensible de la Mère. Vite, il enchaîna :

– Votre Fils et vous, vous pouvez être sa prochaine histoire, mais belle, celle-là. Cela ne dépend que de vous.

Il avait l'avantage et poursuivit :

– Vous m'avez dit avoir transformé votre jardin pour elle. C'est bien cela ?

– Hem… oui.

– Vous lui en avez parlé ?

– Non !

– Vous avez tort. Faites-le ! Pour lui montrer l'intérêt que vous lui portez et la place dans la famille que vous lui donnez. Mais dites-le lui avec beaucoup de diplomatie. L'idéal est qu'elle le découvre elle-même…

La Mère ne s'attendait pas à ce genre de conseils. Clavel sortait de son rôle de médecin. C'était son habitude. Elle le savait. Mais à ce point !

La Mère ressentait les effets d'un véritable chambardement intérieur. Jusqu'à ce jour, elle avait veillé à la bonne marche de la maison Salleneuve, nourri, durant quarante ans des équipes de journaliers vinicoles, travaillé dur dans les vignes, partagé les soucis du Père, entouré le Fils d'affection depuis son retour chez eux. La maison Salleneuve était son monde à elle. Elle y assurait une autorité maternelle, bienveillante, sans partage. Chacun, reconnaissait son courage, sa générosité, ses talents de cuisinière et le lui disait.

Et voici qu'un médecin s'immisçait dans ses affaires. Il lui dictait la conduite à tenir à l'égard d'une jeune femme venue se réfugier chez elle. Une personne qui, pour la première fois, résistait à rentrer dans le moule familial. C'était difficilement supportable.

En fin psychologue, Clavel lisait ses pensées sur son visage. Il risquait le tout pour le tout. Ou bien elle lui demandait de ne pas se mêler des affaires des autres. Alors, c'était clos. Ou bien, elle ne disait rien. L'espoir dans ce cas serait permis.

La Mère lui resservit du vin rouge.

C'était gagné.

– Et pour le reste ? dit-elle d'une voix brusquement enrouée.

– Le reste ! Vous voulez dire…

– Vous m'avez comprise. Ce qu'elle a au sein…

La Mère répugnait à prononcer le mot cancer.

– Ah ! son cancer. C'est bien là le problème. Je vous en aurais parlé, si vous ne l'aviez pas fait.

– Alors ?

– … Nous n'allons pas vers des lendemains faciles.

– Mon Dieu ! A ce point…

La Mère tira une chaise pour s'asseoir. Les jambes lui manquaient :

– Ce n'est pas dans mes habitudes dans les collines, mais je parlerai sans détours.

Actuellement, à l'aide des traitements, quatre-vingt-dix pour cent de femmes survivent au cancer du sein, au-delà de cinq ans.

Soixante-dix-huit pour cent d'entre elles en sont guéries. On ne peut que s'en réjouir. Mais vingt-neuf pour cent des malades en succombent quand même.

Et je ne parle pas des effets secondaires dus aux différentes thérapies.

Je vous rappelle qu'Elise a interrompu volontairement sa chimiothérapie, à Genève, l'an dernier. Elle n'a subi que deux séances de quatre heures chacune sur un total de sept prévues sur son mois. Ne cherchons pas les causes de ce rejet. Mais c'est un fait. Pour résumer, il faut absolument soigner son cancer de toute urgence.

Auparavant, son état psychologique ne le permettait pas. Elle n'avait pas la volonté de reprendre les soins. Mais elle va mieux dans sa tête depuis peu. Vous l'avez remarqué sans doute ?

La Mère paraissait effondrée et se tenait voûtée sur sa chaise. D'une voix blanche, elle l'admit :

– C'est vrai. Depuis quelques jours, elle sourit davantage et a parlé à mon mari. C'est dire ! Oh ! deux ou trois mots. Elle ne le faisait jamais d'habitude. Elle ne le regardait même pas. Mais elle ne mange pas grand-chose.

– Vous voyez ! Il y a des progrès. A partir de maintenant, elle se dégagera de plus en plus rapidement de sa… dépression.

Prudent, Clavel ne parlait pas de névrose, encore moins d'un début de psychose. La Mère en avait assez entendu. Il lui faudra plusieurs jours à s'en remettre, pensait-il.

Il devait être déjà midi passé. Le Père et Emile rentraient dans la cour dans le vrombissement des tracteurs. Ils allèrent les garer derrière la maison près de la station de lavage toute récente.

Le médecin se leva comme un ressort, soudain pressé. Il avait pris la Mère de court. Elle restait assise comme prostrée.

– Tout ira bien. Elise redeviendra très vite elle-même. Quand ce sera le cas, on attaquera le cancer. On gagnera. Les premiers traitements reçus avant l'interruption ont peut-être fait effet ? Je reviens la semaine prochaine.

Clavel prit sa serviette de soins, tapota l'épaule de la Mère comme pour la consoler.

Avant de refermer la porte de la grande cuisine, il dit encore dans un large sourire :

– Merci pour l'assiette et le verre. Votre sauce de civet est digne d'une « Mère Lyonnaise », patronne d'un « bouchon ».

Quant à Elise, n'oubliez pas qu'avant de venir chez vous, elle ne mangeait que des petites choses friables, sans nom, qui ne laissaient aucune trace dans la mémoire gustative. Vous savez, ces espèces d'amuse-bouches servis dans les cocktails et autres réceptions mondaines qu'on tient entre le pouce et l'index et peut-être le petit doigt levé ou bien alors les fameux sushis japonais à la mode actuellement.

Allez, j'exagère ! Les légumes de votre jardin, Hélène. Pensez à vos légumes. Donnez de la couleur et du goût dans la vie d'Elise. Ils complèteront l'effet des médicaments à venir. A bientôt !

Clavel était visiblement content. Il avait le verbe joyeux, comme chaque fois qu'il avait joué au bon apôtre dans une famille. Il referma vivement la porte et se dirigea vers son quatre-quatre, laissant la Mère abasourdie.

CHAPITRE XX

Chaque matin, Emile se levait tôt. Depuis quelque temps, Elise lui demandait la lumière du jour. Avant de descendre dans la grande cuisine pour le petit-déjeuner, il ouvrait les volets de leur chambre. En les poussant, il les soulevait un peu sur leur gond, pour éviter leur grincement. Il ne voulait pas que ce bruit, peu agréable à entendre, la dérangeât. Elle ne donnait pas d'explication sur ce subit besoin de clarté matinale et se rendormait vite. Les fleurs, pensait-il, avaient besoin de rayons lumineux pour s'ouvrir. Cette pensée pouvait paraître mièvre en d'autres circonstances. Mais c'était une manière pour lui de croire à un prochain rétablissement de sa compagne.

Ce jour-là, il pouvait être huit heures. Emile était déjà dans les vignes avec le Père. Une mésange bleue frappa du bec aux carreaux de la fenêtre de la chambre. Depuis peu, le Fils ne mettait plus de graines sur le rebord de pierre. L'oiseau s'impatientait et tambourinait contre le verre. Le bruit nerveux et répété réveilla Elise. Pour autant, ce n'était pas ce crépitement qui la surprit. Son étonnement venait d'ailleurs. Depuis le départ d'Emile, elle s'était mise à sa place pendant son sommeil. La première fois depuis son arrivée sous le toit du Père ! Sur le dos, les draps remontés jusqu'au nez, elle regardait la mésange voleter et respirait l'odeur du Fils. L'odeur ! Elle l'avait oubliée depuis bientôt cinq mois. Elle y était de nouveau sensible. Alors, elle fit comme une ancienne croyante qui se remettrait à prier pour retrouver la foi.

En ce matin de mésange bleue, elle se remplissait de l'odeur d'Emile. Elle retrouvait ce mélange de mousse d'arbre mouillé, d'humus remué et de châtaigne. Elle se souvenait que ses cheveux sentaient le chèvrefeuille. Surtout, quand il la rejoignait à Valerne, après une journée de travail, tête nue, dans les Collines. Elle enfouissait son visage dans sa chevelure qu'elle avait ébouriffée de ses doigts écartés. Etait-ce vraiment le parfum du chèvrefeuille ? Elle se rappelait ne pas en être certaine. Mais il lui plaisait d'évoquer cet arbrisseau sauvage. Elle se comparait à lui, à l'époque, dans sa relation avec Emile. Cette plante grimpante, en effet, ne se développait et ne fleurissait qu'en se liant à un support.

Elle dévidait l'écheveau de ses souvenirs sensuels. C'était comme si elle démontait, pierre par pierre, un mur érigé autour d'elle et qui l'isolait du monde.

Une onde chaude commençait à l'envahir. Elle hésita un peu, puis s'enhardit. Ses mains quittèrent le bord des draps. Bien à plat, elle les fit descendre sur son corps. Sa main gauche s'attarda sur le sein malade. Il crut à la caresse et comme l'autre, devint bourgeon. Elise continua le mouvement, sans se hâter. Ses cuisses s'ouvraient. Son ventre se creusait. Elle ne pouvait les en empêcher. Mais son cœur battait trop fort. Elle n'était plus habituée. Dans sa tête, une sensation de vertige ! Elle craignait un malaise. Alors, elle obligea ses doigts à rester croisés sur le nombril. Elle demeura, ainsi immobile, inquiète de ne pas retrouver le calme des sens. Puis, elle rouvrit les yeux et se retourna sur le côté. La mésange bleue avait quitté le rebord de la croisée pour rejoindre les arbres fruitiers du Père. Couchée en chien de fusil, les mains dans le chaud de ses cuisses, Elise regardait le ciel par la fenêtre. La lumière, pourtant éclatante, ne l'éblouissait pas. Curieusement, elle faisait ressortir les défauts des carreaux. Les nuages d'un blanc d'albâtre paraissaient immobiles. Cependant, en visant d'un œil un point fixe de l'ouverture, Elise les voyait se déplacer imperceptiblement. Elle évaluait un temps d'une minute environ, pour que chacun se déplaçât d'un bord à l'autre. Pendant ce trajet, ils se transformaient insensiblement. Elle observait que certains défauts dans le verre créaient des effets de loupe. En regardant les nuages à travers certains d'entre eux, elle voyait leur profil se déformer. Un effet d'optique l'amusait particulièrement. Les cumulus semblaient se déplacer et se métamorphoser plus vite, en traversant deux carreaux situés côte à côte, et singulièrement dépolis.

Elise resta ainsi longtemps à jouer avec les nuages.

Soudain, la mésange revint à la fenêtre. Elle voletait à mi-hauteur d'un battant. Parfois, elle piquait du bec un carré de verre. Le bruit ressemblait à celui d'un gravillon jeté depuis le sol.

L'oiseau coiffé d'azur jouait au Saint-Esprit dans son vol stationnaire. En voyant son plaisant manège, une pensée s'imposa brusquement à la jeune femme.

Un oiseau pesant vingt grammes, tout au plus, apportait plus de présence au monde qu'elle-même. Piquée au vif, Elise rejeta draps et couverture et prestement, se leva.

La Mère travaillait dans son poulailler, ce matin-là.

Les nids nécessitaient d'être renouvelés. Ils étaient des coffres en bois, fabriqués par le Commis, vingt ans auparavant. Il y en avait une vingtaine, un peu surélevés. Les pondeuses y accédaient par de petites planchettes faiblement inclinées, crantées par des lattes clouées en travers. La volaille montait par ces échelles en battant bruyamment des ailes. La Mère n'employait pas la paille de céréales. Les brins se montraient trop gros et raides. Elle préférait celle des fonds de grange et de grenier. Les chutes qui restaient sur les planchers, après avoir enlevé les bottes. Elles étaient plus fines et souples. Les poules y aménageaient plus facilement un creux pour pondre. Elle se fournissait chez Hubert « belle-urine » de la ferme du hameau de la Bonde. Le Commis lui avait donné ce surnom. L'homme disait que de boire les Etoiles du Père rendait ses urines très claires. Le sobriquet lui était resté.

Des garnitures usagées des nids, la Mère faisait un feu. Pendant ce temps, la volaille, folle de retrouver la lumière, courait dans tous les sens sur le carré d'herbe de l'enclos du poulailler. Leur manège cessa vite à l'apparition du coq. Il devait bien peser quatre kilos et se déplaçait lentement, en donnant du cou et du jabot à chaque pas. Mais traîtreusement, il poussait une pointe de vitesse pour fondre sur une poule et la couvrir sans ménagement dans un concert de cris effrayés.

Tout en garnissant les coffres de paille fraîche, la Mère pensait que l'orgueilleux gallinacé paraissait bon pour la casserole. Cependant, elle n'imaginait pas Elise devant un plat de coq au vin jaune et aux morilles. En conséquence, le coq avait encore de beaux jours devant lui et pourrait déplumer les poules en labourant leur dos avec vigueur.

La fumée du feu montait bien droite. Pas d'air !

En revenant du poulailler, la Mère regardait le ciel du côté du pays d'en bas. Quelques gros cumulus y paressaient. Sous l'action d'un faible souffle d'altitude, ils s'effilochaient vers le sud. La Mère était du matin et aimait à jouir des premières heures. Les soucis n'assaillaient pas encore son esprit. Pour elle chaque début de journée semblait nouveau. Le coq claironnait souvent.

Elle regarda la fenêtre de la chambre d'Emile. Elle disait toujours « Emile », même s'il n'y dormait plus seul. C'était la chambre du Fils, de son fils. Elle l'appellera toujours ainsi, la chambre d'Emile.

Depuis une dizaine de jours, les volets étaient ouverts très tôt. Elise aurait-elle besoin de lumière ? se demanda-t-elle en se moquant.

Une mésange s'envola du rebord de pierre et virevolta jusqu'aux mirabelliers du Père. La Mère la suivit du regard. La mésange bleue ! Elle connaissait les oiseaux. La première année de leur mariage, au cours de leurs longues promenades amoureuses, le Père lui avait appris à les identifier d'après leur chant, leur plumage et leur vol.

Elle distinguait le verdier du bruant, ne confondait pas la famille du bouvreuil avec celle du pinson. A l'oreille, elle reconnaissait le chant de la fauvette, du rossignol en plein jour et de la linotte. C'était encore plus facile avec les mésanges. Elle savait, au premier coup d'œil, s'il s'agissait d'une bleue, d'une charbonnière ou d'une nonnette.

En tournant au pignon de la maison, elle se mit à regretter de ne pas avoir appris à lire les traces d'animaux sur le sol. Au moment de le faire, en guise de pas de bêtes sauvages dans l'humus, ce fut Emile qui mit pied à terre, en naissant un jour d'ouverture de la chasse.

Arrivée dans la cour, elle entendit le bruit de la turbine du tracteur conduit par le Fils. Avec le Père, il traitait les vignes contre les maladies depuis bientôt deux heures. Elle les situait dans la parcelle du Pré-Catelin. Le temps donnait l'impression de se maintenir au beau.

C'était un mardi. La Mère devait se rendre au marché de Bletterans. La semaine précédente, elle avait commandé par téléphone sa viande, ses légumes et ses fromages. Elle n'était pas pressée. Avant de partir, elle décida d'aller à son jardin. La porte d'entrée grinça comme d'habitude sur ses gonds rouillés. Elle s'avança de quelques pas et respira à fond, avec en tête, l'intuition d'une bonne journée à venir.

Ses dernières plantations faisaient sa fierté : les pieds de tomates s'alignaient de chaque côté de l'allée centrale. Chaque rang en comptait quinze. Elle avait porté sa préférence sur les variétés anciennes. Au bout de chaque rang, elle avait planté deux pieds de tomates-cerises rouges car plus goûteuses.

Des échalas servaient de tuteurs à chaque pied. Le mari de Germaine les avait fabriqués le jour du bêchage du jardin. Tirés de billes d'acacia noueux, ils étaient tous biscornus. Cependant, bien que tordus, la Mère réussit le tour de force de les aligner parfaitement.

Les aubergines et les courgettes présentaient de belles pousses. Les feuilles de l'oseille prenaient déjà la forme d'oreilles de lièvre. La rhubarbe feuillait et se nervurait généreusement. Pour la première fois, elle avait semé le persil, le cerfeuil et le basilic en pleine terre et non pas en pot comme auparavant. Elle ne le regrettait pas en observant leur vigueur. Tout ce qu'elle voyait la réjouissait. Le thym, le romarin, la sarriette, la sauge devenaient touffes avec la ciboulette. Mais la fierté de la Mère était une grande couche pour les radis placée entre deux pieds de potiron. Un artisan ferronnier avait soudé et vitré le châssis d'un mètre trente au carré. Il pivotait en charnière sur des gonds fixés sur le côté d'un coffre en bois construit par le mari de Germaine avec des planches en acacia du Père. Au préalable, l'homme avait creusé une tranchée de trente centimètres de profondeur de la surface de la couche, en l'orientant est-ouest. La terre retournée et affinée fut amendée par du fumier de cheval frais mélangé avec du vieux. La Mère savait d'expérience que le fumier de vache se montrait très froid et celui de porc contenait trop d'eau.

Avant de partir à Bletterans, elle décida de n'arroser que la couche. Le reste ne souffrait pas.

Huit heures trente sonnaient au clocher. Il était temps d'y aller. Elle ne se lava que les mains. Elle avait pris une douche, tôt le matin. Deux ou trois coups de peigne remirent de l'ordre dans sa coiffure. La Mère ne se maquillait jamais ni ne se parfumait et ne portait pas de bijoux hormis son alliance. Elle se parait de sa propre fraîcheur. Elle ne savait plus d'où venait cette expression. Mais elle lui plaisait bien. Elle changea de sous-vêtements en choisissant les bleu ciel plutôt que les blancs. Dans sa tête, ce matin-là, il y avait du bleu. Avec son pantalon serré aux hanches, sa veste grise taillée très courte, ses seins moulés dans un maillot blanc décolleté bas, la Mère était attirante. En ce mardi de mai, elle en était consciente.

Elle venait de sortir la voiture de la grange. Pendant la fermeture des grandes portes, elle sentit une présence dans son dos. Elle se retourna et sursauta de surprise. Elise se tenait à trois pas d'elle, un sourire léger sur les lèvres et habillée pour sortir en ville. La Mère remarqua tout de suite son sac à main. Le sac à main, de sinistre mémoire, qui avait contenu les fioles de poison. La Mère se contracta mais n'en fit rien voir. Le sourire énigmatique de la jeune femme, le sac à main et surtout sa présence dans la cour aussi tôt avaient de quoi surprendre. Mais comme d'habitude, la Mère se reprit vite et s'approcha d'elle pour l'embrasser. En posant un baiser sur ses deux joues, elle sentit un parfum dans son cou. Quelques secondes auparavant, le sac à main rappelait un drame. Le parfum sur la peau, au contraire, appelait à la vie. La Mère se sentit rassurée. Mais quand même, le sac à main… !

– Puis-je aller avec vous ? demanda Elise.

La Mère bafouilla une réponse :

– Hem ! Oui, oui, bien sûr…

– Ça ne vous dérange pas ?

– Allons donc, Elise, vous êtes de la maison. Ça me fait plaisir.

Elles n'avaient pas parcouru cinq cents mètres que la Mère réalisa brusquement la nouveauté de la situation.

Elle se rendait à Bletterans accompagnée d'Elise… Inimaginable, ne serait-ce qu'une heure auparavant !

Sous l'effet d'une joie subite et incompressible, elle négocia un virage à grande vitesse, en sortit complètement sur la gauche de la route, s'excusa auprès d'Elise, ne freina pas pour autant ; se rabattit sur la droite, éclata de rire. Elle voulait crier par la vitre baissée : une folie! Chanter : c'était déplacé ! Brancher fort la radio : complètement idiot ! Remercier Elise d'être à côté d'elle : saugrenu ! Lui dire sa reconnaissance de ne plus leur donner de souci, hors de propos !

Il eût été indécent d'exprimer ces sentiments à une jeune femme qui, jusqu'alors malade ou non, était étrangère à la famille depuis quatre mois.

Néanmoins, il fallait que la Mère s'extériorisât d'une façon ou d'une autre. La seule manière d'évacuer cette soudaine allégresse était de parler.

Alors, la Mère parla !

Les paysages ? Elle les commentait. Les étangs le long de la route ? Elle les nommait. Elle savait lequel sera pêché avant Pâques prochain. Arrivée à son niveau, elle ralentit pour qu'Elise pût mieux voir. Elle viendra, le moment venu, acheter une grosse perche, le régal du Père, des brochets et une carpe pour le Vendredi Saint.

Ce fut le seul moment où la jeune femme la regarda d'un air étonné. La Mère, emportée par son désir de tout dire, n'y prêta pas attention. Elle poursuivit avec gaieté. Dans chaque village traversé, elle connaissait des gens. Elle montrait leur maison, disait leur nom et de quoi ils vivaient. Certains d'entre eux étaient des clients du Père. D'autres, leurs vendangeurs ! De ceux-là, elle décrivait le caractère et citait beaucoup d'anecdotes les concernant.

Lorsqu'en sortant d'Arlay, Bletterans fut en vue de l'autre côté de la grande plaine. Alors, sa voix se teinta d'émotion. Elle disait aimer cette bourgade marchande, véritable porte de la Bresse.

Elle se mit à parler à Elise comme à un parent de retour à la maison après une longue absence, avec la volonté de lui faire redécouvrir son pays natal.

D'une voix chaude, elle expliquait ce que les deux voyaient. Le Revermont, en ce lieu de Montosson, sur leur gauche, s'enflait d'un dernier mamelon recouvert de vigne et cédait de l'espace à la plaine bressane. Le paysage se métamorphosait avec douceur. C'était en ce lieu que la paille et le sarment se partageaient le territoire. Ces deux maîtres végétaux ne franchissaient pas, d'éternité, la frontière géologique qui les séparait. L'épi, en tout temps, se refusait à grimper sur le maigre d'un coteau et prospérait sur le plat. Par nature, le raisin répugnait à descendre dans le gras du limon. Le relief demeurait sa préférence. Mais étaient-ils si étrangers l'un avec l'autre ? Pas autant qu'ils ne le paraissaient ! Les deux ne donnaient-ils pas du grain ? Au plus fort de la chaleur de juin, ne mariaient-ils pas leurs pollens par-dessus leurs bornes communes, en pierre taillée ?

Puis la Mère répéta à Elise son attachement à Bletterans. La ville, carrefour des terroirs, offrait au regard tous les contrastes d'un panorama singulier. Sa rue principale, pourtant tracée en méridien, ne donnait aucune perspective. Par contre, les faubourgs offraient à voir, au levant, les collines qui descendaient vers elle en moutonnant depuis les plateaux. Tandis que des silos épars s'érigeaient en cathédrales, sur l'étendue des champs jusqu'à l'horizontal du couchant.

La Mère fit le tour de l'agglomération pour montrer les environs à Elise. Par chance, elle n'eut pas de mal à se garer à proximité du marché, malgré l'heure d'affluence.

Il était près de dix heures. Il y avait deux sacs à provisions dans le coffre de la voiture. La Mère montra le premier à Elise. Tous les légumes produits par Jocelyne la maraîchère illustraient ses deux faces. Stylisés et de couleurs vives, comme accrochés à des lignes horizontales, ils s'apparentaient aux notes d'une partition de musique.

Elle retira le second et le présenta en riant. Des têtes d'animaux s'inscrivaient dans des carrés disposés en damier. Les veaux, les agneaux, les vaches et les taureaux, curieusement, d'une langue démesurée, se léchaient les naseaux. Le sac de Didier le boucher ne plaisait pas du tout à Elise. La tournure comique que le publiciste voulait donner aux bêtes heurta sa sensibilité toujours à vif. Elle y voyait un grand cynisme. Pour elle, toutes ces langues sorties préfiguraient ce qu'elles seraient après l'abattage des animaux. Elle en éprouva un profond dégoût. La Mère paraissait heureuse en lui montrant les têtes. Pour ne pas la décevoir, Elise ne laissa rien paraître de son aversion. Elle faillit se trahir en prenant trop vivement les poignées du sac potager. Elle lui prêtait un peu de poésie. Elles marchaient, côte à côte, sur un trottoir de la rue commerçante. Il y avait encore peu de touristes. La foule était néanmoins nombreuse. Les gens parlaient fort et s'interpellaient. Ils paraissaient tous se connaître.

L'air était chargé d'odeurs de tabac, de goudron ramolli par la chaleur trop précoce et de gaz d'échappement des voitures. Une haleine chaude, saturée d'effluves de vin et de bière s'exhalait des salles de bistrots.

Elise s'était retranchée du monde pendant les derniers mois. Son immersion brutale dans cette marée humaine, soudain, l'oppressa. Elle s'arrêta net, laissa tomber son sac à main et le cabas. La bouche grande ouverte, les mains à son cou, elle suffoquait.

La Mère, paniquée, craignant un malaise, la tint par les poignets.

– Mon Dieu, mon Dieu, qu'avez-vous ? dit-elle d'une voix blanche.

Elise, le visage blême, ne répondit pas. Elle se tenait toujours le cou et se forçait à tousser comme pour désobstruer sa gorge. Les badauds commençaient à ralentir. Beaucoup se retournaient pour regarder Elise.

La Mère avait horreur de se donner en spectacle. Elle entraîna la jeune femme vers la terrasse de café la plus proche, en la tenant par la taille. Spontanément, la serveuse tira un siège. Les consommateurs observaient la scène et cessaient de parler. Un laveur de vitrine, témoin du malaise, apporta à la Mère les deux sacs d'Elise abandonnés sur le trottoir. Il s'inquiéta de sa santé en se penchant sur la jeune femme.

La serveuse intervint et dit à la Mère :

– Voulez-vous que j'appelle un médecin ?

A la seule évocation du docteur, Elise toussa un grand coup puis respira à fond.

– Non, ce n'est pas la peine, souffla-t-elle à la Mère. Excusez-moi !

– Pensez-vous pouvoir continuer ? demanda la Mère. Vous m'avez fait peur !

Puis la Mère se tournant vers le laveur de carreaux :

– Merci Monsieur. Voulez-vous boire un verre ?

– Jamais pendant le travail.

– A midi, peut-être ?

– Si vous insistez…

– Vous buvez quoi ?

– Un demi.

La Mère se retourna vers la serveuse :

– Vous servirez un verre à Monsieur. Je vous règlerai avec nos consommations.

Le garçon s'éloigna et reprit son travail, à quelques pas de là. La Mère commanda de l'eau plate et fut rassurée en voyant le visage d'Elise. Les joues reprenaient des couleurs et son regard redevenait expressif.

Elle but à peine une gorgée d'eau, les paupières baissées.

Le laveur nettoyait la vitrine d'une boutique de mode tout en parlant avec la commerçante qui se tenait sur le pas de la porte.

Ils devaient commenter l'incident créé par Elise. La Mère ne saisit que la fin de la phrase :

– … avec des yeux pareils… !

La commerçante se mit à rire, complice, en les regardant assises à la terrasse. C'était vrai, pensait la Mère en regardant Elise tenir longuement le verre contre ses lèvres pour les rafraîchir. Dans ces yeux-là, il y avait de quoi se perdre.

– Pensez-vous pouvoir continuer ? demanda la Mère.

Elle n'entendit pas la réponse. Une ribambelle d'enfants arriva en courant et en criant. Ils firent des slaloms entre les tables et les chaises. Les quatre premiers arrivés se jetèrent sur les chaises. Les autres, en retard, tempêtaient sur un ton criard. Deux d'entre eux, les plus grands, tentèrent de déloger les autres en secouant rageusement les dossiers. Les nantis se défendirent des pieds et des mains. Soudain, deux jeunes femmes, encore sur le trottoir, ordonnaient de leurs voix jointes, de cesser ces chamailleries. Mais en pure perte ! Les enfants continuaient de se quereller avec véhémence. Deux filles pleuraient.

L'une des femmes, après avoir posé son sac sur la table, donna des gifles à droite et à gauche en pinçant des lèvres et se donnant l'air sévère. L'autre restait en retrait. Les deux filles pleuraient pour de bon. La femme réussit non sans mal, à ramener un peu de calme en remettant les enfants debout. Puis elle prit la Mère et Elise à témoin :

– On ne peut pas les tenir. On les a depuis ce matin avec une copine. Voilà ce qui arrive quand les institutrices font grève. Vous imaginez, Mesdames, s'arrêter de travailler pendant une journée à même pas un mois des grandes vacances ! Y a qu'en France qu'on voit ça. Ils sont contre le projet de travailler le mercredi matin ou le samedi matin. J'ai un homme au chômage. Ils ont bien de la chance, eux, d'avoir une paie qui tombe à la fin du mois…

La femme cessa de parler pour reprendre son souffle. La serveuse en profita pour accoler deux tables l'une contre l'autre et disposer neuf chaises. Il y avait sept enfants. La Mère et Elise les regardaient s'installer. Il y eut encore quelques menaces de gifles. Mais le calme revint au moment de passer commande. Les plus petits, avec leur menton au ras de la table, voulaient la même chose que les grands, des Coca. Les deux mères dirent qu'il n'en était pas question. Les glaces à l'eau étaient préférables. Quant à elles, étant donnée la journée, disaient-elles en regardant la Mère et Elise, un blanc leur ferait du bien.

La Mère vit les yeux d'Elise s'arrondir de surprise. Enfin, elle n'était plus indifférente à son entourage. Cette réaction plut à la Mère. Elle s'étonnait de voir des jeunes femmes de son âge boire du vin blanc, à dix heures et demie du matin, en présence d'enfants.

La Mère voulait profiter de ce premier tête-à-tête avec Elise pour parler. Mais le tintamarre produit par les enfants l'en empêchait. Les deux femmes se levèrent et s'engagèrent dans la rue menant au marché. Interdite à la circulation, elle permettait aux badauds d'emprunter le milieu de la chaussée. La Mère marchait lentement. Elle avait ajusté son pas à celui d'Elise. La jeune femme n'avançait plus comme un automate. Au contraire, elle dévisageait la plupart des gens croisés, avec sur son visage, une expression étonnée. Tous affichaient un âge avancé. Ils allaient en couple ou par groupe. Ce jour de marché à Bletterans signifiait pour eux de se rencontrer autant que d'acheter. La Mère observait aussi les personnes venant à sa rencontre. Leur regard allait d'Elise à elle puis revenait à Elise pour s'y fixer. Avant d'arriver à leur hauteur, beaucoup d'entre eux la regardaient des pieds à la tête. La Mère les connaissait bien. Pas individuellement, bien sûr ! Elle était profondément leur semblable. Elle imaginait aisément leurs pensées, notamment celles des femmes. Elise était habillée sans recherche particulière : un jean, un chemisier, une veste d'un velours noir léger, fendue à l'arrière. Un mouchoir bleu très fin, bouffant, ornait la poche de poitrine. Avec un cabas décoré de légumes très colorés et un sac à main, a priori, rien ne devait la distinguer dans la foule anonyme. Elle portait une toilette sobre. Sa façon de marcher, un peu lasse, pouvait paraître désinvolte. Cependant, sa silhouette était d'une élégance naturelle. La Mère en était consciente, en voyant les regards des badauds. Confusément, elle en ressentait de la fierté. Elle ne voulait pas penser aux difficultés à venir et profitait pleinement de ce premier moment passé avec la jeune femme au milieu de la foule de Bletterans.

Ses pensées optimistes devaient être secrètement communicatives. Elise lui dit :

– J'aime bien leur accent.

La Mère rit et lui répondit en l'adoptant.

– Vous c. r. r. r. ôyez ?

Le roulement des « r » des personnes marchant dans la rue laissait deviner la proximité du bocage bressan. Leur accent n'avait pas le rugueux d'un accent de gorge. Il roulait sur leur langue comme un vin gras et onctueux sur les papilles. A chacune de ses venues dans le bourg, la Mère se réjouissait de l'entendre. Parfois, elle l'imitait pour faire rire le Père. Il lui évoquait aussi les maisons basses bressanes à auvents, desquels pendaient les quenouilles de maïs assaillies en permanence par des volées de moineaux. Il lui rappelait également l'odeur de la pâtée donnée par un cousin de Saillenard, aux volailles et aux cochons.

Enthousiaste, elle disait à Elise tout ce que cet accent bressan lui faisait ressentir.

– Je vous rassure, ajouta-t-elle, les habits de tous ces gens ne sont pas imprégnés de ces odeurs. Mais chaque fois que je viens sur le marché, c'est plus fort que moi, je les imagine tous dans leur maison bressane avec des pattes bleues et des soues à cochon. Même si c'est moins vrai maintenant.

– Des pattes bleues ?

– Ce sont les poulets de Bresse, Elise. Les fameux poulets avec leurs pattes bleues ! En réalité, ce sont des mâles ou des jeunes poulettes n'ayant pas encore pondu. Ils sont élevés au grand air sur l'herbe et engraissés au maïs et au lait. On les finit dans des cages en osier appelées épinettes. Ils sont tués au bout de quatre mois au minimum.

Les deux femmes avançaient épaule contre épaule, pour mieux affronter la foule. La Mère ne cachait pas son plaisir. Tout son visage l'exprimait. Elle parlait fort et se montrait intarissable, comme chaque fois qu'elle était heureuse. Et heureuse, elle l'était doublement. Tout d'abord, le marché de Bletterans était pour elle, un bonheur renouvelé chaque semaine, le mardi. Mais surtout, elle le partageait avec la compagne du Fils. Une personne avec qui elle parlait vraiment pour la première fois. Elle voulait tout lui apprendre, tout lui montrer. Elise avait beaucoup de peine à tout entendre, les cabas s'emmêlaient. Le sien se mettait de travers et butait parfois contre ses mollets. La sueur perlait sur son front. Elle commençait à s'essouffler. Mais la Mère ne se rendait compte de rien ou ne le voulait pas. Elle continuait à expliquer en couvrant les voix :

– C'est aussi le pays de la poularde et du chapon. Vous en avez mangé, sans doute ?

Un regard en biais sur Elise lui rappela son manque d'appétit et son aversion pour les aliments.

– Oh, pardon ! Mais je vous explique quand même.

La Mère ne pouvait s'empêcher de poursuivre. Une pensée lui traversa l'esprit comme un éclair. Elle soignait le mal d'Elise par le mal. Elle en rajoutait, eut une seconde de compassion mais céda à sa passion d'expliquer la Bresse. Elle verra bien pour la suite.

– La poularde est nourrie et élevée en plein air comme le poulet. Son engraissement se termine aussi en cage. J'ai une bonne recette au vin jaune et aux morilles… Excusez, c'est plus fort que moi, il faut que je parle de cuisine. Et le chapon, oh ! le chapon ! L'un des plus beaux fleurons de Bresse. Fleuron, c'est bien comme cela qu'on dit pour parler de ce qui est précieux ?

Elle quêta une réponse de sa voisine. Elise, visiblement, avait bien des difficultés. Ecouter les paroles de la Mère et marcher au milieu de centaines de personnes toutes aussi volubiles les unes que les autres relevaient de la plus haute performance. Cependant, elle puisait dans ses dernières ressources pour continuer. Par politesse, elle répondit :

– Oui, oui, fleuron, c'est cela, on dit fleuron…

– Je me dépêche, on arrive bientôt. Une année pour former un chapon et le servir à Noël et au jour de l'an. On le soigne comme les autres. Il termine également en épinette mais avec une particularité, on lui…

La Mère hésita…

– On lui coupe. Enfin, vous voyez bien. On lui enlève…

Elise ne disait rien et s'impatientait de se libérer de cette masse bruyante de gens bavards et rigolards. Les explications de la Mère étaient longues. En dépit de l'inconfort du moment, de sa fatigue et de la sueur au creux de ses reins, elle se forçait, par pure correction, à être attentive. Mieux, elle s'apprêtait à dire « émasculer » mais la Mère la devança.

– Les poulets, on les castre. On les châtre pour en faire des chapons. Il faut un sacré coup de doigt pour y arriver. Oh, excusez-moi !

La Mère se dépêcha de conclure en misant sur la surprise.

– Et puis comme la poularde, on les emmaillote comme des nouveau-nés, une fois morts.

Là, Elise marqua un intérêt subit, inespéré :

– Emmailloter ?

La Mère avait vu juste. Elle avait touché la cible. Elise questionnait. C'était bien la première fois.

La Mère se hâta :

– Une tradition ! le maillot, c'est un terme à moi. En réalité, on les enroule dans une toile d'origine végétale. De ce fait, la graisse se répartit dans toute la chair encore chaude. Mais de les habiller ainsi ça leur donne aussi de la noblesse. Vous savez, Elise, la noblesse n'est pas réservée qu'aux sentiments ni à une catégorie d'individus.

Elle criait presque, la Mère, pour se faire entendre et dire qu'il y avait aussi de la noblesse dans une bonne terre à blé ou à vigne, ainsi que dans une bouteille des Etoiles. Cette noblesse-là, elle l'aimait bien car elle se transmettait par le travail et la sueur. Enfin, elle ajouta toujours à forte voix, en regardant Elise tout en marchant :

– Vô n'savions don poé, ma pouré déme, qu'en les emmailloutiant qu'mens' qui nos paysans b r r r essans relingeo les poulôts à pattes bleûûûês poû leur boyé on p'tiot d'noublesse ?

(Vous ne savez donc pas, ma pauvre dame, qu'en les emmaillotant comme cela, nos paysans bressans habillaient les poulets à pattes bleues pour leur donner un peu de noblesse ?)

Elise ne comprit pas un traître mot mais elle se mit à rire. La Mère, enfin, arrivait au but souhaité. Un rire nerveux ! Plutôt hoquet que rire, certes, mais un rire ! Une victoire ! Tellement surprise de la pitrerie imprévisible de la Mère, la jeune femme bouscula une vieille dame venant en sens inverse. Pendant qu'elle s'excusait, la Mère, volontairement prenait de l'avance. Elise la rattrapa en pressant le pas sans qu'elle ne s'en rendît compte. Elle reprenait peu à peu les réflexes d'une vie ordinaire. Le malaise sur le trottoir de la rue commerçante était oublié. Par des gestes simples, elle redevenait elle-même et réoccupait au mieux, le temps d'une matinée, sa place parmi les autres.

Mais dans sa tête, il y avait surtout le langage fleuri de la Mère. Il traduisait sa joie de vivre et d'appartenir à une terre dont elle goûtait les largesses. Cette joie lui donnait une raison d'exister. Subitement, Elise l'envia !

Elles arrivèrent enfin au bout de la rue traversière. La foule les séparait, les rapprochait, les ballottait de tous côtés. Elles peinaient pour se frayer un chemin et heurtaient les gens du cabas et de l'épaule. Autour d'elles, ce n'étaient que paroles, exclamations, rires, piétinements. Cependant, du fracas de la cohue, un son se dégageait, un son grave, un ton de basse continu, un bourdonnement gigantesque, un murmure opiniâtre, une rumeur persistante.

La Mère força la voix :

– Vous entendez ? C'est le marché…

Mais Elise n'était plus à côté d'elle. Inquiète, elle s'arrêta brusquement pour la chercher du regard parmi les autres. Quelqu'un la poussa dans le dos. Elle se retourna, prête à s'excuser. C'était Elise, blême, l'air égaré, une boucle de cheveux collée par la sueur, sur le front.

– Vous n'allez pas bien, ma pauvre ?

– Si… Si…

– Voulez-vous que nous repartions ? dit la Mère, le visage tout proche de celui de la jeune femme. Au fond d'elle-même, elle espérait bien continuer malgré tout.

– Non… Non…

La Mère se trouva bien hypocrite et ne se connaissait pas aussi fausse. Cependant, elle fut soulagée de pouvoir continuer. En un éclair, il lui revint à l'esprit les mots du docteur Clavel. Cet homme-là en avait de bonnes. Il minimisait la gravité de la maladie d'Elise. « Ce n'était qu'une névrose. Cela n'altérait pas l'intégrité de ses fonctions mentales », disait-il. Ce n'était pas aussi grave, d'après lui, qu'une psychose qui faisait sortir le malade du monde réel. La Mère commençait à douter du diagnostic. Elle aimerait bien le voir, ce bon docteur Clavel, aussi rond d'esprit que de ventre, en ce jour de marché à Bletterans. Avec une jeune femme, belle comme le jour, – il suffisait de voir le regard des hommes –, qui manquait de s'évanouir à cause de la foule. En contournant un groupe de personnes se parlant à l'arrêt, elle pensa à l'hôpital psychiatrique de Saint-Ylie. Cette pensée l'affola au point de bousculer un vieux monsieur qui en perdit son chapeau. Elle évacua cette pensée morbide en ramassant le couvre-chef. Elle était tellement perturbée par cette idée qu'elle remit elle-même la coiffure sur la tête du pauvre homme en l'enfonçant jusqu'aux oreilles. Elle se confondit en excuses, faillit embrasser le vieillard sur les joues. Elle ne savait plus ce qu'elle faisait. Elle n'entendit pas ce que l'homme bredouillait, reprit ses cabas et s'assura de la présence d'Elise.

D'une voix ferme, elle dit :

– Le marché n'est plus guère loin. J'ai commandé par téléphone, ce sera rapide et après on rentre.

Partagée entre la compassion et l'incompréhension, elle ajouta :

– Vous pensez tenir ?

Elise acquiesça de la tête. La Mère n'était pas dupe. Il s'agissait plus d'un signe de résignation que d'accord. La Mère retrouva alors sa vraie nature. Dans la famille, le Père faisait figure de proue. Elle était l'invisible gouvernail du bateau Salleneuve. Elle ne se révélait jamais autant femme de tête que dans les moments difficiles ; surtout lorsque l'un des siens se trouvait en difficulté. Alors, elle fendit vigoureusement la foule en ne s'excusant pas auprès de ceux qu'elle bousculait. Elle s'assurait qu'Elise la talonnait. Se prenant pour une étrave, elle l'entraînait dans son sillage. La Mère était dans son rôle. Un rôle qu'elle affectionnait !

Par son entrée, le marché dégageait un souffle lourd d'odeurs de chair grillée, de tabac brun, de légumes lavés et de fruits mûrs. Mais surtout, une immense clameur sauta au visage des deux femmes. Même la Mère fut surprise par l'ampleur du vacarme, un tumulte de cris, d'altercations simulées, de fausses disputes, d'exclamations forcées. Tout donnait dans la démesure !

Les mêmes personnes se rencontraient pourtant chaque mardi. Mais comme la semaine précédente et sans doute les suivantes, elles s'étonnaient, faussement, de se croiser. Comme si elles ne s'étaient pas vues depuis des mois. Les hommes parlaient fort en se tapant dans le dos et s'exprimaient en patois. Ce qu'ils ne faisaient pas chez eux le reste de la semaine. Mais chaque mardi, en se rencontrant sur le marché, ils se relâchaient, revenaient à leur origine et se délectaient de parler bressan. Les femmes s'embrassaient. Leurs rires aigus fusaient jusqu'à la charpente métallique enfumée par les grillades.

Les files d'attente s'étiraient devant chaque étal, surtout celui d'Evelyne, la vivandière. La Mère, docile, y prit place en s'assurant qu'Elise la suivait.

La jeune femme était livide. Des veines ressortaient au- dessus des pommettes. Elles donnaient, au visage, un air juvénile et fragile et soulignaient les cernes des yeux. Elise s'appuyait sur le rebord en bois du banc. Elle regardait les volailles exposées derrière la vitrine. Un corset de toile végétale moulait la forme de trois d'entre elles. Evelyne avait pris soin de les rouler et de les lacer dans leur maillot. C'était le mois de juin. Elle le faisait pour montrer cette tradition bressanne aux touristes étrangers.

Une vingtaine de poulets et de poulardes offraient leurs formes à la beauté nacrée, au regard des passants. Présentés effilés, leurs cous s'ébouriffaient de plumes d'une blancheur parfaite. Leurs têtes, dans un alignement rigoureux, pendaient du long présentoir. Toutes les paupières étaient closes. La commerçante avait alterné les mâles et les femelles. Leur race « la Gauloise de Bresse » était inscrite en caractères gras sur une étiquette.

Devant la Mère, un couple parlait à la vivandière avec de grands gestes. A tour de rôle, l'homme et la femme montraient les volailles du doigt. Ils semblaient poser des questions. Mais avec le brouhaha ambiant, la Mère n'entendait pas le son de leur voix. Evelyne se penchait vers eux pour, visiblement, mieux les entendre. Mais souvent, elle faisait un signe négatif de la tête. Apparemment, elle ne les comprenait pas. Les autres, cependant, insistaient en riant. Des gens, dans la file d'attente, commençaient à s'impatienter. Le couple gesticulait de plus belle, en désignant les volailles. Ils insistaient, inconscients de la gêne provoquée, et n'achetaient rien.

Evelyne regarda la Mère comme pour la prendre à témoin. Elle lui dit d'une voix forte, sur le ton de la plaisanterie :

– Dommage, Hélène, que vous ne parliez pas allemand. Je ne sais absolument pas ce qu'ils veulent.

La Mère aurait pu s'en amuser. Mais elle était une femme d'instinct et d'intuition, prompte à réagir, le dos au mur. Surtout lorsqu'il s'agissait de prendre une décision pour le bien des siens.

L'impuissance de la marchande à comprendre les demandes des deux touristes lui offrait une belle opportunité. Une opportunité qui tenait du miracle. Vivement, elle se retourna vers Elise.

La jeune femme toujours aussi blême, regardait fixement l'étalage. A cet instant, elle éprouva une sensation de dédoublement de son être, une impression de marcher à côté d'elle-même et de se regarder vivre. Son double, il fallait bien l'appeler ainsi, lui faisait se demander la raison de sa présence dans cette foule. Non pas qu'elle dédaignât les ruraux. D'ailleurs, avant ce mardi, elle n'en avait rencontré que très peu.

Son mari, Hugo Reinert l'avait fait vivre dans un monde totalement étranger à celui-là. Il l'avait cultivée, lui avait appris à se vêtir avec élégance, l'avait éduquée aux bonnes manières de la bourgeoisie internationale. Grâce à lui, elle connaissait toutes les capitales européennes au gré de ses projets d'architecture. Elle ne comptait pas les voyages aux Etats-Unis, en Chine, au Moyen-Orient et en Russie. Il lui fit apprendre l'anglais, l'espagnol et l'italien. Elle connaissait bien l'allemand. Mais il la força à lire des auteurs germaniques pour enrichir son vocabulaire. Elle avait tout lu ou presque de l'œuvre des autrichiens Stefan Zweig et Peter Handke. Elle avait relu trois fois « Le Tambour » de Günter Grass et combien d'autres auteurs encore…

Hugo Reinert l'avait, certes, construite et façonnée. Mais il agissait ainsi pour son propre intérêt. Elle lui servait de faire-valoir par sa beauté, son élégance et sa tenue dans la haute société. Elle n'était qu'une marionnette.

Il n'y avait pas d'amour !

Mais il y eut Emile !

Et puis, elle se trouvait, un mardi, au marché couvert de Bletterans, anonyme, avec des nausées et entièrement dépendante de la Mère. Perdue, par surcroît au milieu de gens aux joues rouges avec de grosses voix, qui gesticulaient et la bousculaient sans même s'excuser. Avec en outre, comme spectacle, toutes ces chairs de volaille, à la peau irisée, exposées sur l'étal de la marchande d'où s'exhalait une odeur douceâtre et grasse à la fois. Une odeur de mort, pensait-elle.

Il n'y avait aucune comparaison possible entre l'existence menée avec son mari, Hugo Reinert et ce qu'elle vivait à Bletterans et avec les Salleneuve. C'étaient comme deux continents aux climats fortement opposés et séparés par un immense océan.

Décidément, c'en était trop à supporter !

Au moment de demander à la Mère de s'en retourner à la maison, celle-ci, en faisant un demi-tour sur elle-même, lui dit :

– Emile m'a dit que vous parliez l'allemand !

Prise de court, ahurie, Elise s'entendit répondre :

– Hem… oui… oui…

Puis à l'attention d'Evelyne, la Mère dit :

– Je vous ai trouvé une traductrice.

Elle prit alors la jeune femme par un poignet et la plaça devant elle pour la présenter comme elle eut fait d'une enfant boudeuse. Ce geste brutal, s'il surprit Elise, lui rappela sa propre mère quand il s'agissait de saluer une personne inconnue. Mais qu'était-elle donc devenue pour rester sans réaction ?

Evelyne, en commerçante, ne manqua pas de réflexe. Elle pensait aux clients dans la file d'attente.

– C'est gentil de m'aider. Ces messieurs-dames touristes voudraient se renseigner sur les volailles de Bresse. Vous connaissez… ?

Prestement, elle contourna son étal puis remit à la jeune femme, une pile de documentation, prise au passage près de la caisse.

– Cela vous aidera si vous ne connaissez pas tout et merci, dit-elle d'un ton souriant mais pressé.

Le couple de touristes s'était éloigné de quelques pas et attendait avec sur le visage un air amusé. Ils comprenaient qu'on s'occupait de leur sort. Quand ils virent Elise s'approcher d'eux, ils la saluèrent d'une sèche inclinaison de la tête.

Le commerce reprit sur le banc de la vivandière. Evelyne remit à la Mère sa commande. Elle ouvrait le papier d'emballage de chaque paquet pour montrer son contenu. Le premier fit l'admiration du client le plus proche. Un homme qui faisait ses courses en solitaire. Il avait besoin de parler, sans doute. Le marché de Bletterans servait d'ailleurs à cela, parler avec des gens inconnus, motivés par le même plaisir de voir et d'acheter de bons produits bressans. Evelyne avait besoin des deux mains pour présenter à la Mère quatre pigeons de ferme au jabot rebondi, plumés, vidés, encore sanguinolents près du cou tranché.

La jeune femme d'un geste vif et inattendu les mit sous le nez de l'homme curieux. Il eut un mouvement de recul. On riait dans la file d'attente. Evelyne, ce matin-là, était toute de joliesse.

A Bletterans ainsi qu'à Louhans, elle parlait patois quand il le fallait. Elle ne se contrôlait pas et se laissait aller dans sa manière de parler.

Son accent, avec des roulements de langue, donnait de la douceur à son allure. Elle venait d'avoir un enfant. Le tablier qui enserrait la taille faisait ressortir le rebondi de ses hanches.

Plus d'un regard masculin s'allumait lorsque, se penchant pour servir un client, on voyait la naissance de ses seins gonflés par la maternité.

La Mère la complimenta en voyant la deuxième commande. Une pintade qu'Evelyne lui présentait. Elle dit qu'elle la ferait un dimanche, à la normande. C'était le seul plat sucré salé que le Père aimait. Le voisin, le client solitaire, observa à voix haute, que parler de pintade normande en Bresse, était bien étonnant. Espiègle, la Mère lui répondit que c'était pour faire réagir des vieux curieux comme lui.

Tous se mirent à rire. Mais l'homme n'en fut pas troublé pour autant. La Mère, les fesses moulées dans le pantalon, autant que ses seins par le maillot, lui paraissait bien accorte et faisait belle illusion pour son âge.

L'homme voulut se rendre intéressant :

– Pourquoi à la normande ?

– Parce qu'avec des pommes, pardi !

– Lesquelles ?

– Des Reinettes du Canada. Elles sont à chair ferme. Je les arrose avec du Calvados et du « hors d'âge », en plus !

– Je préfèrerais le boire plutôt que de le mettre dans la sauce.

– A vous voir, vous ne m'étonnez pas…

La Mère finissait de composer le code de sa carte bancaire. L'homme un peu vexé, se tut.

– Evelyne, vous aurez encore de la galantine de lapin mardi prochain ? J'en reprendrai car mes deux hommes l'aiment bien.

– Oui, bien sûr !

La Mère disposait les paquets au mieux dans le cabas à têtes d'animaux. Elle voulut se rattraper auprès de l'homme.

– Sans rancune, Monsieur. Mais sachez que je flambe aussi les pigeons, mais au cognac… et un vieux.

– Vous m'invitez ?

– Si vous êtes de passage, pourquoi pas !

Puis, elle s'éloigna en portant d'un côté, un sac lourd comme du plomb et de l'autre, un couffin vide décoré de légumes, celui d'Elise.

Elise ! La Mère l'observait quelques minutes auparavant du coin de l'œil. Pendant qu'elle discutait avec son voisin, les touristes parlaient beaucoup, la jeune femme peu. Elle tenait maladroitement, d'une main, la liasse de documentation remise par Evelyne. Elle semblait dans l'embarras et écoutait.

La Mère, en la forçant à parler en allemand avec les étrangers, pensait que c'était une façon de la secouer, de la faire sortir de son abattement, de son isolement.

Elle y était allée peut-être un peu fort. Mais tant pis, elle verrait par la suite. En cas d'échec, cela ne pouvait pas être pire qu'avant.

Elle passa près de la jeune femme en la frôlant. Elle lui dit à l'oreille, ce qui la fit sursauter :

– Je vais chercher mes commandes chez le boucher et la maraîchère. Je vous prends en revenant.

Elle ne lui laissa pas le temps de répondre. Elle se perdit dans la foule. Il était onze heures trente. Une demi-heure plus tard, elle revint devant le banc d'Evelyne, les deux sacs pleins au bout des bras. Elise et les Allemands n'étaient plus là. Son cœur se mit à battre plus fort…

La commerçante la voyant scruter la foule dans tous les sens, lui cria par-dessus les têtes des derniers clients :

– Elle vous attend au Café des Halles !

La Mère l'aurait embrassée. Il y avait donc du progrès dans le comportement d'Elise.

Remerciant d'un sourire la vivandière, elle se fraya un chemin parmi les gens encore nombreux. S'il n'avait pas fait beau, la Mère, transportée de joie, aurait trouvé qu'il faisait soleil.

Elise, sa victoire !

Hier encore, elle n'aurait pas parié sur elle.

En sortant dans la rue, elle respira à fond. Malgré les relents de graillons, l'air lui parut d'une pureté incomparable. Mais ne se réjouissait-elle pas trop vite ? Avec une certaine appréhension, la Mère avait hâte de retrouver la jeune femme. Des groupes de personnes l'empêchaient encore de voir le Café des Halles. Elle réussit pourtant à s'en dégager avec des pardons par-ci, des pardons par-là. Le soleil lui faisait cligner les yeux. Ce qu'elle vit la fit s'arrêter !

Il se dit souvent, devant une scène inattendue de la vie : « les bras m'en tombent ». En l'occurrence, ce furent les deux sacs à provisions qu'elle posa sans ménagement sur le goudron. Elle pensa à ses œufs et aux tomates et se retint pour ne pas regarder les dégâts éventuels. Immobile, les bras ballants, accrochée sans cesse par les passants, éblouie par la lumière du midi, la Mère n'en revenait pas du tableau qu'elle voyait sur la terrasse du bistrot.

Elise était assise à une table carrée en métal, sous un large parasol rouge, avec l'homme d'un côté et la femme de l'autre. Devant eux, des verres encore pleins et une assiette d'amuse-bouche. Les trois se penchaient sur la documentation remise par Evelyne, dont tous les volets étaient déployés devant eux.

Le buste droit, l'expression attentive des visages des touristes contrastaient singulièrement avec leurs hochements de têtes, très vifs, mécaniques, signes de leur compréhension.

C'étaient bien des Allemands, pensait la Mère, toujours arrêtée au milieu d'une flaque de soleil.

Elle se souvenait de la descente au caveau de quatre Berlinois de passage, juste avant Pâques. Au moment de déguster le macvin, ils s'apprêtaient à boire leur verre, cul-sec, en renversant vivement la tête en arrière. Comme ils l'auraient fait d'un schnaps. Le Père poussa un cri indigné, à l'amorce de ce geste sacrilège. Il fit reposer le verre et répéta, en se faisant traduire par l'un d'entre eux, la manière de déguster, expliquée, auparavant pour les vins blancs.

La Mère fut surprise par la métamorphose d'Elise que rien ne laissait espérer une heure plus tôt. Une surprise accompagnée d'un pincement au cœur !

Comment avait-elle pu changer de comportement aussi vite ? Son affection mentale, une expression du docteur Clavel, s'était-elle atténuée au point de retrouver une attitude normale ?

Visiblement, la rencontre avec le couple d'étrangers, provoquée par la Mère, fut déterminante.

Ce changement subit, dans sa manière d'être, forçait la Mère à se poser une question. Quelle était la part de simulation de la jeune femme jusqu'à ce mardi midi à Bletterans ?

Cette pensée pernicieuse la cloua sur place et suspendit son geste de reprendre ses cabas pour rejoindre le trio. Mais une autre idée lui vint à l'esprit.

Si Elise était une simulatrice, le docteur Clavel se serait, sans doute, aperçu de la supercherie. Il ne lui aurait quand même pas administré des médicaments sans raison ! Allez savoir, avec un médecin qui passait autant de temps à saucer les plats dans la grande cuisine, qu'avec une patiente…

La Mère était dans le doute.

Cependant, ce n'était ni l'heure ni le lieu, dans une rue de Bletterans, pour s'interroger. Alors, elle réagit parce qu'il le fallait bien.

En mars dernier, elle avait fait taire, tant bien que mal, sa jalousie envers Elise, parce qu'elle était la compagne du Fils…

Quatre mois plus tard, elle n'allait pas de nouveau connaître l'enfer dans sa tête en suspectant la jeune femme de fausseté…

Pour bien s'en convaincre, elle se rappela les paroles d'Adrien Tonnerre de Dieu, rapportées par le Père : « quand il arrive du mauvais dans la famille, il faut garder la façade devant les gens ». Pour dire de ne rien laisser paraître aux yeux des autres lorsque quelque chose de fâcheux se produisait, sous le toit Salleneuve.

Vraiment, la Mère était à la recherche de repères, en ce matin de marché, à Bletterans. Elle se remémora aussi une expression répétée souvent par le Commis : « la vie, c'est comme au football. Il n'y a que le résultat qui compte ».

Ces deux proverbes en tête, la Mère admit qu'il valait mieux ne pas chercher à comprendre. Qu'il fallait vivre la situation comme elle se présentait.

Quant au « résultat » évoqué par le Commis, elle le voyait dans toute sa plénitude, au fur et à mesure qu'elle s'approchait de la terrasse du bistrot. Même assise en face d'Elise, elle n'en croyait pas ses yeux. La jeune femme paraissait détendue, la veste ouverte sur une poitrine généreuse, la pochette toujours bouffante sur le cœur. Elle prenait, visiblement, du plaisir à parler en allemand.

Les autres consommateurs la regardaient. Que des hommes !

Les plaisanteries allaient bon train, dites en patois bressan. La Mère, malgré le bruit de la rue, saisissait quelques mots. Il était question d'Elise. D'autant que la patronne du bistrot, cliente chez le Père, avait dû parler.

Beaucoup, parmi les habitués du mardi à Bletterans, connaissaient le Père en buvant de son vin au bistrot, soit au verre, soit sous la tonnelle de vigne vierge, le long de la rue, en mangeant une tête de veau. Ils n'ignoraient rien de la situation familiale des Salleneuve et de la présence d'Elise sous leur toit. Tout se savait. Tout se disait, le jour du marché. Ce n'était pas forcément être mauvaise langue. Mais dans le bourg, carrefour de deux provinces des collines et de la plaine, on s'intéressait naturellement aux événements heureux et malheureux, arrivant au sein de familles connues et en vue, comme celle des Salleneuve. La jeune femme, cloîtrée chez eux jusqu'alors, excitait la curiosité de quelques-uns.

Les mêmes la voyaient à la terrasse du Café des Halles, discutant en allemand avec des touristes, devant la mère Salleneuve, apparemment médusée. Devant leurs verres de rosé ou de blanc, ils ne se privaient pas non plus, d'imaginer les formes anatomiques de la jeune femme par des propos croustillants.

L'accent de leur patois donnait à chacun de leurs mots, un son doux et roucoulant. Elise, assurément, attirait sans le vouloir, le regard des hommes. La Mère en fut, à la fois, fière et agacée. Elle s'apprêtait à appeler la serveuse lorsque la jeune femme lui demanda, avec un sourire désarmant :

– Madame… heu… Hélène, j'ai deux questions à vous poser. Que veut dire « sot l'y laisse » ?

Et quitte à paraître idiote, les poules ont-elles des crêtes comme les coqs ?

La Mère faillit sursauter en entendant son prénom dans la bouche d'Elise. Quelle évolution dans leur relation ! Cela changeait des seuls bonjours, bonsoirs et mercis, surtout pour ne rien manger, prononcés du bout des lèvres pendant les mois précédents. Elle en fut touchée au plus profond de son être. Elle était comme cela, la Mère, quand on l'atteignait en plein cœur. Alors, elle se sentit s'élargir de partout comme au moment de recevoir le Père en elle. Ses yeux mouillés trahissaient son émotion. Elle voulut répondre. Elise la devança :

– Monsieur et Madame Wolcker de Stuttgart apprécient beaucoup le vin blanc du Jura. Ils ne le connaissaient pas auparavant.

Montrant du doigt les deux verres déjà bien entamés des touristes, elle poursuivit :

– Ils voudraient en acheter le jour de leur retour en Allemagne. Je leur ai proposé de passer à la maison.

Ainsi, après avoir contre toute attente, prénommé la mère, Elise employait le mot « maison », comme si elle était aussi la sienne.

Ce jour de marché était vraiment à marquer d'une pierre blanche, comme aurait dit le Commis. Mais la Mère ne voulut pas être en reste. Elle répondit :

– Tout d'abord, dites-leur qu'ils peuvent venir n'importe quand chez nous…

La Mère appuya volontairement sur « chez nous » en regardant Elise droit dans les yeux. Elle les vit immédiatement s'humecter. Chacune son tour, ma belle, pensa-t-elle, pendant qu'Elise traduisait. Puis elle reprit :

– Quant aux « sot l'y laisse », ce sont les parties charnues et délicates logées dans les deux creux des os du bassin. D'une saveur de très grande finesse, on les offre traditionnellement aux enfants pour leur apprendre ce qui est bon. L'expression, je crois, veut dire « il faut être sot pour ne pas les manger ».

Par ailleurs on dit qu'en France, on peine à établir l'égalité entre les sexes. Dites-leur que, sur ce sujet, les Français sont meilleurs à table. Ils mangent sans distinction le poulet de Bresse, qu'il soit mâle ou femelle. Tout cela pour vous dire que les poules ont des crêtes ainsi que des barbillons, comme les coqs. Les barbillons sont des sortes de mandibules rouges pendant sous leur bec.

La Mère tira vers elle la documentation de la vivandière. Puis elle leur montra une magnifique tête de poulet en posant son doigt sur cette particularité anatomique.

Pendant qu'Elise traduisait, la Mère appela la serveuse d'un signe de la main.

Le « sot l'y laisse » fit rire les Allemands très fort. Puis ils vidèrent le reste de leurs verres d'un mouvement de la tête en arrière. Ce qui surprit la mère.

L'employée arriva à la table.

En regardant Elise, Hélène dit :

– Je leur offre un Commandeur. C’est une coupe de Crémant avec une dose de macvin et pour vous ?

– Pour moi, rien !

Puis s’adressant à la serveuse :

– Trois Commandeurs, s’il vous plaît. Rien pour madame.

Elle ajouta, sur un ton faussement autoritaire :

– N’économisez pas sur le macvin.

Et regardant Elise :

– Aujourd’hui, j’ai besoin d’un bon remontant. Tant pis, si je suis pompette. Elise, comme vous allez mieux, vous prendrez le volant de la voiture pour le retour.

En disant ces mots, la Mère tenait sa revanche.

CHAPITRE XXI

C'était le lendemain du marché de Bletterans. Le Commis remontait la rue, d'un pas tranquille pour aller chercher son pain.

Dix heures sonnaient au clocher. Il était en retard par rapport à l'habitude. Mais cela n'avait pas d'importance. Il ne verrait pas Germaine comme chaque matin. Elle était à Lons-le-Saunier pour rencontrer le futur maître d'apprentissage en boulangerie de son fils, Alexandre.

Le Commis, depuis son attaque cérébrale, ne faisait plus grand-chose de ses mains. Cependant, il pensait comme jamais il n'avait pensé. Etait-ce la crainte de perdre ses facultés mentales ou les effets d'une curiosité naturelle de ce qui se passait chez les autres, une curiosité devenue insatiable à cause de son désœuvrement forcé ?

Les deux causes se conjuguaient sans doute pour le rendre encore plus attentif au moindre événement du village. Il n'avait rien perdu de sa roublardise habituelle ni de son habitude à se moquer d'autrui.

Ce matin-là, il pensait aux Salleneuve. Depuis l'arrivée d'Elise, il les avait souvent en tête. Mais une pensée lui taraudait l'esprit, depuis quelques jours. Emile n'était-il pas sur le point de travailler les vignes définitivement avec le Père ? Avait-il donc renoncé à retrouver une place d'ingénieur ? Plusieurs indices le prouvaient. Il fallait le voir s'impliquer dans les travaux, plus que l'an passé. On en parlait dans le village, chez la boulangère, véritable lieu d'échange de nouvelles.

Il avait, disait-on, amélioré le système de pulvérisation des produits phytosanitaires sur leur tracteur enjambeur. On avait vu les éclairs bleutés du soudage à l'arc jusque tard dans la nuit, en avril. On le voyait partir tôt, le matin ou en fin d'après-midi, pour traiter. Il a bêché, pendant quatre jours durant, toutes les parcelles, sauf celle des Grains d'Or, trop pentue et qui surtout, n'avait plus d'épaisseur de terre arable. D'ailleurs, on se demandait pourquoi le Père conservait ces fameux Grains d'Or. Il manquait beaucoup de pieds. Elle ne donnait plus rien. Sa terre était si maigre, soi-disant, qu'il la gardait en souvenir du vieux Salleneuve, Adrien Tonnerre de Dieu. Pas un commode, celui-là, d'après les anciens ! Conserver cette vigne en ruine ? Un caprice de riche ! Emile, le Fils, était devenu un enragé du tracteur. Il fallait le voir partir tous les jours herser les lignes qu'il avait bêchées. Il semblait avoir pris en main tout le matériel. La preuve : on ne voyait plus le Père tenir un volant ou alors pour approvisionner son fils en eau et en produits de traitement. Il travaillait, supposait-on, dans ses caves. Il participait de plus en plus souvent à des salons de vins. Jusqu'à Bruxelles, disait-on ! Ah, il pouvait bénir le licenciement de son garçon !

Une évidence pour les gens du village ! Le Fils ne repartirait pas travailler dans l'industrie. Il avait pris pied dans les collines. Cette femme, cette compagne, vivant en recluse chez eux y était sans doute pour quelque chose. Voilà ce que disaient les villageois entre eux.

Ce n'était pas tant ces bavardages proches de ragots, qui dérangeaient le Commis. Non, il était lui-même friand de toutes formes de racontars, surtout les plus grivois. Chacun connaissait ses rapports privilégiés avec les Salleneuve. Alors, on le questionnait. Il ne pouvait pas répondre, ne sachant rien sur les projets du Fils, encore moins sur la jeune femme. On ne manquait pas de se moquer de lui. Jusqu'à un certain point ! Il avait la répartie facile. Crucifiante parfois, pour celle ou celui qui cherchait à le mettre mal à l'aise. Au fond, il était non seulement vexé mais peiné de n'être informé de rien par les Salleneuve. Il ne jouait plus son rôle de sage auprès d'eux. Il les considérait pourtant comme sa famille. Lui qui n'en avait jamais eu.

Arrivé au virage avant le portail de chez le Père, il pensait au Grand-Père, Adrien Tonnerre de Dieu. Un lointain souvenir lui revint en mémoire.

Revenu d'Algérie après son service militaire accompli pendant vingt-huit mois, Adrien l'avait embauché comme ouvrier viticole. Le Père avait seize ans. Ils taillaient, ce jour-là, la vigne des Vallières. Le Père renâclait à l'idée de repartir le lendemain à l'internat du lycée viticole bourguignon. A l'époque, il montrait des réticences à devenir vigneron. Mais Adrien ne lui laissait pas le choix. Etant le seul héritier, il se devait de reprendre le domaine, le moment venu. Le Grand-Père le répétait. Il prenait souvent à témoin le Commis qui avait acquis sa confiance. Ce qui était exceptionnel, vu la personnalité écrasante de l'Aïeul.

Depuis les Vallières, tout le pays était à leurs pieds. Quand ils arrivèrent au bout du rang, Adrien, énervé par les plaintes incessantes du Père, le tira vivement par un bras, contre lui.

Sa bouche proche de l'oreille de l'adolescent, il lui montra du doigt le toit de leur maison ainsi que les parcelles de vignes. Il les nomma une par une et rappela leur date de plantation : Les Jouvencelle 1948, le Pré-Catelin 1937, la Clauserie 1948, les Vallières où ils se trouvaient 1958 et enfin, tout au-dessus, les Grains d'Or 1910.

Puis, en détachant bien ses mots, il a dit d'une voix forte :

– Ton arrière-grand-père, Jean l'Ancêtre, moi ton grand-père et même… ton pauvre père, sans oublier tous les gars comme lui (il désigna le Commis), on a arraché toutes les vieilles vignes, sauf les Grains d'Or, à la pioche. On a replanté à leur place les parcelles actuelles, toujours à la main. On les a travaillées dur, jusqu'à maintenant, été comme hiver. Alors Tonnerre de Dieu, mérite-le !

Ces paroles brutales résonnaient encore dans les oreilles du Commis.

Le Père, malgré son peu d'enthousiasme dans sa jeunesse, pour le métier de vigneron, était pourtant, devenu avec le temps, l'un des plus grands personnages du terroir jurassien.

A l'inverse d'Adrien, il se montrait doux de cœur. Mais au cours des années, il se mit à lui ressembler dans sa manière d'aimer, d'une passion viscérale, la terre de vigne des collines.

– Chassez le naturel, il revient au galop. Ces gens-là, se disait le Commis, naissaient avec de la marne bleue à la place de la moelle des os. Et cette tradition baron, répétée inlassablement par le vieux, les travaillait, à un moment donné de leur vie. Une sacrée fichue tradition qui obligeait chaque génération de Salleneuve à transmettre le domaine à la suivante, avec tous ses ceps…

Il en avait parlé, autrefois, à des commis comme lui mais tous communistes.

C'était une attitude bourgeoise, disaient-ils ! D'après eux, avec cette méthode, les grands propriétaires ne faisaient pas que léguer leur patrimoine à leurs héritiers. Ils le capitalisaient en faisant trimer des gens comme eux par tous les temps. Le Commis écoutait leurs commentaires mais sans répondre. Ce qui, de sa part, était rare. D'une manière surprenante, il se retenait de critiquer ses patrons viticulteurs. Cependant, il reconnaissait, secrètement que les Salleneuve avaient de la chance. Ils avaient toujours eu des aïeux qui avaient travaillé pour eux. Avec leur terre, ils avaient au moins, un point d'ancrage. Lui, le Commis, était de l'Assistance Publique. Mais il ne se montrait pas jaloux pour autant. Les Salleneuve le considéraient plus qu'un commis. Pour cette raison, il avait, à leur égard, la reconnaissance du ventre.

En revanche, l'impression qu'il avait, depuis plusieurs mois, d'être mis de côté le renvoyait à son ancienne condition de pauvre ! La place qu'il occupait auprès d'eux n'était donc pas importante. C'était insupportable !

A n'en pas douter, la faute en revenait à cette Suissesse, cette femme sauvage qui, de surcroît, ne lui avait jamais été présentée.

La situation, par ailleurs, ne risquait pas de s'améliorer, songeait-il. L'installation d'Emile, en qualité d'exploitant, serait suivie probablement de son mariage avec la femme fantôme.

Chez les Salleneuve, on se mariait, se disait-il, goguenard. Même Claude-Emile, le blessé de guerre, le grand-père d'Emile était marié. Pourtant, les commis de l'époque racontaient qu'il n'était plus un homme, à cause de sa blessure. Et que le Père avait été conçu sans que Claude-Emile ait fait l'amour avec sa femme. On rapportait aussi, dans ces années-là, que l'opération sur son épouse avait coûté une forêt de sapins à Adrien Tonnerre de Dieu.

Descendant, il fallait ! Héritier, il y eut !

Alors, chez les Salleneuve, le mariage ? Incontournable !

Par conséquent, pas question de vie maritale, de concubinage, de Pacs, à l'image de ce que le Commis voyait le plus souvent autour de lui.

Ce n'était pas, non plus, dans les idées de la Mère, une calotine, un pilier d'église. Le Commis en riait intérieurement. Une manière de se venger !

Que devait-elle penser, la Mère ?

Son fils couchait chez elle avec une femme en instance de divorce. Elle devait bien avaler, le dimanche, le double d'hosties pour tenir le coup…

Lui, le Commis, le mariage ? Il n'y tenait pas.

La perpétuation de l'espèce humaine ? Il laissait aux autres le soin de l'assurer.

La transmission du patrimoine ?

Il ne possédait strictement rien sinon son « cul pour siffler ». Il préférait emprunter la femme des autres. Enfin, celles qui le voulaient bien. Et il y en eut !

A la plupart, il leur apprenait à fêter la vie, à sa façon à lui. Mais il les avait toujours rendues, souvent en meilleur état dans leur tête que lorsqu'il les avait eues. Même que certaines d'entre elles, après lui, vivaient mieux avec leur mari. En quelque sorte, le Commis se prenait pour un raccommodeur de couples. C'était sa fierté !

Il ne disait pas de ces femmes qu'elles étaient ses maîtresses. Cette appellation lui paraissait très bourgeoise. Il les nommait ses poules. C'était la seule concession qu'il faisait à ses camarades communistes et sa manière à lui de participer à la lutte des classes.

Le nombre de ses poules ne dépassait pas les doigts de deux mains. Il savait, dans la vie, se limiter à l'essentiel.

La dernière !

C'était Germaine !

Avec celle-là, il ira jusqu'au bout. Elle lui était toute dévouée. Et puis, elle avait de si jolies taches de son sur ses belles fesses potelées…

Avec cette vision du postérieur de Germaine en tête, le Commis ne se pressait pas pour aller acheter son pain. Encore quelques minutes et il passerait devant le portail de la maison du Père. Il se remit à penser au mariage ainsi qu'à la « cloîtrée » des Salleneuve.

Elle était de religion protestante et en instance de divorce. Les deux seuls renseignements que la Mère lui avait donnés un matin, à travers le grillage de son jardin. Un miracle ! Depuis, plus rien, bouche cousue !

Ah, quand même ! En instance de divorce, donc une divorcée tôt ou tard et protestante, exilée ! Tout cela ne paraissait pas catholique !

Le Commis ne pratiquait pas. Par peur, disait-il que le toit de l'église ne lui tombât sur la tête. Néanmoins, il gardait en mémoire des rudiments de catéchisme. Bien qu'en réalité, il se souvint plus du ton ânonnant du curé Bertin que de son enseignement religieux.

Les protestants ! Il se rappelait que leurs curés, à eux, pouvaient se marier. Ils ne se confessaient pas, sinon en eux-mêmes.

Se pardonner des galipettes amoureuses illégales pour vite recommencer et à nouveau s'absoudre, était aux yeux du Commis, bien pratique. C'était quand même plus commode, pensait-il, narquois, que de les avouer à un semblable, fût-il Curé.

Le Commis, toujours dans ses pensées, revint au mariage. Il aura lieu, tôt ou tard, vu la mentalité des Salleneuve. Mais il ne serait pas pour demain. Encore fallait-il que cette femme pointât le bout de son nez dehors !

Le vieux sorcier arriva enfin à la hauteur du portail et jeta un regard dans la cour, comme chaque matin.

Depuis son hémorragie cérébrale, il marchait en tenant sa main gauche qui avait été « gelée », – son expression –, dans la poche. Pour aller au pain, il serrait un sac de toile rayée de bleu, entre le bras déficient et son flanc.

Ce qu'il vit lui fit sortir la main malade du vêtement. Ce qui eut pour effet de faire tomber le sac à ses pieds. Et par la même occasion de constater que ses réflexes lui étaient revenus. Elise ! Il ne l'avait jamais vue. Il sut que c'était elle !

Elle, le voyant se baisser pour ramasser le sac, savait que c'était lui, le Commis !

Assise sous la treille à une table de jardin, elle avait suspendu son geste de porter une tasse de petit-déjeuner à ses lèvres en le voyant.

Il resta quelques secondes penché, immobile, à la regarder tout en reprenant son sac.

Ils se sont fait un signe de tête, en même temps, exactement en même temps. Il lui semblait qu'elle souriait. Quand il s'éloigna du portail, son cœur battait fort. Il se demandait bien pourquoi. Ainsi, la belle, comme il l'appelait en secret, la belle était sortie de son hibernation.

Devant les autres, le Commis avait l'habitude de se contrôler. Mais en lui-même, il donnait libre cours à ses sentiments consécutifs à une émotion triste ou joyeuse. Quand il dépassa le portail, il se sentit inexplicablement guilleret.

Pour la première fois, la jeune femme se montrait durablement à la vue de n'importe quel passant dans la rue. Prendre son petit-déjeuner dehors pourrait paraître un événement banal à quiconque.

Pas pour le Commis ! Il voyait « à travers les murs », disaient certains villageois convaincus de son inquiétante aptitude à lire dans la tête des gens et deviner l'avenir.

Ainsi, le spectacle qu'Elise offrit à ses yeux, pour agréable et surprenant qu'il fût, annonçait pour lui des lendemains riches en événements.

A ses yeux, la vie, les autres, la vie des autres ressemblaient à une pièce de théâtre. Il n'était jamais sorti des collines et n'avait jamais tenu que des rôles secondaires. Mais il s'en accommodait. Il puisait sa sagesse renommée en regardant vivre les autres.

Il fut un adepte fidèle de l'émission « Au théâtre ce soir ». Il regrettait toujours sa lointaine et incompréhensible disparition. Ce vide télévisuel en était-il la cause ? Mais ce qu'il voyait alentour n'était ni plus ni moins qu'une représentation théâtrale. Avec tous les ingrédients d'une comédie : les huis clos d'événements, des retournements de situations, le dénouement d'intrigues qu'il devinait toujours avant le mot « fin » de la pièce.

En longeant le jardin de la Mère, il pressentait que les Salleneuve, à cause de la présence d'Elise, la ressuscitée, sous leur toit, lui offriraient un nouvel acte de la comédie humaine.

En poussant la porte vitrée de la boulangerie, le Commis jubilait au plus profond de lui-même. Mais il se garderait bien d'en parler aux clients habituels du magasin.

CHAPITRE XXII

Le couple de touristes allemands, rencontré à Bletterans, avait téléphoné la veille, pour annoncer sa visite.

Le Père était resté à la maison pour les recevoir. Il était inquiet du rôle qu'allait jouer Elise. Depuis Bletterans, elle avait subitement changé de comportement à leur égard. Elle parlait, riait, se montrait d'un caractère enjoué. Le Père, par nature, n'était pas habitué à de tels revirements de caractère. La croissance de la vigne, la maturité du raisin, le vieillissement des vins l'avaient accoutumé à l'évolution lente en toute chose. Cette transformation aussi soudaine que radicale le rendait méfiant. Il redoutait qu'elle ne redevînt comme avant, distante, muette, avec cette recherche permanente de l'isolement.

Cependant, un constat ! L'appel téléphonique des Allemands l'avait rendue très heureuse.

Elle plaisanta même avec le Père en lui demandant de ne pas trop entrer dans les détails techniques du vin. Elle craignait de ne pouvoir tout traduire.

Il allait de surprise en surprise mais prudent, gardait ses distances avec elle.

L'après-midi de l'arrivée des touristes, le Fils arrachait à la main l'herbe qui avait poussé autour des jeunes pieds de vigne, plantés l'année précédente. La Mère faisait de la gelée de framboises et de groseilles. Depuis le matin, elle travaillait dans le local aux confitures, au fond de la grange. Mais elle prit le temps de préparer le Comté et un assortiment de charcuterie pour accompagner la dégustation. Elle disposa sur un large plateau en bois de chêne des languettes de fromage pour former une fleur avec ses pétales et son cœur. Le Comté n'était pas très âgé. Il n'avait que quatorze mois. A cet âge, dit-elle à Elise, il présentait encore des notes de fraîcheur et de fruits qui ne contrarieraient pas les arômes du vin des Etoiles. Plus vieux, sa puissance et son sel les auraient dénaturés. Elle préférait les languettes, expliquait-elle, aux cubes, car les gens les croquaient en plusieurs fois, en limitant, si besoin, chaque bouchée. Elle disposa sur le bord du plateau, les croûtes du fromage sur lesquelles il y avait les étiquettes indiquant le temps d'affinage et le lieu de production. Il s'agissait, certes, d'une tradition. Mais le sainfoin brouté par les vaches montbéliardes teintait de lilas la terre des collines. La même terre qui se veinait du bleu des marnes par en dessous. Par cette présentation, la Mère symbolisait le mariage parfait entre le végétal et le minéral. Le terroir des collines formait un tout. Elle l'avait appris du Père et du Commis, fit-elle remarquer à Elise.

Maria et Willy Wolcker, les Allemands, arrivèrent aux environs de seize heures. L'homme manœuvra son quatre-quatre dans la cour comme pour repartir. Le Père alla à leur rencontre. Elise se tenait à sa droite. Les deux femmes tombèrent dans les bras l'une de l'autre. Maria Wolcker riait et parlait fort.

Le Père, une fois de plus, fut surpris de cette tendance qu'avait la jeune génération à devenir familiers les uns avec les autres, sans se connaître.

Elise fit les présentations. Willy Wolcker paraissait un joyeux drille. La chaleur de juin les avait fait mettre en bermuda. Incompatible, pour une dégustation en cave !

Dans la cour, il régnait une température de trente degrés. Elle ne dépassait pas dix-huit dans le caveau.

Le Père le fit remarquer mais les autres rétorquèrent que cela n'avait pas d'importance. Ils randonnaient dans les Alpes bavaroises, en été, les jarrets toujours à l'air et par tous les temps. Le Père haussa les épaules et les entraîna vers la descente de cave.

L'escalier comptait douze marches de pierre que le temps n'avait pas encore creusées en leur centre. Cependant, leur calcaire poli par les pieds brillait et se montrait très glissant.

Le Père n'avait pas fini de les prévenir qu'Elise effectua une glissade et manqua de tomber vers l'avant. Mais le Père, juste devant elle, se retourna vivement et la reçut contre sa poitrine. L'incident ne dura que quelques secondes.

Les yeux d'Elise se trouvaient à la hauteur de ceux du Père, leurs nez proches à se toucher.

Le Père eut le temps de sentir le parfum de la jeune femme s'exhalant de son cou largement ouvert. Tilleul, cannelle, iris, vanille, jasmin ? Il ne saurait le dire. Mais il n'oubliera jamais le turquoise de ses yeux qui fut, un bref instant, son azur.

Elise le remercia. C'était, disait-elle, la première descente de sa vie dans une cave. Elle espérait que cette maladresse ne serait pas de mauvais augure pour la suite. Elle s'était exprimée d'un ton plaisant, en articulant avec application chaque mot avec cet accent lent, indéfinissable, qui ajoutait à son charme.

Un mois auparavant, le Père avait, sans le vouloir, découvert sa nudité.

Après l'avoir retenue par la taille, dans les escaliers, ses doigts gardaient en mémoire la plasticité de son corps. Ces deux contacts intimes avec elle, le visuel et le toucher eurent lieu par le plus grand des hasards.

Depuis la Mère, il ne se souvenait pas avoir ressenti une aussi profonde émotion à l'égard d'une femme.

Ce n'était ni l'heure ni l'endroit pourtant. De surcroît, il recevait des clients étrangers. Cependant, une pensée traversa son esprit comme un éclair.

Elise exerçait sans le vouloir, le plus naturellement du monde, un irrésistible pouvoir de séduction sur les autres, à commencer sur lui-même.

L'amour qu'il avait pour la Mère ressemblait à ces mers calmes, soulevées parfois par une onde.

Il imaginait qu'un homme épris d'Elise connaîtrait bien des tourments. En poussant la lourde porte de la première cave, il pensait à Emile !

Les deux ventaux s'ouvrirent en chevrotant. Leurs gonds, avec de larges paumelles fendues en vé à l'extrémité, étaient forgés en une seule pièce.

Fixés dans le bois par des clous à grosses têtes pyramidales estampées, ils prouvaient à eux seuls, que des éléments dédiés à une fonction banale pouvaient être d'une réelle beauté.

L'Allemand ne s'y trompa pas. D'un doigt, il suivait leur profil, s'arrêtant une seconde sur chaque tête de clou. Il demanda l'ancienneté de la maison.

– Dix-huitième siècle, répondit le Père.

Puis, regardant Elise avec insistance et en appuyant sur chaque mot :

– On n'a jamais cessé de vinifier dans ces caves depuis Louis XV. La famille du Comte de Vorgel jusqu'en 1928. Ma famille depuis cette date !

La cave était très sombre. Seul, un soupirail éclairait d'une lueur pâle, le mur du fond.

A peine sur le seuil de la première cave franchi, Elise comprit que ce lieu n'était pas comme les autres.

Jusqu'à ce jour, elle croyait que la grande cuisine tenait la place la plus importante dans la maison. Malgré ou à cause de sa névrose, elle avait observé tout ce qui s'était déroulé depuis les quatre mois précédents.

La grande cuisine était l'endroit de la Mère, son territoire, son pré carré.

Elle n'ordonnait pas, ne s'imposait jamais. Mieux, elle régnait !

Ce qui se dégageait d'elle était évidemment impalpable. Mais sa manière de se comporter pendant les discussions était pour le Père, le baromètre de ses décisions ! Un geste suspendu au détour d'une phrase, un regard appuyé pour un consentement, une moue pour la réprobation, un sourire de connivence, une manière de remuer le contenu d'une casserole, une façon de servir…

La Mère, pendant les conversations de travail, ne parlait peut-être pas. Mais sa manière d'être disait tout. Son autorité se mesurait au poids de ses silences !

Le silence ! Un profond silence régnait dans la première cave. Le père n'avait pas encore actionné l'interrupteur pour la lumière. Le faisait-il exprès ?

Personne ne parlait, même pas lui. Elise avait l'impression de se tenir à l'entrée d'une église, plongée dans l'obscurité. Le soupirail, avec sa lumière blanchâtre, donnait l'illusion d'un vitrail. Dès que la lumière fut établie, elle vit que sa première impression était la bonne.

Ce lieu sous terre avait quelque chose de sacré.

Si, dans la grande cuisine, tout s'ébauchait, c'était ici que tout se jouait.

De part et d'autre d'une allée en terre battue, très noire, la futaille s'alignait sur deux étages, de la plus petite contenance à la plus grande. En même temps qu'ils avançaient, le Père les nommait : quarto, feuillette, pièce, demi-muid, foudre…

Elise les présentait en français et donnait leur capacité en allemand. Quatre spots diffusaient une lumière douce et indirecte, ce qui avait pour effet de créer des zones sombres et des contrastes. Le dessus des gros foudres ressemblait à des échines de pachydermes au repos.

Au front de chaque tonneau, le Père avait inscrit l'année de la récolte, le cépage, la parcelle. Il avait donné des noms à chaque cuvée. Il y avait celle des artistes, des rugbymans et des bécassiers. C'était écrit à la craie blanche, avec des pleins et des déliés comme un instituteur donnant le titre d'une leçon sur un tableau. Elise, tout comme les visiteurs, s'étonnait de ces noms de baptême.

Le Père ne s'est pas privé de donner des détails. Ces trois associations se montraient fidèles au domaine et se révélaient bons clients pour des achats de vin groupés. Alors, en signe de reconnaissance, le Père invitait les groupes à tour de rôle, pour découvrir la cuvée qui leur était dédiée, chaque année après Pâques.

Les Allemands, curieux, voulurent en savoir davantage. Le Père s'amusa à leur décrire l'ambiance.

Les artistes, en réalité les professeurs d'une école des Beaux-Arts et la promotion annuelle de leurs élèves, après les premières gorgées remontaient dans la cour, un verre dans la main droite, une bouteille dans la main gauche et chantaient des chansons paillardes à tue-tête pour alerter le voisinage.

Les rugbymans n'étaient pas en reste. En fin de soirée, on en trouvait plus d'un, à cheval sur une pièce, essayant de claironner dans une bouteille vide. Leur entraîneur corse les avait formés au chant polyphonique de son île. Mais généralement, au bout de quelques heures, les Etoiles, bues, avaient raison de leurs cordes vocales. Si les basses étaient, malgré les verres, encore sur le ton, les voix aiguës devenaient des voix de fausset. Chaque année, ils organisaient un concours qu'ils nommaient « la mêlée des Etoiles ». Une bouteille vide, magnum de préférence, jouait le rôle de ballon ovale. Epaules contre épaules, ils formaient une mêlée. Avec force cris de bêtes pour attirer l'attention des voisins des Salleneuve, chaque équipe s'efforçait, en dérapant sur les gravillons de la cour, de s'approprier la bouteille avec de vigoureuses talonnades. Les perdants achetaient alors une caisse de vin des Etoiles, pour la réserve commune du Club.

Les bécassiers se montraient plus réservés et parlaient évidemment de la dernière campagne de chasse. Chacun y allait de son histoire, devenant de plus en plus épique au fil de la dégustation. Il arrivait un moment où les levées de bécasses se multipliaient d'une manière miraculeuse. Et les tirs doublés de bécasses, réussis, auraient dû, s'ils avaient été vrais, menacer l'espèce de l'oiseau mythique de disparition.

Les Allemands ne comprenaient pas ce qu'était ce type de chasse.

Elise fit répéter le Père.

Maria, militante des « verts », grimaça quand elle eut tout saisi.

Willy, quant à lui, retenait que les membres des trois associations dégustaient tous les vins sans jamais les recracher. Et surtout ce que le père leur offrait en cadeau : « une verticale d'Etoiles ». Ils dégustaient après tous les autres, le vin de la vigne aux Etoiles produit au cours des cinq années précédentes. L'Allemand trouvait, faisait-il traduire à Elise, cette performance bien française. Le mot « verticale » lui plut :

– Verticââle ! Verticââle !...

Il le répétait encore tandis que le Père les guidait vers la deuxième cave. Elise fermait la marche. Jamais avant le jour des Allemands, elle n'avait imaginé le Père comme elle le voyait ou l'entendait.

Il paraissait tellement différent de l'homme qu'elle ne rencontrait qu'à table, dans la grande cuisine.

Dès le début de la visite, elle fut surprise par l'abondance de ses explications. Mais, fine mouche, elle comprit très vite qu'il s'adressait, non seulement à la traductrice mais aussi à elle, la compagne du Fils. Vu les détails donnés à foison, il profitait de la présence des clients pour lui faire connaître le milieu dans lequel elle vivait depuis le mois de mars. C'était d'une grande évidence ! C'était malin ! C'était adroit !

Elle en fut bouleversée et se sentit pour une fois, coupable. Elle avait véritablement souffert au cours des derniers mois, d'une profonde névrose. Elle avait réellement ressenti ses effets dévastateurs : les obsessions, le dégoût, les aversions, le refus de tout contact physique et celui de se retrouver avec les autres. Mais elle aurait été capable de les réduire de beaucoup ou de les vaincre. La vie l'avait tellement endurcie pour résister à toute épreuve.

Cependant, par provocation, cynisme ou désir suicidaire, elle alla jusqu'à dépasser les doses prescrites de neuroleptiques et volontairement à parler peu avec le médecin, afin de paraître davantage fermée sur elle-même qu'elle ne l'était en réalité.

Elle ne voulait pas sortir de sa névrose car cette maladie l'arrangeait. En vérité, elle ne supportait pas d'être dépendante des Salleneuve et refusait de s'intégrer dans leur famille. Leur manière de penser et de vivre lui faisait horreur ! Mais dans ce pays, c'était sans compter avec la nature. C'était oublier qu'elle jouait souvent le premier rôle dans la vie des gens. Par un oiseau couronné d'azur, elle fit un signe à Elise.

Ce fut, en effet, par un matin de mésange bleue que la jeune femme décida de redevenir elle-même et d'accepter l'existence que les Salleneuve lui offraient.

Bien sûr, chez le Père, il y avait des règles, des rituels, des traditions, le respect du travail des aïeux, cet amour immodéré des collines et de la vigne ainsi que cette sagesse de faire du temps qui passait, le meilleur allié.

En faisant la comparaison avec sa vie antérieure à Genève, toutes ces valeurs paraissaient des contraintes. En ce jour des Allemands, en observant le Père et en l'entendant parler de sa raison de vivre, Elise se rendait compte que ces contraintes s'apparentaient plutôt à des vertus.

Ce fut ainsi qu'inconsciemment, elle devint « une des collines ». Alors, elle se mit à regretter amèrement tout ce qu'elle avait fait endurer aux Salleneuve. Mais l'amertume n'était pas de mise, à l'écoute du Père, toujours aussi rayonnant.

Elle reprit la traduction mais cette fois avec la chaleur d'une conviction naissante. Il y avait dans sa voix, comme une vibration que l'immensité des caves amplifiait.

Les Allemands s'en rendirent compte. Surtout depuis qu'ils savaient qu'Elise découvrait, en même temps qu'eux, les lieux et le métier du Père. Ils voyaient bien que celui-ci profitait de leur présence pour apprendre son monde à Elise. Ils durent trouver ce subterfuge respectable. En se montrant plus réservés et en questionnant davantage, ils montraient qu'ils en acceptaient le jeu.

La deuxième cave était séparée de la première par un mur en pierres de taille d'une épaisseur de deux mètres. On ne risquait pas de glisser sur les marches d'escalier qui y descendaient. Une sorte de tapis de mousse rase les recouvrait et étouffait les pas.

Plus basse de deux mètres par rapport à la première, le Père, comme ses aïeux, la réservait pour le vieillissement du vin des Etoiles, en tonneaux de grand volume, six cents litres environ, des demi-muids.

Maria, qui prenait des notes sur un carnet depuis le début de la visite, demanda l'orthographe du nom.

Arrivés au centre de la cave, les visiteurs levèrent spontanément la tête à se casser la nuque. La voûte s'arrondissait à une hauteur étonnement grande malgré un jeu de lumières donné par des spots judicieusement placés au sol, entre le mur et le fond des tonneaux. Ils ne pouvaient distinguer le détail de son architecture. A l'image des murs et de l'escalier, elle se moquettait aussi d'un fin revêtement sombre.

Les Allemands s'étonnèrent que cette substance recouvrît les pierres au point d'en cacher leurs jointures.

Willy ne put s'empêcher d'y appuyer un doigt. Une sorte de pruine pulvérulente lui tacha l'index. Il s'adressa à Elise qui se retourna vers le Père :

– Il demande s'il s'agit d'une moisissure. Il dit aussi qu'au toucher, cela ressemble à du feutre.

Le père se mit à rire :

– De la moisissure ! Surtout pas ! Mais je vous dirai plus tard de quoi il s'agit. Vous regardez ce qui est visible. Maintenant, je vais vous expliquer ce que vous ne percevez pas et essayer de vous faire vivre dans l'intimité du vin.

Il continua mais le ton avait changé. A sa manière de parler, Elise et les Allemands comprirent qu'ils abordaient une phase essentielle de la visite. Le Père ne se limitait plus aux termes descriptifs. Il n'informait pas davantage. Mieux, il transmettait son savoir et sa passion. Il les leur enseignait !

La tournure pédagogique n'échappa pas à Elise. Il parlait à son intention. Elle plaignit les Allemands portant un simple bermuda. La séance risquait d'être longue.

Le vin, disait-il était le fruit de la conjugaison d'un tout, le produit unique d'alliances contractées en deux lieux différents : dans la terre des collines et dans les caves.

Le Père avait un langage fleuri, illustré par des images évocatrices. Son plaisir de parler de ce qu'il aimait, lui donnait le teint frais, les yeux rieurs. Tout son visage s'illuminait et les mots prononcés ourlaient ses lèvres d'une expression gourmande.

Elise, parfois, lui demandait de parler lentement ou de répéter. Sa totale ignorance des mots techniques l'obligeait à recourir à des synonymes allemands. Mais elle appréciait cet exercice pourtant difficile car une complicité s'établissait peu à peu entre eux. Sa traduction se montrait néanmoins fidèle. Par des hochements de tête répétés, les Allemands paraissaient imaginer sans peine la première alliance entre la vigne et la terre des collines.

Maria paraissait rompue à la prise de notes. Elle écrivait en gros caractères, son carnet posé sur le dessus d'une feuillette. Tout partait de la terre, disait le Père, ou plutôt du dessous de la terre. Il n'hésita pas à prononcer le mot de matrice.

Willy montra par un sourire, que le nom lui plaisait.

Les racines devenues adultes se filamentaient en un chevelu abondant. Elles agissaient en pieuvre et se nourrissaient copieusement de ce que le sous-sol offrait.

Certaines d'entre elles plongeaient là où l'humus n'apposait aucune résistance à leur pénétration. Elles se gavaient alors de son gras et se musclaient en prélevant de sa force tellurique.

Ces racines, au travail facile, donnaient au vin des Etoiles de la puissance, de la charpente, du corps, de l'ampleur en bouche. Mais la terre des collines était loin d'être meuble et homogène sur un même coteau. Elle se composait aussi et surtout, de graviers de pierres et de roches.

Les fossiles, incrustés dans cette caillasse, témoignaient de la richesse des sédiments déposés par les mers disparues. Maria poussait des cris d'admiration en regardant ce que le Père lui présentait.

Tout d'abord, un pilulier transparent qu'il agitait pour faire tinter des étoiles, de tout calibre, sur les parois de verre. Il appela ces étoiles à cinq branches, des pentacrines, éléments constitutifs du pédoncule qui permettait à l'animal marin de s'attacher au fond de l’eau. Il en donna à choisir aux Allemands, en guise de cadeau. Mais pas à Elise qui paraissait tout aussi admirative.

– Vous êtes de la maison n’est-ce pas ? dit-il avec un sourire moqueur.

Comme la nature humaine se montrait parfois complexe et imprévisible ! Huit jours auparavant, Elise se refusait de vivre à l’unisson des Salleneuve.

Dans la fraîcheur d’une cave, une simple réflexion faisait monter en elle, cette fois, une bouffée de reconnaissance. Le Père s’en rendit compte. Alors, il distribua d’autres mollusques en commençant par elle, en les nommant : les ammonites, en forme d’escargots, les bélemnites, semblables à des balles de fusil, des gryphées dont certaines s’apparentaient à des huîtres, d’autres à des moules.

Maria commença à les dessiner. En riant, il lui donna un exemplaire de chaque espèce, en souvenir. Spontanément, elle lui donna un baiser sur la joue. Il reprit la parole comme quelqu’un heureux de raconter sa propre histoire d’amour.

Le Père aimait autant l’imaginaire que le concret. Cela pouvait paraître surprenant de la part d’un homme qui n’avait pas d’autre choix que de verser dans un verre, un vin toujours d’exceptionnelle qualité, fruit d’un travail le plus souvent physique.

Alors, quand il ne connaissait pas l’origine des choses, il l’imaginait en se servant de ce qu’il savait. Le monde invisible des racines le fascinait ainsi que leur travail dans le noir de la terre. Il reprit.

Beaucoup d’entre elles, aux endroits de coteaux les plus caillouteux, enserraient les pierres de leurs radicelles.

Elise se fit expliquer. Il en dessina sur le carnet de Maria. Il continua. D’autres, plus vigoureuses, lubrifiées par l’eau retenue par l’argile, pénétraient la roche par leurs fissures et à force de s’insinuer, les faisaient éclater à la manière d’un coin métallique. Ce n’était pas un hasard si elles s’introduisaient dans les fentes parce que ces racines se montraient gourmandes de minéraux des roches.

Ces racines, au travail difficile, apportaient au vin de la finesse, de l’élégance, parfois de la verdeur, celle-ci vite transformée en fierté. Les infimes substances minérales dont elles se nourrissaient dans la souffrance donnaient au même vin la capacité de bien vieillir, à l’image de la pierre dont elles étaient extraites. Robustesse, charpente, corps, finesse, élégance, verdeur, fierté ! Tous ces qualitatifs, dit le Père, pouvaient caractériser tous les vins du monde.

Après la traduction, Willy approuva de la tête. Maria faisait répéter le groupe de mots pour lui écrire la liste.

Le Père reprit. Il fallait que le vin des Etoiles se distinguât des autres. Il employa, pour la première fois, le mot « terroir ». Pour lui, synonyme d'unique, de singulier, d'exceptionnel !

Dans sa manière de prononcer « terroir », il y avait, on ne savait pourquoi, comme un accent « vieille France ». Le mot roulait dans sa bouche. Il s'en délectait en l'articulant, comme s'il dégustait le meilleur des nectars. Il ne cachait pas son plaisir de l'associer aux marnes dont il aimait particulièrement parler.

Il en montra quelques échantillons qu'il avait à portée de la main. Il y avait là, des marnes grises bleutées, ou rouges « gorge de pigeon » ou bien encore irisées comme les écailles d'un perche-soleil d'étang. Il les présentait en y faisant jouer la lumière de la marne et des spots.

Les marnes, expliquait-il, piégeaient les racines, surtout par temps de grande sécheresse. L'eau suintait, en effet, toujours de leurs flancs. Les racines de vigne, au contraire de celles des arbres plus dociles et moins aventureuses, se montraient de nature « fouineuse ».

Elise ne put traduire.

Le Père s'exprima autrement.

Les racines des ceps aimaient partir à l'aventure souterraine en fouillant dans tous les sens. A l'image de la fouine, animal fourrant partout son museau.

Elles fouinaient dans la marne pour y boire leur eau. Comme des veines, elles s'entrelaçaient parmi les bancs d'argile et de calcaire sur des lits d'étoiles.

Ces racines prélevaient alors les parfums de la terre. Ainsi, avec le temps, elles devenaient les mères porteuses des arômes d'Etoiles.

Les Allemands n'en comprenaient pas la raison. Pourtant, bien que difficile, Elise s'acquittait au mieux de sa tâche. Pour faciliter sa traduction et aussi faire supporter aux visiteurs la longueur de son exposé, le Père employait des mots tenant plus de la poésie que du domaine strictement professionnel. Elise traduisait avec enthousiasme car elle n'avait plus aucun doute. Le Père parlait essentiellement pour elle. Alors, les joues rouges d'exaltation, malgré la fraîcheur de la cave, elle l'écoutait avec une attention redoublée.

Il disait. Les racines de vigne fouinardes, – la traduction du mot fit rire –, extrayaient au plus profond des marnes, l'essence même des arômes, si réputés, du vin des Etoiles. Les raisins ne devenaient alors le fruit de cette première alliance, entre la vigne et la terre, que lorsque, alourdis par le jus de ses grains, après véraison, ses grappes basculaient et pendaient. Véraison ?

Elise ne put traduire. Alors, le Père pour se faire comprendre, cita les trois étapes de transformation que franchissait un cep, chaque année, pour offrir des grappes au sécateur du vendangeur. Il ferma à demi un œil, comme chaque fois qu'il s'appliquait à expliquer son métier. C'était aussi un signe de satisfaction.

En mai-juin, tout d'abord, la fleur devenait fruit. On appelait cette étape, la nouaison.

Puis fin août, les pousses vertes et cassantes brunissaient et se rigidifiaient pour devenir fibreuses comme le bois. C'était l'aoûtement.

Et enfin, la véraison, à la sortie de l'été, caractérisait le début de la maturité des fruits. La peau des raisins rouges se colorait.

– Nouêsson ! Nouêsson ! Aoûtemont ! Verrésson ! répétaient les Allemands en se regardant. Les mots leur plaisaient.

Le Père emprunta le carnet de Maria et écrivit les trois noms en script et en majuscules, en les prononçant à nouveau. Il lui fit répéter :

– Nou – et – zzon ! A-oû-t- te - man ! Vé-ré-z-z-zon !

Avec sur son visage l'expression d'un élève appliqué, elle les fit tous rire. Mais elle ne perdit pas son sérieux. Sous la dictée d'Elise, elle nota la définition de ces trois appellations.

Le Père, la voyant faire, s'étonnait qu'elle ne lui demandât pas quelques précisions. Mais penchée sur l'Allemande, elle vérifiait l'exactitude de ce qui était écrit. Par conséquent, elle avait parfaitement compris. Ce qui suscita chez lui un sentiment d'admiration. Une demi-heure auparavant, elle ignorait tout du métier du Père...

Willy se dirigea lentement vers un tonneau et mit le doigt sur une date et des lettres gravées au feu, sur le devant. Il regarda le Père d'un air interrogateur.

Le Père reprit la parole. Elise, revenue à eux, traduisait.

C'étaient les dates de la première installation de demi-muids dans la cave ainsi que les initiales d'un Salleneuve. Elise et les Allemands s'amusèrent à lire. Le Père les aidait à déchiffrer à cause du sombre.

Les fûts de la rangée de gauche, en regardant le soupirail, portaient des dates de la période entre les deux guerres 1928-1933-1937… et en dessous des initiales, marquées également au feu, A S que le Père traduisit par « Adrien Salleneuve », son grand-père.

Des dates plus récentes marquaient ceux de droite 1968-1967-1980… avec P S, Pierre Salleneuve, les propres initiales du Père.

Willy exprima son admiration pour cette volonté que la famille Salleneuve avait de laisser des traces pour les générations suivantes. Puis, il ajouta quelques mots avec un large sourire. Mais ce sourire contrastait avec le ton gêné que prit la voix d'Elise pendant la traduction.

– Y aura-t-il d'autres dates avec des initiales différentes dans l'avenir ?

Le Père vit dans l'embarras de la jeune femme que cette question lui était très sensible. Ainsi, pensa-t-il, pendant quatre mois, elle nous a rejetés et à présent, elle se sent concernée par notre avenir ? Mais ce n'était pas le moment de chercher à comprendre. Il prit cette gêne pour argent comptant.

Il répondit :

– Pour ce qui me concerne, j'ai suffisamment de futaille. S'il y en avait d'autres, ce serait avec les initiales de mon successeur.

Ce fut au tour de Maria de l'interroger.

Le père s'amusait de voir les joues d'Elise rougir pendant qu'elle traduisait.

– En avez-vous un ?

Cette question résumait bien toute l'intuition féminine et le parler direct de l'époque. Le Père fit semblant de ne pas comprendre et joua « sa vieille bête » à la manière du Commis.

– Un quoi ?

Il y avait de l'appréhension cette fois, dans les yeux d'Elise quand elle parla pour Maria.

– Un successeur !

Il s'y attendait, bien sûr. Néanmoins, il prit le mot en pleine figure. Un successeur ! Tonnerre de Dieu d'Adrien, il ne faisait que d'y penser « au successeur », sans jamais en parler à personne d'autre qu'à la Mère, pendant leur nuit d'amour mémorable.

Pour la première fois, quelqu'un lui parlait de « successeur ». Et une étrangère, de surcroît ! Et puis, cette « belle » Elise que le sujet semblait rendre mal à l'aise.

L'était-elle parce qu'elle refusait qu'Emile restât à la maison ou consentante, craignait-elle que lui, le Père, ne s'opposât à cette décision ?

Le Père voulut savoir ce qu'elle pensait.

La question de l'Allemande arrivait bien à propos.

Ce moment était un cadeau du destin. Bonne Maria !

Alors, d'un air faussement détaché, il dit :

– Ah, un successeur ! Bonne question ! J'ai en effet, un fils, Emile, un fils unique.

Puis, sur un ton naturel comme s'il l'avait fait mille fois avant, en désignant Elise :

– Elise est sa compagne.

Il faisait très frais dans la deuxième cave du Père. Elise eut soudain très chaud. Elle, dont la peau était diaphane, se sentit rougir jusqu'à la racine des cheveux.

Imperturbable, le Père continuait en la regardant avec insistance :

– Mon fils travaille avec moi parce qu'il y est obligé. Il est au chômage depuis bientôt deux ans.

Il fit la moue et haussa les épaules, en signe d'incompréhension.

– ... Ingénieur, pourtant !

Elise prit cette remarque pour un reproche. Chaque mot qu'elle traduisait lui faisait mal.

Les Allemands, vu leur mine, s'apprêtaient à compatir. Mais le Père ne leur en laissa pas le temps :

– Oh, rassurez-vous ! Le travail de la vigne, apparemment, lui plaît. Même s'il est obligé de le faire.

Il est libre de repartir dans l'industrie. Dans ce cas, lorsque je serai âgé, je louerai mes vignes à un autre vigneron. S'il reste, j'en serais très heureux.

Puis, fixant bien Elise :

– Nous n'en avons jamais parlé jusqu'à présent. A lui de décider !

Il n'était pas nécessaire d'être fin psychologue pour se rendre compte de ce qui se jouait entre le Père et Elise. Les Allemands en furent conscients. Ils le montrèrent par l'expression sérieuse de leur visage. Le trouble de la jeune femme était tellement apparent. Pour la première fois, depuis le début de la visite, elle butait sur les mots, se reprenait à plusieurs fois pour achever une phrase et semblait avoir la bouche sèche.

Après les paroles du Père dites assurément à son intention, Elise se rendait compte que plus rien ne serait comme avant. Ces paroles la ramenaient à la réalité de sa situation.

Son séjour avec Emile sous le toit du Père devait changer de nature ou cesser ! Rester définitivement à la maison ou partir ! Et dans l'un ou l'autre des cas, en souffrant d'un cancer !

Jusqu'à ce jour, elle refusait d'y penser et s'imposait une véritable amnésie concernant sa maladie entretenue d'ailleurs par la prise volontairement exagérée de médicaments.

Décidément, les événements s'accéléraient depuis Bletterans et le matin de mésange bleue. Elle ne se sentait pas assez forte pour avoir une quelconque influence sur leur déroulement. Alors, ses jambes tremblaient pendant qu'elle traduisait tant bien que mal. Le Père, en la voyant si peu sûre d'elle, craignait un malaise, comme à Bletterans. La Mère lui avait raconté la scène dans la rue. Alors, prudent, il invita les touristes à remonter de la cave pour déguster les Etoiles.

Elise parut soulagée après qu'elle eût traduit. En conséquence, les Allemands aussi !

En remontant les escaliers, Willy, adroitement, voulut faire diversion. Il reposa une question. Le vin des Etoiles était le produit de deux alliances, se rappelait-il. Il avait bien compris quelle était la première, l'union intime entre les racines et la terre. Mais la seconde alliance alors ? Le Père se rengorgea. C'était chez lui, un autre signe de satisfaction. Elise ne le préoccupait plus. Revenus à la première cave, il parla lentement, en détachant bien les mots :

– Vous voyez cette substance qui recouvre les murs, les voûtes, le sol et la futaille. Elle a attiré votre attention, Monsieur, tout à l'heure… Et bien, elle est essentielle pour mes vins en vieillissement. Ce sont des champignons microscopiques. Ils sont nés de tous les gaz et les vapeurs qui se sont dégagés des vins en fermentation et en vieillissement, chaque année, depuis le temps de mon arrière-grand-père, c'est-à-dire plus d'un siècle.

Ces champignons libèrent des microparticules en réalité, des levures. Grâce à la porosité des tonneaux, elles se marient avec les levures apportées par les raisins ainsi qu'avec d'autres, présentes en permanence, sur le bois de la futaille.

Moi, je dis que le vin respire les murs à travers le vieux chêne des fûts. Les jeunes vins s'inspirent de l'esprit de leurs anciens.

En fait, les levures font le vin comme le levain du boulanger fait le bon pain.

Cela n'engage que moi !

La longue explication du Père avait obligé Elise à se montrer particulièrement attentive. Elle le fit se reprendre sur certains points, notamment l'union des levures. La traduction n'était pas aisée. Mais cet exercice compliqué eut pour effet de chasser temporairement ses idées noires. Cependant, l'allusion aux levures « baladeuses » plaisait aux Allemands. A leur grande satisfaction, elle raconta de nouveau, mais sous la forme d'une histoire, que les levures « légères comme des âmes » se décollaient des pierres pour s'allier avec leurs sœurs, dans le ventre des tonneaux afin de parfumer le vin d'arômes d'Etoiles.

Les Allemands crurent à une traduction fidèle des paroles du Père. Willy disait qu'il n'avait jamais entendu un vigneron tenir des propos semblables. Malicieusement, il ajouta :

– Etait-ce dû à toutes ces étoiles posées sur la terre des vignes ?

Une évocation qu'Elise traduisit par :

– A force de marcher dessus, cela vous met la tête dans les étoiles !

Le Père reconnut immédiatement ces paroles… Willy n'avait pu les prononcer. Il les avait entendues de la bouche d'Emile. Elise, aussi, apparemment et elle les replaçait au bon moment. Ils échangèrent un regard de connivence. Enfin, ils se comprenaient !

Ils marchaient à petits pas dans l'allée centrale entre les futailles. Les Allemands ne se montraient pas pressés. Ils appréciaient le charme des lieux. En avançant, ils saisissaient un outil puis le reposaient. En prenaient un autre ! Chaque fois avec une moue d'ignorance. Il y avait là les principaux outils du tonnelier. Ils ne servaient plus. Le Père aurait pu les accrocher aux murs pour en faire une panoplie. Mais ils auraient été sans vie, juste livrés au regard, comme dans un musée.

Alors, il les avait laissés en liberté, épars, dans la cave, afin que les visiteurs ne puissent résister au réflexe de les prendre en main, de leur redonner vie et d'ébaucher un geste, le plus souvent maladroit, dans un simulacre d'utilisation.

En les disposant à portée des clients, citadins pour la plupart, le Père donnait du plaisir à leurs doigts, à la paume de leurs mains, en empoignant un manche. Ils laissaient ainsi un peu de leur sueur se mélanger à la sueur des anciens.

Pour les outils tranchants, le Père les affûtait chaque année, pour donner du brillant aux arêtes coupantes. Ils étaient dans la cave, à attendre. Comme s'ils étaient prêts à reprendre du service. Rapidement, le Père les nomma. Elise donna leur nom en français.

Il y avait le doloir, une sorte de hache pour cercler les tonneaux ; le jabloir, un rabot pour rainurer l'extrémité des douelles pour y ajuster le fond des tonneaux ; la plane, une lame tranchante à deux poignées servant à aplanir, dégrossir le bois en surface ; la rouanne, un autre rabot pour creuser et évider, auquel s'ajoutaient les tire-bondes, au corps en fonte moulée et bien d'autres objets encore.

En les posant d'une manière volontairement anarchique, sur la voûte des fûts ou les étagères moussues, le Père créait un fouillis qui n'était pas désordre.

Le fouillis d'un atelier d'artiste ! Comme aimait à le dire le professeur de l'Ecole des Beaux-Arts.

Le couple paraissait enchanté. Willy plaisantait avec Elise qui ne traduisait plus. Le Père jugea qu'il faisait trop frais pour déguster dans le caveau, avec des gens aux jambes nues. Il décida de s'installer sous la treille, devant la grande cuisine.

Arrivés dans la cour, ils clignaient des yeux sous le soleil éclatant. L'Allemand, très enjoué, dit à Elise que de monter de la deuxième cave jusqu'au jour équivalait à l'escalade d'un sommet. Alors, il entonna une tyrolienne d'une voix vite enrouée. Il fut pris d'une quinte de toux qui le rendit écarlate. Sa compagne lui tapait dans le dos, du plat de sa main. Puis les deux firent des flexions de jambes en se frappant les flancs. Le Père dit qu'il avait de quoi les réchauffer. Ils en furent très heureux et continuèrent leurs pitreries. Pendant ce temps, le Père redescendit à la cave pour y chercher des bouteilles. Il remonta vite car tout était préparé. Il portait d'une main, un panier en fer forgé avec six bouteilles et tenait de l'autre, quatre verres à dégustation entre les doigts et, coincé sous l'aisselle, un livre épais à la couverture cartonnée, les coins rognés par l'usure.

Pendant qu'il retournait au caveau pour y prendre un crachoir, Elise sortait de la grande cuisine avec le plateau de fromage et de charcuterie.

Les Allemands, surtout l'homme, ne se montraient guère discrets. Ils poussaient l'un et l'autre des « Oh ! » des « Ah ! » en applaudissant. Le Père les fit asseoir de chaque côté de la table de jardin. Il invita Elise à prendre place en face de lui puis s'assit, lui-même, le panier métallique à ses pieds.

Il prit une bouteille de vin rouge par le col, la serra entre ses cuisses puis la déboucha avec un tire-bouchon de sommelier. Il porta le bouchon à son nez et en huma l'extrémité. Celui qui, en amour avec le vin, s'était teinté de tanin. Les Allemands ne disaient plus rien, comme s'ils assistaient au début d'une cérémonie. Le Père tendit le bouchon à l'homme et le plaça sous son nez. Il eut un geste de recul vite réprimé. Le Père comprit à ce geste qu'il ne savait pas déguster. Il décida alors de leur faire emprunter un parcours initiatique dont il avait le secret jusqu'à l'apothéose des Etoiles.

Il maintenait, cependant, le bouchon sous les narines de Willy en lui demandant ce qu'il sentait.

– Le parfum d'une fleur, répondit-il à Elise.

Mais il ne savait pas laquelle.

C'était un bon début, jugea le Père. Puis il versa dans un verre, tenu incliné, l'équivalent de trois doigts de vin. Il continua de servir. Mais Elise retira le sien vers elle en disant qu'elle ne buvait jamais de vin. Le Père la regarda en interrompant son geste de verser mais en maintenant toujours la bouteille penchée à bout de bras. Elise craignit un instant un reproche qui l'eût mise dans une position inconfortable, vis-à-vis des Allemands. Mais le Père était à bonne école, avec le Commis. Il savait comme le vieux sorcier « endormir son monde » pour arriver à ses fins.

Il lui dit :

– Elise, je sais, figurez-vous que vous ne buvez que de l'eau. Mais on peut déguster sans boire, par le regard et par le nez. Traduisez à nos amis.

En lui demandant de traduire, le Père voulait éviter qu'Elise, « compagne d'un Fils de vigneron, ne buvant pas de vin », ne perdît du crédit aux yeux des Allemands.

Puis il remplit son verre comme les trois autres. Prenant le pied du sien entre le pouce et l'index, il le leva pour y faire jouer le soleil.

– Je vous apprendrai plus tard une autre manière de déguster. Pour l'instant, on examine la couleur du vin, sa robe.

Elise, tout en l'imitant, invita les deux autres à faire de même.

– Quelle couleur trouvez-vous ?

Ils firent la moue.

– Je vous aide.

Le Père fit semblant de s'appliquer dans la recherche de la couleur.

– Alors, rouge pastel ou saumon ou bien encore rubis orangé.

Elise, prise au jeu, répondit la première :

– Saumon.

Les Allemands acquiescèrent.

– Un bon point pour Elise. C'est un vin de Poulsard dont voici le raisin.

Une magnifique grappe était représentée sur une planche lithographiée du livre, avec des grains d'un noir violâtre, oblongs, gros de jus. Une belle grappe bien ailée, peu serrée !

Le Père dit :

– Il est comparable à un raisin de bouche et de table.

Puis en regardant bien Elise dans les yeux :

– Vous vous en rendrez compte aux vendanges…

La jeune femme sentit au creux de sa nuque un picotement de plaisir qu'elle n'avait pas ressenti depuis le temps de l'hôtel des Abbesses où Emile venait la rejoindre, l'année d'avant. Elle s'était tellement déconsidérée, allant même jusqu'à tenter de se suicider, six mois auparavant. Voici pourquoi l'allusion du Père, l'associant aux vendanges et par conséquent à l'avenir de la maison, lui avait procuré une sensation agréable. Le Père, en voyant les yeux turquoise se mouiller, comprit que ses paroles intentionnelles avaient porté.

– Allons, ne tardons pas trop. Le vin risque de s'éventer. Passons au nez, en le remuant, reprit-il vivement.

Le pied de verre maintenu, bien à plat, sur la table, il fait tournoyer lentement le vin dans le verre en le faisant remonter sur la paroi.

– Une valse sur lui-même, dit-il.

Maria y alla un peu fort et aspergea le plateau de quelques gouttes.

Elise et Willy furent plus adroits.

La jeune femme s'imaginait que ce luxe de détails donnés par le Père n'était que pour elle.

Malicieuse, elle pensa que s'il se conduisait de la sorte avec chaque client, il n'aurait pas le temps d'accomplir les autres travaux du domaine.

Elle se sentait privilégiée et savourait cette impression délicieuse d'être considérée. Mais elle était encore fragile et son esprit était comme un ciel d'avril, entre soleil et giboulées. A cet instant des Allemands, il se colorait du turquoise de ses yeux. Alors, elle serra les genoux et sentit se mouiller le dedans de ses cuisses comme avant ! Comme au temps où, nus devant la glace, avant l'amour, aux Abbesses, elle disait à Emile qu'ils étaient beaux. Elle ne boirait pas le vin de Poulsard. Mais elle pressentait qu'il deviendrait à compter de ce jour de dégustation, son raisin préféré, le symbole de ses émotions d'amour retrouvées.

Mais le Père jouait à l'homme pressé. Il faisait tourner plus rapidement le vin dans le verre, s'arrêtait, le coiffait de son nez et le respirait en penchant la tête, une fois avec la main droite, puis avec la main gauche. Les autres l'imitaient. Les Allemands gloussaient, heureux, et trouvaient le geste de la tête amusant.

– Alors, que sentez-vous ? Quel bouquet trouvez-vous à ce vin ? Je vous donne le choix : des arômes de framboise, de mûre, des parfums de sous-bois en automne ?

Willy s'exprima en premier :

– Framboise, dit pour lui, Elise.

– Bien senti, répondit le Père.

Il s'apprêtait à ajouter un commentaire. Elise l'en empêcha. Elle en parut confuse mais, prise par le jeu de la dégustation, elle voulut donner son avis.

– Excusez-moi ! Je retrouve le parfum de myrtille que ma tante faisait en tarte dans les Grisons.

Le Père fut surpris par cette intervention spontanée. Certes, il ne possédait pas la capacité exceptionnelle de jugement du Commis sur les autres. Mais le vieux bougre lui avait beaucoup appris. Cette spontanéité de la jeune femme à donner son avis prouvait qu'elle se libérait peu à peu. Elle avait parlé, de surcroît, d'un membre de sa famille… des Grisons. Elle se sentait donc en confiance.

– Exact… Elise ! Vous êtes une bonne élève.

Le Père se mit à rire en disant :

– Pour rester dans les fruits noirs sauvages, on trouve aussi la mûre. Mais ce premier exercice est positif. Passons au deuxième.

Il porta le verre à sa bouche, prit une petite gorgée, aspira un peu d'air et fit roucouler le vin sur sa langue pour l'avaler. Elise regarda le père d'un air embarrassé.

– Oui, Elise, je sais que vous ne buvez pas de vin. Mais je vous le répète, on peut très bien déguster avec seulement les yeux et le nez et avoir un avis. La bouche ne fait en réalité que confirmer la nature des arômes identifiés par l'odorat.

Puis, avec une lueur joyeuse dans les yeux :

– Bien sûr, c'est comme si deux amants ne se limitaient qu'aux prémices de l'amour. Mais finalement, les prémices ne sont-elles pas aussi de l'amour ?

Maria pouffa de rire en regardant Willy qui se tapait sur les cuisses. L'Allemand fut le premier à tenter de faire comme le Père mais ne réussit qu'à produire un bruit ressemblant à un gargouillis de tuyauterie. Il avala trop vite la gorgée et manqua de s'étrangler, provoquant l'hilarité générale.

Il refit une tentative. Sa compagne se décida à le faire. Elle fut plus prudente en ne prenant qu'une faible quantité mais ne put, cependant, s'empêcher de baver aux commissures des lèvres.

Les Allemands se montraient de bons élèves mais ne crachaient jamais en prétextant qu'ils ne savaient pas le faire.

Elise vida son verre dans le crachoir avec un haussement d'épaules comme pour s'excuser. Le Père lui conseilla de mettre son nez dans le verre vide. Elle le fit et poussa une exclamation de surprise. Elle retrouvait tous les arômes précédents. Pourtant, quoi de plus lisse que la paroi d'un verre ? Et pourtant, ils y avaient adhéré et leur exhalaison ravissait la jeune femme.

– J'aurai vraiment appris des choses aujourd'hui. J'étais loin d'imaginer qu'un verre vide gardait en mémoire le parfum d'un vin qui y avait séjourné. Je retrouve effectivement la framboise.

Après la traduction, les Allemands avalèrent vite la dernière gorgée et reprirent leur verre vide. Tout excités, ils prononçaient « ya ! frampoisse, oh ya ! frampoisse… ! » en appuyant sur chaque syllabe.

Pendant ce temps, le Père avait rempli un pot d'eau du robinet de la grande cuisine. Il fit rincer les verres en les faisant bien égoutter et déboucha une autre bouteille.

Cette fois, l'extrémité du bouchon se colorait de rouge sombre. Le Père le fit passer sous chaque nez. Il s'attarda sous celui d'Elise qui le humait, les yeux clos. Il croyait rêver en la voyant faire. Elle se concentrait dans une attitude qui l'isolait des autres. Ce n'était pas difficile à deviner. Elle recherchait le plaisir de ses sens…

En prenant de l'eau, quelques minutes auparavant, le Père l'observait depuis la petite fenêtre de l'évier. Il la voyait de dos. Sa nuque, à la peau de lait, son cou, incarnaient, à ses yeux, tout ce qu'une femme pouvait avoir de délicat, de fragile et d'exquis. Elle se tenait le buste bien droit. Sa taille mince contrastait avec ses hanches que la position assise faisait s'épanouir. Il cessa de la regarder, à cause du pot qui débordait. Il respira à fond en pensant que le moment était bon à prendre.

Mais la bouteille étant débouchée, il fallait se dépêcher de déguster. Il servit le vin en l'appelant de son nom. Il s'agissait du cépage Trousseau, comme une planche lithographiée l'illustrait dans le grand livre ouvert.

Le Père dit :

– Vite ! L'examen visuel ! Quelle robe ? je vous cite plusieurs nuances ;

Il leva les yeux au ciel, en l'occurrence la treille, et prit le ton d'un élève récitant une leçon :

– … rouge-violet, rouge cerise noire, pourpre, grenat rubis, rouge brique, rouge orangé, rouge brun.

La liste étant close, il regarda Elise comme s'il voulait encore la mettre à l'épreuve. Mais elle n'eut pas besoin de le faire recommencer. Elle avait traduit chaque couleur, sans hésiter. Comme les Allemands, elle faisait le bon geste de tendre, de replier le bras en recherchant, avec la lumière le meilleur angle pour observer le vin.

Elle s'exprima la première.

– J'hésite, dit-elle sérieusement en fermant un œil comme si elle visait une cible. Il y a bien des reflets violets mais j'opterais pour la cerise noire.

Le Père se mit à battre des mains. Ce qui fit sursauter Willy, tout concentré qu'il était à mirer son verre.

– Bravo ! Vous réussissez très bien. Cerise noire en effet.

Et sur un ton faussement sérieux :

– Mais à partir de maintenant, vous laisserez parler les autres, voulez-vous ?

Passez vite au nez ! Sinon vous ne trouverez plus grand-chose. Je vais encore vous aider.

Les nuances aromatiques sont-elles florales, fruitées végétales, animales, épicées ?... il y en a d'autres mais je me limite à cellesci.

Maria et Willy à l'égal d'Elise, plaçaient une narine puis l'autre, revenaient à la première, comme ils l'avaient appris. En penchant la tête d'un côté et de l'autre, ils se regardaient par-dessus le verre. Ils n'osaient se prononcer. Maria se décida la première en regardant Elise :

– Arômes fruités.

Elise répondit par un « oui », le Père par un « bravo ».

Mais le « bravo » et le « oui » furent prononcés en même temps :

– Oh ! Excusez-moi, je suis confuse.

– Vous avez bien fait, dit le Père.

Il était très surpris de voir la soudaine assurance de la jeune femme. Etait-ce dû à son rôle de traductrice ?

Peu à peu, elle donnait l'impression d'organiser la dégustation.

Surpris, le Père, certes ! Mais vexé à la fois. Il ne put s'empêcher de lui lancer une pique.

– Bientôt, Elise, mes vins n'auront plus de secret pour vous ! Vous qui ignoriez ce qu'était le métier, il y a une heure encore...

Au rose qui colorait les joues de la jeune femme, il vit qu'elle était touchée. Alors, il regretta et s'en voulut de cette réaction d'orgueil digne d'un Adrien Tonnerre de Dieu. De plus, en un éclair, il lui revint le souvenir de sa nuque à la peau si blanche qu'il observa par la fenêtre de la grande cuisine. Et cette impression de fragilité qui s'en dégageait !

Alors, par-dessus la table, d'un geste vif, il effleura le dos de la main de la jeune femme du bout de ses doigts. Une façon de s'excuser ! Puis, il cita les fruits dont le parfum pouvait s'apparenter à ceux du vin.

– Prune, cerise, cassis, framboise, fraise, figue, banane, orange, coing, pêche, citron, pamplemousse.

Il se demandait comment Elise pouvait aussi rapidement traduire ces noms. En l'écoutant, le Père admira sa mémoire et sa grande faculté à se ressaisir.

Ce ventre rond de Clavel, plus pressé de saucer les plats de la Mère, à chacune de ses visites, avait donc raison quand il les assurait qu'elle se remettrait de sa névrose.

L'Allemand se refit préciser certains fruits en reniflant son verre, la mine sérieuse, les sourcils froncés. Puis, comme s'il voulait devancer sa compagne, il dit :

– Fraise.

– Exact, répondit le Père.

Puis il glissa le plateau de fromage et de charcuterie vers lui :

– Pour vous récompenser, prenez donc des rondelles de saucisson, pour vous faire une bouche ainsi qu'une tranche de pain.

Les Allemands ne se firent pas prier et accompagnèrent chaque bouchée d'une gorgée de Trousseau.

Il était dix-sept heures.

Le Père dit, alors, qu'il était temps de déguster le vin des Etoiles.

Après la traduction, il y eut un silence. Maria et Willy regardaient le Père, la mine curieuse.

A l'hôtel où ils étaient en pension, ils avaient lu un article, écrit en allemand, sur le vignoble des collines. On parlait du Père et du fameux vin des Etoiles. On soulignait son attachement à une vinification traditionnelle dans de la vieille futaille et grand volume, des demi-muids (en français dans le texte), d'une contenance aux environs de six cents litres. Ses méthodes étaient celles de ses aïeux.

Elles étaient affinées par de nombreuses analyses effectuées par le laboratoire œnologique de Poligny ; la seule concession faite aux pratiques scientifiques du vingt et unième siècle. L'article n'en disait pas plus sur ses manières de vinifier.

Le Père restait discret et entretenait le mystère sur les procédés employés. Tout en le regrettant, l'auteur remarquait que le secret bien gardé suscitait la curiosité des amateurs de grand vin. Un vin d'exception, écrivait-il, dont la qualité se perpétuait chaque année, indépendamment de variations climatiques.

Les Allemands parlèrent de cet article à Elise. Elle ne traduisit que le passage parlant du « secret ».

Le père se mit à rire et répondit par une pirouette :

– Est-ce un secret que d'aimer mon métier et les gens qui boivent mon vin ?

Puis il prit une bouteille à plein goulot, rebouchée par un bouchon conique, enfoncé auparavant à la main. Ce n'était certes pas la façon d'un sommelier ! Mais, comme d'habitude, il imitait Adrien Tonnerre de Dieu, car celui-ci saisissait toujours une bouteille par le col avant de la prendre par le ventre. Le Père aimait cette façon que l'aïeul avait de refermer ses mains aux gros doigts carrés sur le verre. Comme il l'eût fait sur un manche d'outil. Il se dégageait de ce geste une impression de force paisible. Une puissance toute contenue que le temps ne pouvait altérer. Un geste qui rassurait.

Elise, sous la treille, par un chaud après-midi de juin et en compagnie de visiteurs allemands, découvrait, par le Père, un monde nouveau. C'était aussi celui d'Emile. Pourquoi l'avait-elle ignoré jusqu'à ce jour ? Comment avait-elle pu vivre sa relation avec lui sans chercher à le connaître et le partager avec lui. Pourrait-elle rattraper le temps perdu ? Alors, au plus profond d'elle-même, elle ressentait le désir impérieux de s'en imprégner sur le champ pour s'y intégrer. Sa capacité d'observation s'en trouva exacerbée. Elle voulait se souvenir de tout. Aucun détail ne devait lui échapper. Elle ne vit rien de grossier dans la manière du Père à tenir la bouteille d'Etoiles par le col. Surtout qu'en reprenant ses explications, il l'avait posée sur la table, devant sa poitrine, les mains toujours bien refermées sur le goulot. La poigne devait être ferme car les doigts blanchissaient aux jointures.

Cette attitude pouvait surprendre. Traduisait-elle la nature d'un homme qui prenait son temps, comme il le prouvait en toutes circonstances ? Cependant, elle faisait curieusement penser à un barreur tenant le gouvernail d'un bateau… avec la Mère en figure de proue, pensa Elise en se retenant de sourire.

Mais en réalité, cette position n'en disait-elle pas plus sur sa personnalité ?

Assurément, sa manière de parler montrait le plaisir « de faire » d'un vigneron toujours en recherche d'excellence. En revanche, sa façon d'empoigner la bouteille d'Etoiles et de la maintenir, le cul sur la table, révélait un autre plaisir, le plaisir « d'avoir », celui du propriétaire.

C'était du moins l'impression ressentie par Elise.

Une impression qu'elle n'oublierait pas de si tôt !

Sans prévenir, le Père se leva et alla encore dans la grande cuisine. Il en revint en tenant une feuille blanche et un stylo. Il le posa devant Elise qui le regarda d'un air interrogatif. Revenu à sa place, il lui dit :

– Je vais vous dicter des noms, des odeurs possibles des Etoiles que vous écrirez en allemand ainsi qu'un certain nombre de couleurs dont l'une est à choisir. La dégustation des Etoiles demande de la concentration et du silence. Nos amis auront les noms directement sous leurs yeux. Ce qui vous évitera de les répéter sans cesse, comme précédemment et donc de ne pas perdre de temps. Prévenez-les !

Elise répondit par un signe de tête et expliqua aux Allemands. Elle avait à peine terminé que le Père dictait déjà.

– Acacia, tilleul, sureau, prune, coing, amande, noisette, noix, curry, noix de muscade, girofle, poivre, cannelle. Pour la robe : jaune, cuivré, vieil or, doré, paille, pâle…

Elise avait reporté les nuances d'arômes d'une écriture vive. Elle plaça le document de manière à ce que les Allemands puissent le consulter avec elle. Ils étaient prêts.

En silence, le Père versa deux doigts d'Etoiles à chacun. Il faisait descendre le vin en un écoulement gras, le long de la paroi du verre incliné. Un geste sans heurt ! Un geste mesuré ! Le geste qu'exigeait ce nectar précieux.

Sa manière de servir semblait être l'acte le plus important de sa vie. Elle incitait au recueillement.

Puis, il leur recommanda, au contraire des deux précédentes dégustations, de découvrir les odeurs avant d'examiner la robe. L'air, dit-il, se montrait un grand voleur de parfum. Il fallait être plus rapide que lui pour profiter de la plénitude des premières senteurs et… sans agiter le verre.

C'était le premier nez !

Chacun des trois obéit mais tout en humant, il consultait pardessus leur verre, le papier posé devant eux.

– Vite ! Vous trouvez quoi ?

Willy répondit le premier :

– Un parfum de fleur.

– Quelle fleur ?

– Je ne sais pas…

Elise traduisit très vite et répondit à sa place.

– Tilleul

Le Père fut d'accord.

Elle crut bon d'ajouter comme si elle voulait s'excuser :

– Je n'ai pas de mérite. J'ai eu tellement l'occasion, le mois dernier, de sentir le parfum de vos grands tilleuls, du fond du jardin…

Le Père, trop épaté, ne répondit pas. Mais il leur conseilla de faire comme lui. Il fit tournoyer les Etoiles pour leur faire prendre, dit-il l'allure d'une hyperbole.

Ils y arrivèrent sans faire déborder leur verre. Ainsi, ils augmentaient, précisa le Père, la surface de contact du liquide avec l'air. L'air devenait, cette fois, leur allié, continua-t-il, en favorisant l'exhalaison d'odeurs subtiles. Le verre, alors immobilisé, ils se concentrèrent sur lui, les yeux toujours rivés sur la feuille. Tandis que le Père avait les siens mi-clos. C'était le deuxième nez !

Il avait accompli cet acte des milliers de fois, avant ce jour. Pourtant, chaque recommencement était une découverte, un plaisir renouvelé. Son visage rayonnait, exprimant un bonheur accompli.

– Alors ! dit-il, en se redressant.

Ce « alors » était plus qu'un adverbe. Il n'était pas non plus une question.

Le Père le prononçait sur le ton d'une joyeuse certitude. Par ailleurs, il savait d'expérience que ses visiteurs, comme tant d'autres avant eux, avaient perdu le sens de l'odorat à cause de leur mode de vie, urbain le plus souvent. Elise aussi, peut-être ?

De même que les Allemands, s'imaginait-elle, avant ce jour, que le simple geste de coiffer un verre de vin de son nez pouvait lui révéler une palette aussi riche de senteurs délicates, variées, évocatrices, entremêlées ?

Le Père, sur le ton de l'oraison, énonça toute la litanie des noms écrits sur les feuilles. Il les connaissait par cœur. Willy ne regardait plus la feuille, avec sur son visage l'impression qu'il avait trouvé. En faisant la moue, Maria quant à elle, paraissait douter et prévenait de son impuissance à identifier un quelconque parfum.

Elise parla pour Willy :

– La noix.

– Exact, dit le Père.

Mais surpris, il vit Elise prendre un morceau de pain et le flairer en l'éloignant puis en le rapprochant plusieurs fois de suite.

Elle dit :

– Je trouve que les Etoiles sentent aussi le pain.

Le Père en fut éberlué.

Depuis quatre mois, il ne l'avait jamais vue manger le moindre morceau de pain. Elle disait aussi n'avoir jamais bu de vin. Et voilà qu'elle découvrait l'odeur la moins perceptible des Etoiles. Une odeur que distinguaient normalement les connaisseurs du terroir des collines, l'odeur de froment, caractéristique des Etoiles vieillies pendant de longues années, en tonneau fait de vieux bois.

– Comment avez-vous deviné, Elise ?

Il la prénommait pour la première fois. Elle lui répondit avec un sourire désarmant :

– Aux innocents, les mains pleines, comme vous dites en France.

– L'odeur de pain se dissimule derrière les autres. Elle n'est pas à la portée du nez de n'importe qui. Vous avez un grand avenir d'œnophile devant vous, ajouta-t-il en plaisantant gentiment. Dites-le à vos amis Allemands.

Elle le fit mais ajouta qu'elle venait de réussir son examen d'entrée dans la famille Salleneuve.

Elle n'a pas traduit ses dernières paroles au Père.

Le couple s'esclaffa.

Le Père ne sut jamais pourquoi.

Il ne pouvait pas non plus imaginer la raison pour laquelle Elise avait le sens olfactif si développé.

Le jeûne des quatre mois précédents, qu'elle s'infligeait, provoquait sur elle les effets d'une ascèse. Quand elle manquait de courage, elle se répétait, sans cesse, un vers de Reverdy : « *J'irai laver mon cœur dans la rivière comme un linge souillé des rigueurs du destin* ».

De « cette rivière », en réalité, ce temps d'abstinence volontaire de nourriture et d'amour, une névrose d'après le docteur Clavel, elle en était ressortie, un matin de mésange bleue, tous les sens à vif.

Alors, en ce jour des Allemands, sous les raisins, en pleine nouaison, de la treille du Père, Elise s'enivrait d'odeurs des Etoiles. La tête lui tournait un peu. Mais cette sensation était agréable. Dans les vapeurs d'une légère ivresse, elle retrouvait le goût du plaisir et de sa sensualité.

Elle redressa vivement son buste, cambra ses reins. Le mouvement eut pour résultat de distendre son chemisier blanc en donnant plus d'ampleur à sa poitrine.

Elle se sentait de nouveau belle et désirable !

Willy, sous prétexte d'examiner la robe des Etoiles, la regardait à travers son verre. Il portait au petit doigt de la main gauche une chevalière au large chaton, incurvé et strié, gravé de ses initiales.

Maria en voyant son manège de mirer plutôt Elise que le vin, le ramena à la réalité en faisant plusieurs allers et retours, avec un doigt tendu, entre le bijou et le verre pour montrer leurs couleurs identiques.

Les tons des Etoiles se fondaient pour donner un vieil or aux chauds reflets. Le Père la félicita mais il était temps de boire une première gorgée.

Avec un air inspiré, Willy aspira parfaitement l'air dans la bouche. Le gargouillement qui s'en échappa se montrait, cette fois, tout à fait acceptable. Conscient de sa réussite, en voyant le visage du Père, il prolongea l'exercice comme s'il voulait s'imprégner du bruit pour le renouveler plus tard. Il produisit alors un son flûté en mariant sans baver, l'air et le vin jusque dans son arrière-gorge.

Sa compagne s'abstint en invoquant une bouffée de chaleur. Il était vrai que les deux verres précédents avaient coloré ses joues d'un beau rouge pivoine.

– Qu'en dites-vous ? demanda le Père à l'homme.

Sa réponse fut vive après qu'il eût avalé les Etoiles. La traduction, rapide !

– Il a l'impression de manger le vin et craint de manquer de papilles dans la bouche pour en jouir pleinement.

Le Père le complimenta pour son vocabulaire imagé et cita le Commis en faisant un surprenant clin d'œil complice à Elise.

– Un vieil ami de la famille, qu'on appelle le Commis, dit du vin des Etoiles « *qu'il va sur la langue, comme une chasuble cousue d'or sur les épaules d'un curé…* ».

La réaction ne se fit pas attendre.

– Ach ! Châssouble, Châssouble… Ya ! Ya ! s'exclama Willy qui ajouta vite une phrase.

Elise la traduisit en souriant :

– C'est le premier vin de messe qu'il boit. Il se sent sanctifié.

Mais il dit aussi qu'il a une telle puissance qu'il redoute maintenant d'avoir une trop petite bouche pour la contenir en entier.

Elise s'interrompit car Willy reprenait une gorgée. Assurément, l'Allemand devenait l'acteur principal de la dégustation. Ses joues se gonflaient et se dégonflaient. En même temps, il jouait avec le soleil, en plaçant son verre à la hauteur de ses yeux pour accrocher des reflets d'or à la robe des Etoiles.

Puis après que la gorgée fut descendue dans le gosier, il parla d'un ton étonné. Elise traduisit :

– Oui, il a retrouvé la noix et dit-il, le curry ! Mais…

– Très bien ! répondit le Père, un peu trop vite. Mais… ?

– Il s'étonne que les arômes restent nichés dans son arrière-gorge. D'autres remontent par le nez. Il remarque aussi que tous ces parfums persistent et deviennent son haleine, sa propre haleine…

Avec une lueur amusée dans les yeux, le Père expliqua calmement.

Ce moment de la dégustation devenait capital.

– Ce sont les Etoiles qui s'imposent à vous et restent en vous. Ce vin n'est pas vaniteux comme le paon. Cependant, il en a la queue. Cette sensation durable, depuis votre bouche, jusque pratiquement à votre estomac, se nomme « queue de paon ». On dit, de ce vin, qu'il fait la « queue de paon ».

Elise l'arrêta. Elle avait des difficultés à traduire la comparaison que faisait le Père entre les sensations laissées par le vin dans la gorge et la « queue de paon ». Mais elle y arriva, permettant au Père de poursuivre.

– Ce vin est un conquérant, Monsieur. Quand il vous a conquis, il ne vous lâchera plus. Ce vin est le contraire de l'éphémère.

Mis en bouteille, les Etoiles peuvent vieillir pendant toute la vie d'un homme en se bonifiant… au contraire de son propriétaire… Au fil des années, elles prendront une couleur de vieux lingots d'or oubliés dans un coffre.

Elise peinait à traduire, tant les Allemands riaient.

Le Père reprit pourtant. Il avait de plus en plus de verbe.

Les yeux bleu turquoise d'Elise n'y étaient pas pour rien.

– Je parie, Monsieur, que vous sortirez d'ici comme d'une boutique de tatouages. Le vin des Etoiles est un tatoueur de papilles.

Elise se demandait où le Père allait chercher tout ce qu'il disait.

Maria semblait heureuse de prendre des notes et soulignait les termes les plus savoureux. Willy au contraire de sa compagne avait beaucoup de peine à suivre ce qu'il disait. Ces excès de langage, les nombreuses comparaisons employées par le Père, embrouillaient son esprit autant que les Etoiles qu'il ne recrachait jamais.

Il fut surpris lorsque le Père lui demanda de reprendre une autre gorgée. Ce qu'il fit. Et de l'avaler, lui dit le Père, comme il le ferait « d'un petit Jésus en culotte de velours ».

Il pouffa de rire à la traduction d'Elise et rendit à l'atmosphère une grande partie des Etoiles sous forme de postillons.

Maria, en riant très fort, protégeait son carnet d'une éventuelle autre aspersion et encadrait par des doubles traits l'expression en allemand du «petit Jésus en culotte de velours ».

Mais le Père insista pour que Willy reprît une gorgée.

Il obéit, fit son rossignol et fit descendre les Etoiles en allongeant le cou.

Et le Père dit :

– Comme vous l'avez déjà remarqué, elles restent dans votre bouche et remontent par le nez.

Willy répondit de la tête.

– Elles sont généreuses, mes Etoiles ! Elles vous font jouir deux fois ! Une première fois en les buvant, une deuxième fois après les avoir bues lorsque les arômes reviennent par les voies nasales. Cette sensation olfactive s'appelle « rétro olfaction ».

Elise ne put traduire cette expression alors elle la prononça en français, tout en l'écrivant, en lettres majuscules, sur le calepin de Maria.

Le Père reprit, à la grande surprise d'Elise :

– Encore une gorgée, je vous prie, pour vous apprendre une dernière chose.

Elise pensait qu'il allait trop loin. Le crachoir n'avait pas encore servi, sinon pour elle. Elle lui jeta un regard de reproche.

– N'oubliez pas de cracher !

Willy s'exécuta :

– Bien et maintenant, comptez combien de temps vous gardez la saveur en bouche et dans les voies nasales.

– Eins, zwei…

Willy comptait à voix haute, sur un ton monocorde.

Il alla jusqu'à douze, hésita sur treize, revint sur douze.

– Les unités que vous avez comptées, se nomment « caudalies ». En langage de dégustateur, c'est la durée de la rétro-olfaction. Ce vin a donc une persistance en bouche de douze caudalies. Sachez que la moyenne des autres vins, aussi bons soient-ils, est de six à huit caudalies. C'est dire que les Etoiles ont un caractère unique…

Puis en regardant Elise :

– Un vigneron ne peut avoir avec elles qu'une relation passionnée et exclusive. Comme en amour.

Il changea alors brusquement de ton au point de faire sursauter Maria qui relisait ses notes.

– Je n'ai que trop parlé. Vous avez dégusté jusqu'à présent. Maintenant, il est temps de boire et de manger.

Il remplit les verres des Allemands ainsi que le sien aux deux tiers et montra du doigt le plateau de fromage, de charcuterie et de pain.

Les touristes ne se firent pas prier et grignotèrent à qui mieux mieux, les morceaux de Comté en forme de bûchettes. Leur visite touchait à sa fin. Entre deux bouchées et gorgées, ils parlèrent entre eux de leur commande.

L'ambiance n'était déjà plus la même. Elise fut prise, soudain, de nostalgie. Alors, pour s'en défendre, elle voulut refaire en raccourci, le chemin initiatique que le Père lui avait fait emprunter.

Spontanément, elle lui tendit son verre, se fit donner un peu d'Etoiles. Elle le bougea pour que la paroi se couvrît de larmes. Enfin, elle le vida dans le crachoir et le porta à hauteur de son visage pour le respirer.

A cet instant, il n'y avait plus le Père, ni les Allemands, ni même la treille en pleine nouaison.

Ce minuscule espace de verre devenait son monde. Avec en tête ce qu'elle disait à l'oreille d'Emile, après l'amour, dans leur chambre exiguë des Abbesses.

– « *Avec toi, même dans un endroit restreint jusqu'à l'impossible, je ne craindrais pas de manquer d'air puisque je sentirais davantage l'odeur de ta peau, ton odeur, Emile, mon oxygène !* ».

Ainsi qu'elle l'avait fait avec le corps de l'amant, les yeux mi-clos, elle enregistrait dans sa mémoire les arômes d'Etoiles exprimés par le verre vide. De la même façon qu'elle aurait appris par cœur les vers d'un poème.

Sa manière de tenir le verre était celle d'une jeune femme qui, par un bel après-midi de soleil, sentait une fleur épanouie, la tige entre le pouce et l'index, le nez enfoui dans la corolle au point de le poudrer de pollens.

Le Père trouvait ce geste charmant.

CHAPITRE XXIII

C'était le lendemain de la dégustation avec les touristes allemands. Ils étaient à table pour le repas de midi. La Mère avait cuisiné un ragoût de saucisses pur porc aux pommes de terre. Le Père et le Fils se resservaient directement dans la casserole en fonte noire, posée devant eux. Elise se forçait à manger une tranche de foie de veau.

Elle coupait des morceaux de plus en plus petits en espérant les avaler plus facilement. Elle mâchait comme elle ne l'avait jamais fait, pour réduire la viande en bouillie dans sa bouche. Mais rien n'y faisait. Elle craignait de s'étouffer. Alors, elle buvait beaucoup d'eau. La Mère faisait semblant de ne pas s'en apercevoir. Elle préparait le café. Les deux hommes n'étaient pas pressés de repartir à la vigne. Ils discutaient.

Assise à la droite d'Emile, Elise ne disait rien et tentait de vaincre son manque d'appétit. Elle espérait cependant que le Père commentât la séance de dégustation. Mais non ! Il mangeait posément, accompagnait chaque bouchée d'un morceau de pain et parlait avec le Fils comme si rien ne s'était passé la veille.

Elle n'attendait pas de compliments de sa part. Mais elle aurait été heureuse quand même qu'il parlât, sinon de son rôle de traductrice, du moins de sa sidérante capacité olfactive à distinguer les arômes des Etoiles, en les nommant, elle qui n'avait jamais consommé d'alcool. En se gardant bien de montrer sa déconvenue, elle faisait mine d'écouter les hommes en espérant arriver à bout de ce fichu foie de veau, au creux de son assiette.

Elle devinait que le Père ne voulait pas parler de sa participation pourtant fructueuse pour son commerce. Depuis son arrivée à la maison, elle avait appris à le connaître. Il se montrait aimable, sensible, prévenant avec les autres dès qu'il s'agissait d'Etoiles. Par contre, dans sa manière de parler du travail, à table, avec le Fils, il était facile de constater qu'il voulait demeurer le chef du domaine, mais aussi de la famille.

Pour Elise, c'était clair ! Il lui faisait comprendre, en l'ignorant, que sa contribution lors de la dégustation, était normale sans plus, de la part d'un membre de la maisonnée. En compensation, elle se consolait en se disant que grâce aux Allemands, elle s'était fait une place chez lui.

En portant le dernier morceau de foie de veau à sa bouche, elle décida un peu vexée que rien, dorénavant, ne l'atteindrait à vif.

Que la vie lui paraissait bien singulière !

Il avait suffi d'une mésange bleue tapotant à sa fenêtre et d'un verre vide fleurant les Etoiles pour lui rappeler la valeur de l'existence.

Elise découvrait que des événements infimes, après tout, pouvaient enchanter le réel !

Emile venait de boire une gorgée de vin de Pinot quand il se mit à raconter l'histoire du lièvre de la vigne aux Etoiles. Elise devint vite attentive. Elle aimait entendre le Fils parler des Etoiles ou de ce qui s'y rapportait de près ou de loin.

Le matin même, il fauchait l'herbe entre les ceps avec la débroussailleuse à moteur. Soudain, très près du rotofil, il vit une bête se faufiler entre les brins de moutarde sauvage. Il pensa à un trotte-menu, un mulot et crut l'avoir blessé, ce qui eût été un moindre mal. Mais en voyant l'animal progresser entre les deux rangs d'à côté, il identifia un levraut. De la grosseur d'un poing, déjà fatigué par un mètre de déplacement, il battait du flanc et roulait des yeux globuleux et apeurés. Il se pelotonna, à bout de force, dans un creux.

Le Fils ne tenta pas de l'attraper pour examiner une blessure éventuelle. Il savait du Commis qu'il ne fallait jamais toucher une bête sauvage nouveau-née. Elle risquait d'être abandonnée par la hase à cause de l'odeur humaine laissée sur ses poils.

Il vérifia de loin que le levraut était indemne.

Vu sa taille, il n'avait que quelques jours d'existence. Il tétait encore la mère et était sans doute le fruit d'une deuxième portée de l'année.

Emile se souvenait de l'enseignement du Commis.

La hase espaçait ses petits les uns des autres, de plusieurs dizaines de mètres après les avoir mis au monde. Ainsi, elle évitait la destruction, par un prédateur, de l'ensemble de ses petits. En les séparant, l'un d'entre eux, au moins, avait une chance d'être épargné. La perpétuation de l'espèce serait, alors, assurée. Elle les déposait auprès d'un point de repère, un cep, en l'occurrence. Les petits restaient sur place, longtemps immobiles pour ne pas attirer l'attention.

Après le coucher du soleil, la mère venait les allaiter.

Par crainte de mutiler ou tuer un autre levraut, le Fils se décala de deux rangs vers le bas, en franchissant avec difficulté les fils de fer à cause du poids de son encombrant matériel, porté en bandoulière.

Quand Elise l'entendit parler de « mère », de « petits », de « nouveau-né », du réflexe de la hase de disperser sa progéniture et surtout de venir la nourrir chaque soir, elle tressaillit d'une vive émotion. Au point de serrer les genoux pour la contrôler. Elle regardait Emile de profil. Elle voyait une mèche de cheveux, toujours la même, encore collée par la sueur sur le front, ses larges épaules rondes et l'abondante toison qui débordait de l'échancrure de son maillot. Et ce cou, bruni par le soleil, aux grains très fins, qu'elle aimait, jadis, parcourir de ses lèvres.

Au temps des Abbesses, elle lui demandait de venir à elle, tel qu'il était après les travaux viticoles. Surtout qu'il ne fit aucune toilette avant de la rejoindre ! Qu'il lui vînt avec le visage et le corps salés par la sueur. Elle écrasait sa face contre sa poitrine et dans le creux de ses reins. Il sentait la châtaigne et la terre humide du potier…

A table, en écoutant Emile parler de la hase des Etoiles, le désir d'amour lui revint, si fort, que ses yeux s'embuèrent. Alors, Elise eut une idée !

Après le café, les hommes partirent au travail. Malgré un soleil de plomb, la Mère faisait le tour de son jardin. Elle craignait que la chaleur ne fît des dégâts. En revenant de la salle de bains où elle s'était rafraîchie, Elise décida de se rendre à Lons-le-Saunier. Le Fils avait acheté un pantalon jean quelques jours auparavant. La boutique de vêtements devait le raccourcir à sa taille. Elle en prendrait livraison. S'il n'était pas fait, tant pis ! Il lui plaisait d'aller en ville et de regarder les boutiques.

Le voyage fut rapide. Elle se gara au centre près du Théâtre. Curieusement, il faisait moins chaud qu'à la campagne. Il régnait dans les rues commerçantes une ambiance détendue et joyeuse. De nombreuses femmes poussaient un landau ou tenaient un enfant par la main. Quelques-unes portaient leur bébé contre leur poitrine. Elise les regardait une par une, avec le sentiment de retrouver une famille. Elles étaient toutes ses sœurs.

Elle flânait dans les rues, s'en remettant au hasard. Légère, bien dans son corps, elle se voyait belle dans le regard des hommes. Mais vers dix-sept heures, elle fut prise, soudain, de l'impatience d'être au soir et regagna la maison.

Le temps lui parut long avant de passer à table. Avant le repas, pris tôt dans la soirée, comme d'habitude, Emile prenait toujours une douche et changeait de vêtements.

Ce soir-là, Elise lui dit à l'oreille de n'en rien faire puis, à voix haute, lui demanda de l'emmener sur la colline surprendre la mère lièvre dans sa visite à ses petits pour les allaiter.

Le Fils éclata de rire mais redevint vite sérieux.

Il avait compris.

Ils mangèrent rapidement. Ce qui arrangeait le Père. Il pourrait enfin voir le journal télévisé. En se penchant à la fenêtre, la Mère regarda le couple quitter la cour. Elise portait un chemisier blanc, largement échancré et une jupe d'été légère à motifs à fleurs. Elle était chaussée d'espadrilles basses, achetées l'après-midi même à Lons-le-Saunier.

Dans les collines, chaque mois valait d'être vécu, au gré des saisons. Mais juin était celui qu'Emile préférait. Chacun de ses crépuscules était une hésitation entre le sombre et la lumière.

La nuit ! Une promesse retenue !

Les rossignols s'impatientaient de la longueur des jours. Dans l'entrelacs des branches basses des buissons, ils attendaient que le merle et le loriot se tussent.

Aux heures tardives, l'air se parfumait de la fleur de tilleul et de vigne. Chaque sentier qui descendait des coteaux ruisselait de senteurs de miel.

Les bottes rondes des foins des collines imitaient les rangs de vigne dans leur alignement. Les buses, en embuscade, s'en servaient comme autant de perchoirs. Elles faisaient ripaille de mulots et disputaient le territoire aux portées de renardeaux. Ce soir-là, le soleil tardait à se coucher. On y voyait encore. Elise et Emile montaient sur la colline aux Etoiles.

Pour elle c'était la première fois à pied. Ils marchaient, côte à côte mais sans se toucher. Comme s'ils craignaient de se frôler.

Depuis l'arrivée d'Elise chez les Salleneuve, ils n'avaient eu aucun échange amoureux. En allant vers la vigne aux Etoiles, ils ne partaient pas à la conquête de l'un et de l'autre. La conquête ! C'étaient un conquérant et un conquis. Ils étaient comme des jumeaux séparés depuis l'enfance et qui se retrouvaient. Ils appréhendaient de s'effleurer. De la gêne ! Non ! Mais il fallait réapprendre l'autre. Apercevoir la mère lièvre était un prétexte. Ils le savaient bien et partaient en réalité pour se rejoindre.

Le Fils avait en tête les paroles d'Elise prononcées quatre mois plus tôt, sur le belvédère du Pic de l'Aigle lors de leur retour chez le Père.

Elle avait dit :

– … en moi, c'est comme un champ de ruines. Comme notre amour. Mais Emile, un édifice en ruines, ça se rebâtit. Les pierres qui en faisaient la construction, avant sa chute, se trouvent toujours là sur le sol, éparses. Avec la volonté de reconstruire, on peut les remettre, une à une, à leur emplacement d'origine.

En gravissant le chemin de terre, leur regard ne portait qu'à quelques pas devant eux, comme s'ils cherchaient la première pierre d'angle ! Les roches affleuraient par endroits. Leurs joues, arrondies et lustrées par les roues des chariots, brillaient à la dernière lueur du couchant.

Ils se taisaient. Le moment était trop fort.

Leurs mains se cherchèrent puis, timides, s'effleurèrent pour enfin se prendre du bout des doigts. Emile ne pouvait avaler sa salive. Le cœur d'Elise battait trop vite. Mais ce n'était pas dû à la pente. Les deux vivaient l'instant comme une première fois. Leurs mains jouaient aux éclaireuses de leurs retrouvailles. Elles ne pouvaient s'empêcher de faire du joue à joue avec le plat de leur paume ou de se pétrir par le milieu des doigts devenus très lestes. Ils ne se regardaient toujours pas, ne se parlaient pas davantage mais leurs doigts soudain entrecroisés invitaient les épaules à se toucher.

Ils se prirent par la taille. Il ne se souvenait pas l'avoir déjà fait. Elle, si !

Leurs pas s'accordèrent. Il en fut surpris. Elle, non !

A voix basse, elle dit que ce n'était pas étonnant car, ajouta-t-elle, ils étaient eux.

Ils abordèrent la vigne aux Etoiles.

Devant eux, le sombre. Derrière eux, le couchant !

Ils suivirent le premier rang. Celui qui était le plus haut de la parcelle. Puis, ils atteignirent un pré fortement pentu. Le foin venait d'être bottelé. Ils distinguaient les masses noires des bottes rondes. Ils commencèrent à gravir le pâturage. Le tenant d'une main, elle le tirait vers le haut, ne connaissait pas l'endroit mais savait, pourtant, où elle l'entraînait.

Juste en dessous du sommet de la colline, il y avait un buisson qui les empêchait de continuer. Trois bottes de foin reposaient là, sur l'herbe rase. Celle du milieu avait éclaté à cause de la rupture de ses ficelles d'enroulement. Son fourrage s'en était échappé et formait sur la terre une sorte de litière. Emile n'hésita pas et s'assit dessus en s'adossant contre le tas de foin, à demi écroulé, libéré de ses liens.

C'était l'heure où la colline aux Etoiles exhalait tous ses parfums. En ce mois de juin, le pays bénéficiait d'un exceptionnel ensoleillement propice à des phénomènes climatiques rares.

Chaque jour de ciel bleu, une bulle d'air chaud se prenant pour une montgolfière se levait des blés de la plaine d'en bas et s'élevait bien droite pour donner du blanc aux nuages.

Mais à chaque crépuscule, un vent d'ouest commençait à souffler. Léger, il faisait à peine frissonner des feuilles de peupliers. Il rabattait, cependant, la bulle en la faisant s'allonger et serpenter vers la colline aux Etoiles.

Rafraîchie par l'eau des ruisseaux, poussée par ce souffle du couchant, elle montait les coteaux, emportant avec elle une odeur de froment. Passée au crible des buissons, elle prélevait, au passage, dans leur mousse, les effluves que les champignons Saint-Georges y avaient laissés. Déjà bien fatiguée, elle se faufilait à travers les ceps de la vigne aux Etoiles, finissait de se charger de l'odeur lourde de la terre remuée par la herse.

Avant de s'arrêter, à bout de souffle, juste en dessous du mamelon de la colline, elle s'embaumait encore de parfums d'acacias en fin de floraison et de sainfoin mêlé au foin séché.

Ce soir-là, comme chacun des soirs de ce mois de juin, elle déposa à rosée montante un bouquet de senteurs à l'endroit où les deux s'aimaient.

Elise s'était agenouillée en emprisonnant les jambes d'Emile entre ses genoux. Sa jupe s'étalait en corolle autour d'elle. Son corps était libre en dessous ainsi que sa poitrine.

Elle déboutonna la chemise d'Emile qu'il portait à même la peau et l'échancra largement. Ses mains bien à plat sur le torse, elle jouait avec ses doigts écartés, à défriser sa toison. Elle percevait bien les émanations aromatiques que la nature lui offrait. Mais rien n'y faisait. A tous ces parfums subtils, c'était l'odeur de son homme qu'elle préférait.

Elle se pencha et lui donna le sein, celui du cœur. Après qu'il s'en fût nourri, elle posa ses lèvres dans le creux de son cou. Elle le respira cependant que d'une caresse, elle le faisait renaître.

CHAPITRE XXIV

A première vue, Elise paraissait mieux aller. Elle tenait le Fils et le Père sous le charme de ses yeux turquoise, ses sourires lumineux, son accent étranger.

Mais pour autant, la Mère restait prudente. Sceptique même, quand elle entendait rire la jeune femme. Les deux hommes semblaient oublier le sérieux de la situation. C'étaient bien des hommes, à ne se contenter que de l'immédiat. La Mère, non ! Elle envisageait l'avenir d'une manière réaliste. Elle était dans son rôle de vigie. Un rôle qu'elle affectionnait.

Elle ignorait tout sur le règlement du divorce avec Hugo Reinert. Elle ne savait rien de son statut de Suissesse vivant en France. Mais en vérité, son souci n'était pas là.

Ce qui la chagrinait était ce cancer au sein dont Elise avait interrompu le traitement dix mois auparavant.

Chez les Salleneuve, le mot cancer était tabou comme dans beaucoup d'autres familles. Avec le Père, elle l'appelait le mauvais mal. Comme si, en le désignant par son vrai nom, elle niait son existence.

Elle n'osait pas en parler avec le docteur Clavel. Elle avait trop peur de connaître la vérité. De son côté, le médecin se gardait bien de l'en informer clairement, sinon en faisant des allusions comme à sa dernière visite.

En reposant son verre après avoir bu une dernière gorgée de Savagnin, il affirma que son mental allait bien. Mais il ajouta ce qu'il avait déjà dit lors de la précédente entrevue, celle du foie de lapin :

– L'avenir n'est pas rose pour autant. On en reparlera !

En attendant, soignez-la bien !

La Mère avait traduit, une fois encore, cette recommandation, toujours la même, du médecin, par « Nourrissez-la bien ! Redonnez-lui de l'appétit ! ».

Pour la Mère, le fait de retrouver l'appétit à table était aussi celui de reprendre goût à la vie. Elle allait encore plus loin dans son raisonnement. Pour résister au mal, au mauvais mal, supporter les traitements à venir, la jeune femme devait emmagasiner des forces dans son organisme. C'était peut-être cela que le médecin voulait dire. C'était sans aucun doute ce que la Mère avait compris.

Elle n'était pas allée au-delà du brevet élémentaire. Elle n'avait qu'une seule médecine à offrir à Elise. C'était une nourriture saine et équilibrée, composée essentiellement des produits de son jardin. N'avait-elle pas bien fait de l'agrandir ?

Son jardin !

Depuis la fin mars, elle lui donnait beaucoup de son temps.

Les radis avaient été sa première récolte.

Elle avait choisi une variété à croissance rapide aux racines charnues, tendres, fermes, savoureuses, semée sur une terre riche, sous un châssis de couche.

Dès leurs premières feuilles, elle les avait éclaircis de beaucoup, pour leur bon développement. Elle les arrosa souvent et abondamment avec un arrosoir à la pomme renversée pour ne pas casser les germes.

Certes, en même temps que les radis, tout poussait dans le jardin de la Mère. Le spectacle des jeunes pousses sortant du sol la stimulait au point de l'enflammer et de la faire redoubler d'ardeur.

Alors, elle sarclait, binait, griffait ses planches de légumes, buttait les plans avec une petite pioche de maraîcher ou un sarcloir à doubles fers opposés, l'un plat, l'autre pointu. Un « sarclerot » comme l'appelait le Commis.

Elle disait au Père qui s'étonnait de tant d'efforts, qu'un coup de binette donné au bon moment de la journée valait bien une aspersion d'eau. Le Père haussait les épaules et prenait cela pour une lubie. Mais le comble, pour lui, fut atteint !

La Mère privilégia l'arrosage par l'arrosoir avec une eau à température ambiante plutôt que le jet brutal et frais d'un tuyau plastique branché au robinet du jardin. Elle avait fait installer une citerne en hauteur, pour récupérer l'eau de pluie des chéneaux. Elle verrait plus tard pour la dissimuler derrière une haie de thuyas.

A peine venait-elle d'être mise en place que le Commis, jaloux, fit une remarque à la Mère.

Elle se compliquait l'existence, disait-il. Elle allait se donner du mal pour peu de résultats. Elle en faisait quoi du changement climatique ? Pourtant, depuis dix ans, elle ne cessait de se plaindre des sécheresses qui duraient plusieurs mois, chaque année. Elle sera bien obligée de se brancher au robinet du jardin. Son réservoir sera certainement vide alors que la période de sec exigera beaucoup d'arrosage…

La Mère ne s'en laissait jamais imposer par le Commis. A chacune de ses critiques, elle lui remettait « ses raves dans son panier » pour dire qu'elle le contredisait en vue de l'agacer.

Elle rétorqua qu'elle avait prévu la longue absence de pluie. Elle avait repris les carnets journaliers du Père de la dernière décennie. Il y notait tout ce qui faisait un jour de vie des Salleneuve. Il perpétuait ainsi la tradition baron initiée par Jean l'Ancêtre en dix-neuf cent. Il reportait, notamment, les quantités de pluie relevées sur son pluviomètre. La Mère avait alors calculé la moyenne annuelle d'eau tombée du ciel au cours des dix années précédentes. Elle en avait déduit le volume de la citerne lui assurant une réserve suffisante pour arroser par temps sec. Elle avait cloué le bec du vieux bougre en justifiant la contenance de la citerne. Il allait au pain, sur les pas de Germaine. En reprenant sa marche vers la boulangerie, elle l'avait entendu marmonner qu'elle était bien comme la plupart des femmes de maintenant. Elle voulait toujours avoir raison.

C'était le premier juillet. La Mère se dirigeait vers son potager, à la pointe du jour.

Les bougonnements du Commis lui paraissaient bien loin et surtout insignifiants.

Elle avait d'autres préoccupations en tête.

Jusque-là, son jardin l'avait récompensée de son travail par de beaux légumes.

Cependant, Elise ne manifestait toujours pas d'appétit !

Elle ouvrit la porte en la soulevant un peu, pour éviter son chevrotement habituel sur les gonds. Elle avait sous le bras un panier d'osier, tressé par le Commis, justement. Elle l'avait choisi parmi une dizaine d'autres.

Avec ses deux anses et son fond légèrement incurvé, il ressemblait à un petit van. Elle avait pris son couteau de jardin, initialement couteau de boucher. Il restait planté entre deux pierres de taille disjointes du mur quand elle ne l'utilisait pas.

Un merle noir à bec jaune, posé sur la citerne, sifflait l'aurore. Une tourterelle du haut de la cheminée de la maison, tentait de former avec lui, un duo incertain. Malgré ses soucis, la Mère savourait ce moment de bonheur paisible. Elle avait l'impression d'être seule au monde et ne s'en plaignait pas. Elle prit cependant le temps de donner un coup de pioche entre deux rangées de tomates pour y faire un trou d'une dizaine de centimètres. Elle posa, sur le fond, le dos de sa main. La terre était encore humide du dernier arrosage.

Elle pouvait donc aller au bout d'une idée qu'elle eut, la veille, après le repas de midi.

Ce jour-là, elle avait préparé un plat de sa première récolte de petits pois « mange-tout ». Elle les avait accompagnés de lardons avec leur huile de cuisson et les avait fait revenir, préalablement, dans une petite poêle. Elle vit sur le visage des hommes, à leur première bouchée, que les légumes étaient bons.

Elle le vérifia, elle-même, quand elle fut assise en face d'Elise. Les cosses à peine grossies par leurs petits grains remplissaient la bouche de saveurs printanières, juste rehaussées par le goût salé des morceaux de lard maigre.

Le Père, en plaisantant, regretta qu'il n'y eût pas assez de lardons. Le Fils complimenta la Mère. Elise mit de côté le lard et ne mangea que la valeur de deux fourchettes de légumes. La Mère éprouva un grand dépit mais elle ne se découragea pas pour autant. Elle voulait à tout prix qu'Elise se nourrît normalement. C'était devenu pour elle un véritable défi, une question de fierté personnelle, une obsession.

Elle déclina l'offre de la jeune femme de débarrasser la table. Seule, elle pouvait mieux réfléchir. Comment faire pour qu'Elise eût envie de manger ? Il ne suffisait pas en effet, de servir de la nourriture dans une assiette, fût-elle bonne ! L'expérience vécue les derniers mois le montrait.

Blessée dans son orgueil de cuisinière renommée, elle mit peu de temps à élaborer une nouvelle stratégie. Il fallait agir en amont des repas.

Chaque matin, à l'heure du petit-déjeuner, elle offrirait à la jeune femme le spectacle de ses légumes fraîchement récoltés. Elle les placerait judicieusement pour qu'elle ne manquât pas de les voir.

La Mère ne doutait pas que cette mise en scène légumière déclenchât, chez Elise, l'irrépressible envie d'observer ces produits de près, de les toucher et surtout de les sentir. D'autant que d'après le Père, elle avait une capacité olfactive étonnamment développée. Elle avait rapidement distingué l'arôme des Etoiles pendant la dégustation avec les Allemands.

La Mère décida, par conséquent, d'amener Elise à la consommation de ses légumes, par ruse, en flattant son exceptionnel odorat.

D'autre part, Emile lui avait dit qu'elle aimait la peinture. La Mère pensa en se moquant d'elle qu'elle verrait au moins, une nature morte en vraie.

C'était la raison pour laquelle un premier juillet, la Mère recherchait les plus beaux légumes dans son potager.

Alors que le merle noir à bec jaune n'en finissait pas de siffler et la tourterelle de roucouler, elle parcourait fiévreusement ses planches en tenant à la main un couteau, initialement fait pour couper la viande et sous l'aisselle, le panier plat du Commis.

Sa récolte terminée, elle mit le panier chargé de légumes dans un coin retiré de la grange. Elle ne le dira pas aux hommes et leur fera la surprise plus tard.

Le Père et Emile étaient déjà à table et l'attendaient pour le petit-déjeuner. Il était aux environs de sept heures. La Mère ne mangea qu'une tartine de pain grillé avec une pointe de beurre. Elle était pressée et peu bavarde. Son esprit était ailleurs.

Quand elle fut enfin seule, elle alla chercher le panier.

Mais où le placer ?

A un endroit où il serait visible, bien sûr, mais quand même en léger arrière-plan. Il ne devait pas donner l'impression d'être mis pour s'imposer au premier regard.

La fenêtre ! La Mère pensa immédiatement à la fenêtre. Elle s'encastrait dans un mur en renfoncement. Quelques années auparavant, elle y avait installé un meuble bas qui s'ajustait dans cette partie en retrait. Le plateau supérieur de ce meuble servait aussi de rebord intérieur à la fenêtre. La Mère décida d'y poser le panier de légumes.

Cette première composition légumière ne fut pas facile à réaliser.

Elle plaçait un légume, le déplaçait, se reculait pour prendre du champ, le remettait à sa première place, n'était pas satisfaite, posait d'autres légumes sur le devant du panier. Ils cachaient ceux de l'arrière, les couleurs ne s'harmonisaient pas, les volumes non plus. Alors, nerveusement, elle défaisait, inversait, donnait du volume, de la symétrie, trouvait qu'il y en avait trop, créait un fouillis, craignait qu'il parût désordre, voulait se comporter comme une fleuriste composant un bouquet de fleurs variées. Elle n'en était pas une, se trouvait incompétente, avait envie d'abandonner, s'impatientait, regardait l'heure. Elise allait bientôt descendre, elle n'avait rien fait, se prenait pour une idiote, ferait mieux d'abandonner, de laisser faire la nature. Elle aura essayé, c'était déjà bien… !

Plus le temps de se faire un café ! Elle s'en fit un quand même, son éthiopien. Elle le but comme d'habitude, debout devant la fenêtre, le panier du Commis à nouveau vide, les légumes remis dans une cagette terreuse.

Son projet ! Irréaliste !

A la dernière gorgée brûlante, elle réagit, se donna une claque sur une joue, se dit qu'elle était bien bête d'abandonner. De nouveau pressée, elle posa sa tasse sur un coin de l'évier sans la laver, revint aux légumes et inspirée, réalisa, sans hésiter une première belle composition.

Au premier plan, sur le bord gauche, une laitue « reine de mai », d'un vert tendre, au cœur serré ; contre elle, une tête de salade aux feuilles épanouies, bordées d'un liseré rougeâtre. A l'opposé, inclinée sur une anse du panier, une botte de carottes encore constellées de grains de terre, avec leurs fanes, longues, frisées, d'un vert sombre ; au centre, au point de gravité, une petite coupe en osier, faite encore par le Commis, avec des pommes de terre nouvelles, des amandines, disposées comme des œufs dans un nid.

Au second plan, une coupelle en porcelaine blanche remplie des dernières fraises, tout à côté, des haricots verts, sans fil, aussi allongés qu'ils étaient fins, et enfin une garniture de feuilles d'oseilles recouvrant, en partie, deux poignées de petits pois « mange-tout » coiffés de deux courgettes formant un vé renversé.

La Mère se recula de deux pas, buta la table, se fit mal aux fesses, trouva que c'était beau.

De la lumière matinale filtrée par les petits carreaux de la fenêtre, elle s'en était fait une alliée. Elle donnait du vermillon aux fraises, habillait d'un beige brillant les pommes de terre, diluait le rose tendre des carottes.

Mais surtout, en mariant les autres légumes dans un beau camaïeu vert, elle donnait à la Mère de nouvelles raisons d'espérer.

Elise descendit de la chambre comme d'habitude, aux environs de huit heures. Quand elle entra dans la grande cuisine, la Mère s'affairait, en sifflotant dans le couloir menant à la salle de bains.

En voyant le panier garni, la jeune femme marqua un temps d'arrêt. Elle s'en approcha. Ce spectacle était nouveau pour elle.

Les légumes n'étaient pas lavés. Quelques gouttes de rosée perlaient encore dans la chevelure frisée des fanes de carottes. Elles capturaient les rayons du soleil et jouaient à se donner les couleurs de l'arc-en-ciel. Les feuilles de salade et d'oseille brillaient encore de la buée déposée par l'air du petit matin. Une coccinelle s'était laissée prendre. Perdue, elle cheminait sur la peau d'une amanda et tentait en vain de déployer ses élytres bien trop mouillées. Elise en eut pitié et tenta de la saisir. Mais l'insecte se dissimula en dessous des pommes de terre. La jeune femme chercha. Elle déplaçait délicatement les tubercules pour ne pas l'écraser. Enfin, elle la coinça au fond de la petite coupe en osier et la saisit entre le pouce et l'index.

Elle hésita à ouvrir la fenêtre pour la libérer. Elle préféra sortir de la cuisine et mit l'insecte sur le dos de son poing fermé. Puis elle lui souffla dessus. Un geste venu de son enfance quand elle était, l'été, chez sa tante des Grisons. La coccinelle ouvrit à demi ses ailes pour les sécher, puis d'un vol de travers, prit la direction du jardin. En la regardant s'éloigner, puis disparaître de ses yeux, un flot de souvenirs, aussi subits que fugaces, submergea sa mémoire. Les couleurs, les parfums d'alpage, les vagues de sauterelles que son pied soulevait quand elle courait dans l'herbe grasse.

A l'âge de douze ans, elle aimait les senteurs alpines jusqu'à s'en saouler et les recherchait. Elles éveillaient ses sens autant que le « Cantique des Cantiques » qu'elle lisait à l'époque, en cachette.

Elles faisaient éclore en elle, à l'image d'une belle fleur d'altitude, une sensualité précoce.

Alors, les sensations passées, se rappelèrent à elle. Elles lui donnèrent, soudain, une irrésistible envie de retourner dans la cuisine devant le panier de la Mère. Quelques minutes auparavant, en se penchant à la recherche de l'insecte, elle y avait perçu des odeurs nouvelles pour elle. Elles n'étaient pas aussi entêtantes que celles des alpages, mais tout aussi attirantes et plaisantes. Fines, légères, elles évoquaient la verdure fraîche, la fougère nouvelle, la pulpe venant d'être épluchée, soutenues par le fruité des fraises.

En humant les Etoiles, le jour des Allemands, elle avait repris conscience de sa grande capacité d'odorat.

Sur une litière de foin des collines, quelques jours auparavant, son nez s'était rempli de l'odeur de la peau d'Emile pour la jouissance retrouvée.

En ce matin de coccinelle, dans la lumière éclatante donnée par la fenêtre à petits carreaux de la grande cuisine, penchée sur les légumes, elle passait de l'un à l'autre pour saisir ce qui s'exhalait de chacun d'entre eux, de plus subtil. Puis, elle prit une courgette, la pressa dans sa main, la trouva dure, éprouva sa courbure mais la reposa vivement. Comme prise en faute !

Elise avait les joues rouges. Ses yeux turquoise pétillaient. Sa façon de se mordre la lèvre inférieure lui donnait un air enfantin. Dieu, qu'elle était belle, pensa la Mère.

La jeune femme lui dit, sur un ton précipité, comme si elle voulait se justifier :

– Vos légumes paraissent si beaux et tellement sains qu'ils donnent envie de les manger.

La Mère n'en croyait pas ses oreilles et sut à cet instant qu'elle avait gagné.

Alors, contrairement à l'accoutumée, elle s'assit en face d'Elise. Le moment en valait la peine. Pendant que la jeune femme buvait son thé, elle lui parla de ses légumes et de la meilleure façon de les accommoder.

CHAPITRE XXV

Le quatre juillet, la journée s'annonçait caniculaire. Les hommes se pressaient à relever les vignes. Ils pensaient terminer sur le soir. La Mère décida de changer les draps du lit. Elise descendrait une heure plus tard pour boire son thé. La Mère avait le temps de mettre des draps propres.

En été, le Père acceptait de dormir sans couverture. Elle choisit dans la pile de l'armoire bressane des draps de son trousseau. Ses initiales ornaient le rabat de celui du dessus. Brodées en fort relief et d'un rose tendre, comme le cœur en pointillé qui les contenait, elles ressortaient sur le fond écru du tissu métis alliant le coton et le lin. Un ajout, façon jour de Venise, soulignait les pleins et les déliés des lettres. Son délicat grillage dessiné par des fils donnait une apparente légèreté aux draps. Cependant, ils n'étaient pas les plus fins parmi ceux qu'elle possédait. Au contraire, ils avaient une certaine épaisseur et pourraient apparaître peu adaptés aux périodes chaudes.

De surcroît, la façon qu'avait la Mère de les repasser les rendait comme empesés. Ils étaient les préférés du Père qui les tirait sur lui comme il l'eût fait d'une toile. Ils laissaient son corps libre en limitant son contact avec le tissu. Certes, en ce matin déjà bien chaud, elle les avait choisis pour lui faire plaisir. Mais pas seulement !

Ces draps, portant ses initiales, représentaient beaucoup pour elle. Pendant plus de quarante ans de vie commune, chaque fibre s'était chargée de leur histoire. Elles en portaient les traces.

Mais il n'y avait que la Mère pour les voir. Le Père dormait à sa gauche et la barbe de son menton avait frotté tant de fois le tissu qu'elle en avait réduit l'épaisseur à cet endroit. Le drap du dessous se distendait à peine, et s'il n'avait pas été chaque matin soigneusement tendu, il se serait poché à l'emplacement de leur fessier.

S'ils avaient la parole, ces draps auraient beaucoup à dire.

Certains amis du Père et de la Mère plaisantaient grassement au sujet de leur lit. Ils ne se faisaient, disaient-ils, plus face à face, mais plutôt fesse à fesse. A « l'hôtel des culs tournés », comme dirait le Commis. Leurs draps, alors ? Les linceuls de leurs amours mortes !

Ce n'était pas le cas des draps des Salleneuve. Mais ils se gardaient bien de le dire. Certes, ils ne se tachaient plus du sang des règles de la Mère, comme cela pouvait se produire, avant sa ménopause. Mais ils continuaient, parfois, de boire la semence du Père pour s'en dessiner des fleurs d'amour. Leur lit, alors ? Le plus bel accessoire de leur nuit. Il les rendait à leur vraie nature. Ils s'aimaient, en son sein, comme des amants soumis à d'incessantes retrouvailles. A l'unisson de leurs corps, le lit transformait leur chambre en alcôve. Mais en période d'accalmie amoureuse, il produisait sur eux un effet apaisant.

Comme un confessionnal, il portait plus aux chuchotements qu'au parler fort. Cependant, c'était là, pelotonnés dans le cocon des draps, que le Père et la Mère prenaient toujours leurs grandes décisions.

Quand elle eut terminé de faire son lit, la Mère brossa doucement le velours du dosseret, comme elle le faisait un jour sur deux. Puis elle partit au jardin vérifier l'état de maturité de ses tomates en attendant qu'Elise descendît.

La matinée se passa comme d'ordinaire et le repas aussi. Le soleil se faisait de plus en plus écrasant.

Malgré la grande chaleur, les hommes retournèrent à la vigne vers quatorze heures. Ils travaillaient dans la parcelle des Vallières. Ils avaient encore, dans la bouche, le goût chocolaté du café d'Ethiopie de la Mère. Le soir, ils finiraient les travaux de relevage.

Les rameaux de la vigne poussaient sous tous les angles. Certains à la verticale mais beaucoup à l'horizontale pour toucher de leur pointe ceux des rangs voisins et s'y agripper par les vrilles. Chaque cep s'embroussaillait de pousses anarchiques. Cette année-là, il y avait particulièrement de la vigueur. L'engrais de fond semé avant l'hiver faisait de l'effet. Mais quelques semaines auparavant, avant que les branches n'eussent grandi de trop, ils avaient descendu à terre les deux fils de fer accrochés à de gros clous plantés inclinés de part et d'autre des piquets. L'opération se montrait délicate. Il ne fallait pas casser les branches fructifères en posant les fils sur le sol.

En ce début de mois de juillet, ils effectuaient le travail inverse. Ils remontaient les fils de fer pour les suspendre aux clous. Ainsi les pampres, devenus grands entre-temps, étaient relevés car pris par en dessous et maintenus verticaux entre les deux fils.

Les deux hommes travaillaient au même rythme, face à face, de part et d'autre d'un même rang. Ils avaient pris l'habitude d'être ensemble. Ils se retournaient souvent pour voir le travail accompli. La ligne ressemblait à une haie étroite, bien ordonnée.

Parfois, une pousse indisciplinée sortait de l'alignement. Cela ne présentait aucune importance, au fond, qu'elle se détachât des autres. L'un comme l'autre, cependant, revenait sur ses pas pour la relever.

Certes, les travaux de relevage permettaient au soleil de pénétrer au plus profond du feuillage et de favoriser une bonne maturité.

Mais le Père et Emile avaient conscience de mettre la vigne en beauté. Le Père aimait toutes les activités de viticulture, et celle-ci en particulier. Les vignes, toutes relevées, participaient, disait-il, à l'harmonie du paysage.

Aucun passant, aucun randonneur ne pouvait rester indifférent devant ces rangs, offrant au regard une belle orientation géométrique.

Les deux hommes ne se parlaient guère en ce début d'après-midi. Ils étaient fabriqués du même bois. Quand on parle, on fait attention à ce qu'on dit mais on ne fait pas attention à ce qu'on fait. C'était peut-être pour cette raison qu'ils ne s'adressaient pas la parole. Mais, en réalité, ils se taisaient pour une autre cause. Non pas qu'ils n'eussent rien à se dire. Au contraire, ils avaient beaucoup à se dire. Mais chacun attendait que l'autre commençât. Parfois, ils échangeaient un bref regard par-dessus le rang. Qui allait parler le premier ?

Une question banale – mais l'était-elle vraiment ? – posée au Père par Elise pendant le repas de midi, était à l'origine de ce qu'ils avaient en tête.

Depuis le marché de Bletterans et la visite des Allemands, la jeune femme paraissait enjouée. Elle riait, parlait à table, au point de rendre soucieuse la Mère devant ce changement subit d'attitude. Une heure plus tôt, devant une escalope de veau enfin bien entamée, elle questionna le Père sur sa méthode de commercialisation. Il répondit alors que la venue des Allemands, grâce à elle, était un exemple type. Le bouche-à-oreille jouait. Ses vins, toujours primés aux concours, plaisaient. Il n'avait pas à se déplacer. Les clients venaient à la maison mais il expédiait, bien sûr, dans tout le pays.

Alors, sans détour, Elise lui demanda s'il n'avait jamais songé à exporter.

Le Père se mit à rire, pour donner le change. Exporter ! Exporter ! Chez les Salleneuve, « exporter » était un gros mot. Il ne l'avait jamais imaginé, non plus. Pensez donc ! Il avait une clientèle fidélisée, parfois de la troisième génération. La première venait déjà du temps d'Adrien. Tous des connaisseurs et amoureux du terroir des Etoiles. Certains millésimes étaient réservés assez tôt. Il avait des difficultés à constituer des stocks afin de faire vieillir les Etoiles.

Alors, pourquoi exporter ?

Mais le ton du Père trahissait un sentiment de gêne. Son empressement à se justifier montrait son embarras. Emile, qui ne voulait pas participer à la conversation, en avait conscience. A cours d'arguments, le Père mit en avant la petitesse de son exploitation, son ignorance des langues étrangères et le fait de travailler seul. Mais, reprenant de l'assurance, il éluda le sujet de conversation par unc dérobade dont il était coutumier et dit :

– Je ne suis pas sûr que des Américains ni des Asiatiques, habitués aux « vins du monde » du Chili, d'Australie ou d'Afrique du Sud, en l'occurrence des vins de cépage et non de terroir, soient sensibles « au subtil parfum des Etoiles ».

Il insista beaucoup en prononçant « subtil parfum des Etoiles ».

– Vos propres mots, Elise, lorsque vous avez mis les Etoiles sous votre nez, l'autre jour.

La jeune femme répondit du tac au tac.

– Eh bien, justement ! Si moi, profane, ne m'étant jamais intéressée au vin auparavant et sans en avoir jamais bu, j'ai été sensible à ses arômes alors des amateurs du nouveau monde seront capables d'apprécier à sa juste valeur votre production.

C'était dit sur le ton de la plaisanterie. Mais quand même, parler de cette façon au Père ! Abasourdi, et sans doute à court d'arguments, il répondit en levant son verre en direction d'Elise :

– On en reparlera plus tard.

Ce qui ne voulait strictement rien dire.

Le Fils s'était bien gardé d'intervenir. En écoutant la jeune femme, il eut une soudaine bouffée de tendresse en se rappelant leurs retrouvailles charnelles sur le foin de la colline aux Etoiles.

Consciente d'avoir abordé un sujet sensible, Elise n'insista pas, sourit à la Mère qui, étonnée, la regardait et donna avec assurance une pointe restante de l'escalope à Emile.

Cependant elle termina les carottes parfumées au thym, au goût renforcé par un oignon blanc et parsemées de persil avant d'être servies. Elle voulait faire plaisir à la Mère. Elle savait par le docteur Clavel qu'elle jardinait pour elle. Et les légumes du repas étaient cueillis le matin même. D'ailleurs, elle les avait humés, au petit-déjeuner, en se penchant sur le panier d'osier posé devant la fenêtre. Comme elle le faisait, chaque matin, depuis quelques jours.

En progressant, entre les rangs de vigne, à la même allure que le Père, Emile revivait, en pensée, le repas de midi dans ses moindres détails. Peu de temps auparavant, sur la colline aux Etoiles, Elise était redevenue la belle et ardente amante des Abbesses.

A table, elle avait fait preuve d'un bel aplomb dans ses propos avec le Père. Elle l'avait mis en porte-à-faux au sujet de l'exportation des Etoiles. Lui-même, depuis son retour, n'y avait jamais pensé. Il retrouvait Elise, redevenue elle-même. Elle ne s'était pas exprimée au hasard. Emile pressentait qu'à compter de ce début de juillet, les événements allaient se précipiter sous le toit des Salleneuve.

Alors il n'y tint plus, se gratta la gorge. Le Père suspendit son geste de relevage et se redressa. Il pressentait que le Fils allait parler, le premier. Emile le fit, sur un ton gentiment moqueur.

– Ah, l'exportation…

– Quoi, l'exportation ?

– Ce que t'a demandé Elise, à table.

– Elle parle comme un livre. Tu me vois, à mon âge, exporter ! Je n'arrive déjà pas à satisfaire mes clients français. Tu le sais bien !

– Oui, mais avant…

– Qu'est-ce que tu veux dire par « avant » ?

Le Père était sur la défensive.

– Quand tu étais plus jeune.

– Dans les collines, ce n'était pas dans l'ordre des choses comme maintenant. A part trois ou quatre grands propriétaires. Mais des propriétaires qui ne travaillaient pas seuls, comme moi. Ils avaient un fils ou une fille avec eux et du personnel.

Après avoir dit « un fils avec eux », le Père aurait voulu se reprendre. Mais les paroles prononcées sont pareilles à des plumes de poule s'envolant dans le vent. On ne peut les rattraper.

En baissant le ton, il dit :

– C'est vrai, j'ai voulu rester seul, préférant te payer des études…

Le Fils lui coupa la parole pour l'empêcher de continuer. Il redoutait que le Père exprimât des regrets, pire, qu'il présentât des excuses, et, plus grave encore, sur le ton de l'embarras. L'image qu'il voulait d'un père fort, autoritaire, sûr de ses choix et homme des situations compliquées, risquait d'en être écornée.

Au regard de la période difficile à venir, Emile désirait, par-dessus tout, que le Père restât dans son rôle de chef de famille et du domaine. Il n'avait aucun compte à lui rendre. Il était le Père. Inconsciemment le Fils, dans son attitude, se conduisait comme Adrien Tonnerre de Dieu.

Il dit alors en regardant le Père les yeux dans les yeux :

– Père, l'histoire ne se réécrit pas. Tu avais tes raisons à cette époque. Et avec maman, vous avez fait de moi un ingénieur.

– Oui mais si je t'avais gardé à la maison, tu n'aurais jamais reçu ce mauvais coup du licenciement par ces vendus de Mégamétal, à la finance internationale.

Le Fils se mit à rire. Ils étaient toujours face à face de part et d'autre du rang de vigne.

– Tu parles comme les frondeurs actuels qui se situent à gauche de la gauche. Père, il faut que tu le saches. Si je n'avais pas été licencié, je n'aurais jamais appris le métier de vigneron. La terre des collines, même après la pluie, ne paraît pas lourde à mes souliers. Cela veut dire que j'ai retrouvé ma terre, notre terre – celle de mon grand-père Claude-Emile et mes autres aïeux, Adrien Tonnerre de Dieu ainsi que Jean l'Ancêtre. Et puis…

– Et puis… ?

– Si je n'étais pas revenu aux collines, je n'aurais pas connu Elise.

Pourtant, les études scientifiques et son expérience industrielle lui avaient donné un esprit rationnel et terre à terre. Cependant, il ne pouvait s'empêcher de penser que toute une suite logique d'événements heureux ou malheureux avait jalonné, indépendamment de lui, le chemin pour aller jusqu'à elle. Elle, qu'il considérait tout comme son identique et sa pareille. Et surtout en ce jour des Vallières, avec le Père.

Mais chez les Salleneuve, on n'allait jamais très loin dans les confidences intimes ou les effusions. Comme disait crûment le Commis :

– Chez eux, les histoires de fesse ne sortent jamais de leur chambre à coucher.

A la seule évocation du prénom d'Elise, les conversations par la suite risquaient, pour le Père, de prendre une tournure trop intime. Alors, en vrai Salleneuve, il ne répondit pas et se remit au travail.

Emile l'imita mais reprit la parole.

– On ne réinvente pas l'histoire. Je te l'ai déjà dit… mais…

Et là il hésita un peu.

– … on peut en écrire une autre…

Pour le coup, le Père se redressa vivement, le cœur battant. Le Fils continua, en insistant, cette fois.

– Oui, écrire une histoire commune.

Le Père faisait semblant de ne pas comprendre. Il voulait que le Fils parlât clairement.

– Tu veux dire que…

– Si tu es d'accord, je reste.

Le Père prit une mine exagérément ébahie. Le Fils connaissait par cœur la mentalité Salleneuve. Puisqu'il était redevenu pleinement un Salleneuve, lui aussi. Il enchaîna :

– Allons, Père, comme dirait le Commis, ne fais pas l'âne pour avoir du son. Tu as très bien compris. Ce n'est pas à cause de mon licenciement. Non ! Depuis bientôt deux ans, avec maman, vous m'avez fait aimer le métier de vigneron. Vous m'avez rendu à moi-même, à ma vraie nature. Ma place est ici ! Mais… avec Elise, bien sûr ! Qu'en penses-tu ?

Le Père, tout d'abord, eut une brève pensée pour Adrien Tonnerre de Dieu. Puis il se sentit délivré de ce sentiment de trahison de la tradition baron qu'il traînait, comme un boulet, depuis quelque temps. Enfin, il se dit qu'il avait un pur Salleneuve à côté de lui. Puisque le Fils préférait s'échiner pendant les quatre saisons de chaque année dans les vignes et les caves par amour de la terre, plutôt que de retourner dans l'industrie comme ingénieur, avec un salaire mensuel assuré.

Il existe parfois des moments de jubilation irrépressibles. Le Père, peu démonstratif d'habitude à son égard, dans le domaine de l'affection, agrippa brusquement ses épaules par-dessus le rang de vignes. Il lui plaqua un baiser, sur chaque joue, avec un si grand emportement que leurs chapeaux respectifs roulèrent au sol.

Emile ne se souvenait plus depuis quand le Père l'avait embrassé. Il en fut tout remué et gêné devant tant de fougue. Il ne s'y attendait pas. Mais ce n'était pas terminé. En le tenant par le bras, d'une poigne de fer, il l'entraîna, à grandes enjambées, au bout de la ligne.

Le Fils chercha à le freiner.

– Mais attends donc ! Il faut finir le rang.

– Non, plus tard, plus tard ! Viens !

Ils sortirent de la vigne, longèrent le talus herbeux. Puis, en ralentissant l'allure, ils gravirent les six marches de l'escalier de terre, les menant aux Grains d'Or.

Le Père s'arrêta à un endroit de fort ravinement. Là où les marnes, mises à nu par les orages, affleuraient. Il montra le sol de la main.

– Tu te rappelles ce que c'est ?

– Oui. Ce sont des marnes feuilletées.

– Bien ! Elles ont un autre nom. Lequel ?

– On les nomme aussi schistes carton. Ils ressemblent à des lames de carton empilées les unes sur les autres quand ils apparaissent, comme ici, à la surface de la terre. C'est la terre préférée du cépage Savagnin. Ses racines pénètrent entre les lames pour se nourrir des marnes et y puiser sa substance. Cette pénétration intime du végétal dans le minéral donne naissance aux arômes si caractéristiques des Etoiles.

– Tu as bien retenu la leçon. Quand j'avais quinze ans, le grand-père Adrien m'avait conduit, déjà, à cet endroit et m'avait dit : « Si tu as envic que la terre te donne ce que tu lui demandes, il faut l'aimer au point de la manger. » Il a pris un fragment de marne, l'a mangé, puis m'en a donné un morceau que j'ai recraché par dégoût. Mais à l'âge de vingt ans, je suis revenu sur le même lieu. Le grand-père n'était plus là. C'est à cet âge que je suis tombé amoureux de cette terre. Alors en souvenir d'Adrien, j'ai pris un morceau de marne et cette fois, je l'ai avalé.

Le Père se pencha, préleva une lame de marne. Avec beaucoup de précaution, il la sépara des radicelles d'un cep qui s'y étaient agrippées. Il la montra à Emile en décrivant du doigt les empreintes laissées par le chevelu des ravines. Puis il procéda à un rituel troublant pour Emile. Il leva la marne au soleil et la tint à bout de bras. Il joua avec la lumière éblouissante pour faire ressortir le satin brillant de la peau. Cela étant fait, il se retourna vers le Fils.

Il brisa la marne en deux parts égales puis il en donna une à Emile, en disant :

– Je t'en prie. Fais comme moi.

Il mit la terre sur sa langue, la suça puis l'avala. Avant que le Fils ne l'imitât, il dit encore :

– Si un jour tu avais un enfant comme successeur, viens à cet endroit, comme le grand-père Adrien à son époque, comme moi maintenant, et fais la même chose en souvenir de nous et en lui expliquant pourquoi. Promis ?

– Promis.

Emile ne pensait pas que cet acte de manger la terre pût être puéril, exagéré, au pire ridicule sinon dégoûtant. Il comprenait sa profonde signification et la puissance du symbole. Par cette communion profane, il ferait corps avec la terre comme le Père et l'aïeul l'avaient fait avant lui. Ce geste les réunissait à travers les générations. Ils n'étaient plus qu'« un » dans le giron de la terre.

Alors, il prit la miette de marne, la posa sur sa langue et la fit fondre dans sa bouche.

CHAPITRE XXVI

Depuis son jardin, la Mère vit revenir le Père et Emile, de la vigne des Vallières, vers dix-huit heures trente. Tout en arrosant les pieds de tomate, elle remarqua qu'ils plaisantaient par-dessus le capot de la voiture, en refermant les portières. Puis, en se dirigeant, coude à coude, vers la grange, ils se parlaient en riant. Cette complicité soudaine surprit la Mère. A leur comportement inhabituel, elle comprit qu'il s'était passé quelque chose, entre eux, là-haut. Mais, comme à l'ordinaire, elle se gardera bien de les questionner. Le Père n'aurait pas apprécié.

Pendant le repas du soir, elle observa qu'il ne pouvait cacher une certaine nervosité par des gestes vifs et maladroits. Il renversa son verre avec le cul de la bouteille en servant du vin à Emile. Généralement, il ne supportait aucune de ses maladresses et imitait Adrien Tonnerre de Dieu, en poussant un juron. Au contraire, il se montra gêné et s'excusa en regardant Elise. Assurément, le Père n'était pas dans son état normal, même s'il montrait une fébrilité souriante. Aucun doute pour la mère ! Son comportement à table avait un lien avec la bruyante et non moins surprenante proximité affichée avec le Fils, deux heures auparavant.

La Mère savait, d'expérience, qu'il ne disait rien d'un sujet essentiel au cours d'un repas. Quand il avait à déclarer quelque chose d'important, en rapport avec l'avenir de la maisonnée ou du domaine, il ne s'exprimait jamais lors d'un moment banal, comme devant une assiette ou un verre. S'il devait se confier à la Mère, lui demander son avis ou lui annoncer une nouvelle importante, il attendrait d'être seul avec elle, au creux de la nuit, dans leur lit.

Elle ne fut pas davantage étonnée de l'attitude d'Emile. Il ne parlait que de vignes, comme si de rien n'était. A force d'entendre le Père lui raconter la vie d'Adrien et de Jean l'Ancêtre depuis les dernières semaines, il était redevenu, peu à peu, un vrai Salleneuve. Comme dirait le Commis : la marne bleue commençait à se mélanger au sang dans ses veines.

L'énervement du Père, à table, confirmait ce que pensait la Mère. Les deux hommes avaient vécu un événement sans doute majeur au cours de l'après-midi. Mais Emile attendrait, par respect, que le Père parlât le premier.

Dès le repas terminé, il partit avec Elise pour une promenade dans le village ou sur la colline aux Etoiles. Ils reviendraient, comme chaque fois, au plus noir de la nuit.

La Mère finissait de débarrasser la table en espérant, quand même, discuter avec le Père. Peut-être transgressera-t-il cette vieille coutume de n'aborder une grave question qu'au lit ? Mais non! Il prétexta que le Président de la République devait, lui semblait-il, s'entretenir avec des journalistes sur l'état de la France. Ce soudain intérêt pour la politique avait de quoi surprendre la Mère. C'était un dérivatif pour ne pas être seul à seul avec elle dans le silence de la grande cuisine. Elle en avait conscience. D'autant qu'il aimait, certes, la politique, mais pas ceux qui la pratiquaient.

Le Père rêvait d'un personnage ne prenant pas la politique pour un métier avec un contrat à durée indéterminée. Qu'il mît, au contraire, son avenir en jeu en procédant à des changements profonds et salutaires pour la société. Quitte à ne pas être réélu pour un nouveau mandat. Pour le Père, il serait un vrai chef, un haut personnage, un grand homme ou une grande femme, du dernier recours. Il fallait l'entendre y aller de ses théories sur le sujet. Mais jamais dans son caveau de dégustation. Il ne mélangeait pas les torchons et les serviettes, disait-il. Le caveau, avec ses voûtes ancestrales, était exclusivement un lieu de célébration des Etoiles, comme le chœur d'une église. A la différence qu'on y pouvait rire et plaisanter fort.

En ce début du mois de juillet, la Mère souhaitait que le Président de la République ne fût pas à la télévision, que le Père ait confondu la date. Mais quand il brancha le poste, le Président y était. La Mère dissimula sa déconvenue en reprisant la poche d'un pantalon de travail d'Emile. A son grand soulagement car ce n'était pas toujours le cas, le Père resta silencieux pendant tout le temps de l'émission. Elle imaginait qu'il avait l'esprit ailleurs. Ils allèrent dans leur chambre vers vingt-deux heures. Emile et Elise n'étaient pas encore revenus.

Pendant que le Père se déshabillait, la Mère plaça deux confortables oreillers qu'elle battit de ses mains pour les décabosser. Elle était déjà en chemise de nuit légère. Le Père ne pouvait s'empêcher de la lorgner du coin de l'œil. La voir en cette tenue lui faisait toujours de l'effet, comme au premier jour. Ses seins libérés qui se tenaient toujours, ses jambes musclées par le travail, ses fesses larges, le ventre plat et le sombre par en dessous du tissu. Rien d'usé dans leurs sentiments l'un pour l'autre. Le Père se refusait pourtant aux épanchements sentimentaux intérieurs. Cependant, il ne pouvait s'en défendre. Chaque moment d'intimité partagé avec la Mère, le soir au coucher, était vécu comme un recommencement.

Ils entendirent les deux jeunes monter les escaliers de pierre pour regagner leur chambre. En les entendant parler à voix basse, ils eurent chacun, sans se le dire, l'impression d'être arrivés à un premier but.

Le Père se cala bien sur le dos, le drap tiré sous le menton. La Mère se pencha sur lui pour l'embrasser sur les lèvres. En lui faisant remarquer que c'était à lui de le faire. Il grogna pour se moquer et, subitement détendu, commença à s'assoupir. De guerre lasse, la Mère éteignit la lampe de chevet. Elle s'était trompée. Il ne parlerait pas. Déçue, elle craignait de ne pas trouver le sommeil. Cependant, les yeux ouverts dans le noir elle reprit espoir. La nuit leur réservait toujours des surprises. Les nuits où l'inconscient travaille et vous libère de tout ce que vous vous interdisez le jour. La nuit, bien sûr, mais surtout le lit, son bel accessoire !

Comme chaque soir, le Père tomba dans un premier sommeil. Cette nuit-là, la Mère dormit par intermittence. Vers trois heures du matin, à moitié endormie, elle se mit à parler à voix basse. Comme elle en avait l'habitude. Elle passa tout en revue : ses activités de la journée précédente, les travaux à faire dans le jardin ou dans la maison. Il y avait beaucoup de prunes quetsches. Elle prévoyait d'en faire des confitures. Puis, naturellement, elle en vint aux mots d'amour. Parfois, le Père faisait semblant de dormir. Ces mots valaient alors pour lui les plus belles caresses qu'elle pouvait lui donner. Il arrivait aussi qu'il lui demandât de se taire, sur un ton de reproche affectueux, prétextant vouloir terminer de se reposer.

Parfois il s'inquiétait de cette sorte de délire. Mais c'était mentir. Secrètement il était très heureux de l'entendre. La Mère répondait toujours qu'elle n'y pouvait rien. Ce n'était pas de sa faute si son inconscient parlait !

Tour à tour, nid d'amour ou confessionnal, le lit avait aussi le pouvoir du canapé d'un psychologue. La Mère le savait. Alors, quelquefois, soucieuse de connaître ce que le Père avait en tête, elle se montrait d'une habileté aussi malicieuse que redoutable. Elle parlait assez fort pour réveiller le Père, mais pas trop cependant, afin de ne pas l'alerter sur sa tendre supercherie.

Ce qu'elle fit, justement, en cette nuit de juillet.

D'une voix empâtée, le Père lui dit :

– Tu m'as réveillé. Que racontais-tu donc encore ?

– Tu sais que je ne m'en rends pas compte.

Mais sur un ton faussement naïf !

– Tu entendais ce que je disais ?

Le Père se gratta la gorge.

– Non.

– Je devais parler d'Emile. J'ai rêvé de lui plusieurs fois.

Elle n'était pas gênée par ces mensonges.

– Ah !

– Ça a l'air de bien aller entre vous deux, en ce moment.

– Pourquoi ? Ça n'allait pas bien avant ?

– Si, si ! Ce n'est pas ce que j'ai voulu dire. Mais, hier soir, en revenant de la vigne, je ne vous ai jamais vus ensemble de cette façon.

Pour le coup, le Père se mit à rire au point de faire vibrer la structure du sommier. A malin, malin et demi ! Complètement réveillé, il dit :

– Ah ! Je te vois venir.

C'était le moment !

Alors, il se tourna sur le côté pour faire face à la Mère. Elle aussi. Puis, ils entrecroisèrent leurs bras pour se parler, leurs bouches rapprochées à se toucher. Comme ils aimaient à le faire.

– Bon… Eh bien, c'est arrivé. Emile voudrait rester avec nous.

La Mère s'y attendait mais elle ne put s'empêcher de tressaillir de tout son ventre. Chez la Mère, à chaque événement grave et heureux survenant dans sa vie, c'était dans son ventre que cela se passait. Les tressaillements de bonheur de la Mère, les prémices de la jouissance. Mais le verbe « voudrait » la plongea tout aussi rapidement dans le doute. Soudain, inquiète, elle dit :

– Tu as répondu quoi ?

– J'ai dit oui, bien sûr.

La Mère se blottit contre lui. Il la sentait vibrer de son cœur. Comme chaque fois qu'une nouvelle ou un événement la remplissait de joie.

– Comme je suis heureuse.

Avec emportement, elle l'embrassa sur les lèvres.

– Alors, continue.

– Je l'ai tellement vu évoluer dans le métier depuis ces dernières semaines. Il sait tout faire, même entretenir le matériel, chose que je ne faisais pas. Et puis je dois te l'avouer, il met tellement de cœur dans ce qu'il fait qu'il me rappelle mon grand-père Adrien.

Là, la Mère se raidit et dit :

– Oh !

– Non, pas dur comme lui, ni autoritaire ! Mais à sa façon de s'échiner, alors que généralement rien ne presse, il me fait penser à lui. Il est toujours très gentil. Tu le vois bien avec nous et avec…

Le Père hésitait. La Mère, sur un ton impatient :

– … avec Elise, dis-le !

– Oui… Elise. Je disais qu'il n'était pas dur, mais il est exigeant avec lui-même. C'est en cela qu'il est Adrien, mais… pas Tonnerre de Dieu.

Puis il poursuivit :

– Tu n'aimeras sans doute pas ce que je vais te dire. En restant avec nous, il sera dans la tradition baron.

– Tu sais pourquoi je n'aime pas ce nom de baron. Il fait penser à une sorte de rang de noblesse auquel nous n'appartenons pas, ni tes aïeux d'ailleurs. Ça fait parvenu.

– Je te l'ai déjà dit mille fois. C'est un sobriquet donné à mon arrière-grand-père, Jean l'Ancêtre. Etant régisseur du Comte de Vorgel, il en avait pris les manières. En le voyant racheter le domaine en 1922, les jaloux de l'époque l'ont affublé de ce surnom. Mais plus sérieusement, la famille et notamment mon grand-père Adrien a transformé ce faux titre en tradition. Chaque génération de Salleneuve s'engage à transmettre le patrimoine, dans son intégralité, à la suivante.

Puis, sur un ton radouci, il continua :

– J'ai voulu interrompre cette tradition en ne gardant pas Emile adolescent, avec moi.

– Je ne m'y suis pas opposée. Je rêvais de le voir professeur. Bon, il est ingénieur… Tu avais tes raisons à l'époque. Tu disais ne pas vouloir de successeur pour ne pas devenir son ouvrier, pour vieillir tranquillement. C'était un point de vue que je respectais. Après tout, le domaine vient des Salleneuve.

Il la serra contre lui.

– Il est à toi aussi mais je te dois la vérité. J'ai agi en réaction contre mon grand-père à cause de cette fichue tradition. Il m'a mené la vie dure en m'obligeant à reprendre l'exploitation. Je ne voulais pas faire comme lui à l'égard d'Emile.

Il s'arrêta puis reprit :

– … Bon ! Ce n'est pas si simple. Il faut que je te dise tout maintenant.

Surprise, la Mère s'éloigna un peu de lui.

– Ah ! Parce que tu ne m'as pas tout dit ?

– … Non ! Mais c'est compliqué… Voilà !… En réalité, je me suis vengé d'Adrien… tout simplement.

– Que veux-tu dire ?

– De son vivant, je ne disais rien. Je ne me suis jamais opposé à lui en me pliant à toutes ses volontés. J'exécutais ses ordres. Le travail, le travail, rien que le travail ! Il se montrait plus dur envers moi qu'avec le dernier de ses commis. Jusqu'à seize ans, je demandais sa permission pour sortir de table. C'est dire !…

Finalement, ce n'est qu'une fois disparu que je lui ai désobéi. Ce n'est pas glorieux du tout mais c'est ainsi et je le regrette beaucoup.

La Mère ne trouva pas la méthode élégante. Elle, qui croyait qu'il avait agi par courage en rompant la tradition et affection pour Emile en espérant pour lui, à tort ou à raison, une existence meilleure en dehors du domaine.

Quelle désillusion ! Enfin, elle comprenait pourquoi il montait certains dimanches, dans le bureau des portraits.

Pour un face-à-face avec Adrien !

Ainsi, par-delà la mort, il restait sous son influence.

Le terrible aïeul l'avait donc marqué à ce point pour qu'à près de soixante-dix ans, il cherchât son pardon ?

Pouvait-on avoir des comptes à rendre à un disparu ?

Décontenancée, la Mère retint l'envie de s'éloigner du Père et de retourner à sa place dans le lit.

Mais au contraire, elle s'obligea à se serrer davantage contre lui et chercha une consolation.

Avec le Père, elle avait le pardon facile.

Elle en trouva une !

Même tardive, sa confidence de vouloir se venger d'Adrien prouvait au moins, que tôt ou tard, il lui disait tout.

Depuis le début de leur mariage, la Mère lui avait fait admettre que l'un ne devait jamais rien dissimuler à l'autre. De même qu'ils ne cachaient rien de leur corps, malgré l'âge, en se regardant parfois en pleine lumière, pendant l'amour.

Alors, simplement, elle dit :

– Tu n'as pas à regretter, ni chercher à te faire pardonner. Après la jeunesse que tu as eue, je le comprends. Un père handicapé, décédé jeune, un grand-père très autoritaire… Mais tu as l'occasion de te racheter en ce moment avec Emile et Elise.

En disant, « racheter », la Mère eut son fameux rire de gorge.

La Mère redevenait la Mère.

Elle passa sa jambe par-dessus celle du Père.

Elle s'ouvrait comme étant prête à le recevoir.

Elle le sentit devenir gros contre son ventre. Alors, elle s'empressa de lui dire :

– Non ! Pas tout de suite. Après…

Puis elle ramena sa jambe contre l'autre. Le Père respira à fond, pour calmer son cœur qui s'emballait. La Mère s'en rendit compte et eut un rire de gorge. Son « rire femelle » disait-il, qui mettait à tout coup, comme cette nuit-là, le feu dans ses pensées.

Quand il fut calmé, le Père reprit :

– Avoue que c'est une drôle de force du destin, un sacré pied-de-nez. Je m'opposais à ce qu'il reste, quinze ans auparavant. Et maintenant, je suis heureux qu'il projette de travailler avec nous.

Avant de lui répondre, la Mère entrecroisa ses bras plus fortement avec ceux du Père. Ainsi serrés l'un contre l'autre, les paroles de chacun semblaient sortir d'une même bouche.

Sur les expressions « force du destin » et « pied-de-nez » dits par le Père, elle avait son opinion. Pour elle, le hasard n'existait pas. Le licenciement du Fils, sa rencontre avec Elise, leur séjour sous le toit familial, tous ces événements s'enchaînaient avec une logique à laquelle aucun d'entre eux ne pouvait se soustraire. Cette logique ! La Mère l'acceptait, comme un signe venu « de plus haut que là-haut » comme elle aimait à le dire. Une manifestation de la Providence !

Cela devait être ! Et, de son point de vue, c'était ! Il fallait s'y soumettre et agir en conséquence. Alors elle répéta au Père :

– Je suis vraiment très heureuse de ta décision de garder Emile avec toi pour travailler sur le domaine, et qu'il reste, avec Elise, sous notre toit.

Tout son corps se crispa de plaisir. Une réaction gardée de son enfance lorsqu'elle vivait un moment de bonheur.

– Nous verrons nos petits-enfants naître chez nous.

– Tu vas vite en besogne.

– Je les imagine, déjà, ouvrir les robinets de tes tonneaux pour t'embêter.

Le rire du Père ressembla à un gloussement. Il était alors dans de bonnes dispositions pour entendre ce qu'allait lui dire la Mère. Astucieuse, elle n'avait pas attendu la proximité de leurs corps, propice généralement aux échanges avec lui, pour échafauder des projets. Depuis quelque temps déjà, elle avait réfléchi comment ils pourraient vivre, définitivement, ensemble, sous le même toit.

Résolument, elle dit au Père :

– Bon, Emile et Elise restent. C'est très bien. Mais il faut qu'ils vivent indépendamment de nous deux, dans l'intimité.

– Tu as raison. A notre tour d'habiter dans le logement du dessus. A eux de prendre notre place là, en bas. Qu'est-ce que la vie passe vite !

La Mère connut dans son existence de femme des moments capitaux : le décès de ses parents, son mariage, la première fois qu'elle fit l'amour avec le Père, son accouchement… Mais celui qu'elle allait vivre dans les secondes suivantes n'en était pas moins primordial. Ce qu'elle s'apprêtait à répondre au Père risquait de mettre en jeu leur entente parfaite au sein de leur couple et de compromettre l'avenir d'Emile et d'Elise.

D'autant que les paroles du Père montraient qu'il avait répondu sans réfléchir, en pensant peut-être à eux deux, mais surtout à lui.

Tant pis, elle joua son va-tout !

– Je ne crois pas que ce soit une bonne idée.

– Qu... Quoi ! Qu'est-ce que tu dis ?

Le Père en bégayait de surprise. Elle reprit :

– Oui, je sais ce que tu vas me dire. La tradition veut que le dernier des Salleneuve habite le logement du bas et les anciens, le dessus. Comme l'ont fait tes parents, tes grands-parents, tes arrière-grands-parents...

– Eh bien, oui... Ça s'est toujours fait ainsi. C'est normal.

La bouche devenue vite sèche, le Père tenta de retirer ses avant-bras entrecroisés avec ceux de la Mère, tant il paraissait choqué. Son cœur battait vite. Il essaya encore de se déprendre d'elle. En vain ! Elle le retenait contre elle, si fort que les poignets du Père comprimaient ses seins. Elle ne voulait surtout pas qu'il s'éloignât. La Mère l'obligeait à rester dans sa chaleur et son odeur de femme, à faire corps avec elle, dans un espace intime restreint : leur lit. Elle savait que dans le cocon de ses bras, elle l'aurait mieux à sa portée pour le convaincre.

De toute leur vie commune, le Père n'avait jamais eu un geste vif ni de colère à son égard. Cette nuit-là, pourtant, elle eut un bref instant de panique. Elle craignait qu'il eût un mouvement déplacé, une réaction brutale provoquée par le dépit. Mais à son grand soulagement, cédant à son insistance, il ne chercha plus à libérer ses bras. Il était bien l'homme qu'elle aimait depuis toujours. Elle eut alors un sentiment de compassion devant son désarroi. Elle se fit, cette fois, mal aux seins en le serrant très fort contre elle. Pour le remercier peut-être de ne pas avoir eu une attitude inconsidérée à son égard, elle aurait voulu souffrir davantage, en proportion avec sa grande déconvenue. Cependant elle reprit la parole, convaincue que sa voix serait celle de la raison et de la sagesse, tout à la fois.

– Ecoute ! Jusqu'à ce jour, on a été très heureux, tous les deux. On a beaucoup travaillé mais on a eu des résultats. Tout nous a réussi, n'est-ce pas ? Tu es reconnu comme l'un des meilleurs vignerons des collines. On s'est toujours très bien entendus. Souviens-toi ! Au début de notre mariage, il y avait de petits désaccords entre nous.

C'était bien normal. Il fallait bien apprendre à vivre ensemble. Mais tu te rappelles comment cela se terminait ? Toujours au lit ! Après, ça allait mieux. Et puis on a continué, toute notre vie, à agir de la sorte. Une engueulade ? Le lit ! Une incompréhension réciproque ? Le lit ! Un souci de l'un ou de l'autre ? Le lit ! Un orage de grêle, tu te rappelles, il y a cinq ans, deux hectares ravagés à quatre-vingt-dix pour cent ? Le lit ! Encore le lit ! D'accord ?

Le Père ne répondit pas. Pourtant elle reprit :

– On n'a jamais été malades. On a obtenu tout ce qu'on voulait. Mais eux ! Emile et Elise ! Regarde leurs débuts dans la vie ! Licenciement pour Emile, divorce et cancer pour Elise. Sa tentative de suicide, sa névrose… Tu ne crois pas qu'ils ont besoin d'un sérieux coup de pouce ? Ils portent déjà une croix. Il faut les aider à la porter. En leur donnant un beau logement chez nous, c'est leur offrir un refuge stable pour affronter les difficultés à venir. Ils méritent bien d'avoir, eux aussi, quelques satisfactions.

La plus grande partie de notre vie est derrière nous. Ne nous privons pas d'un beau geste… Naturel puisqu'ils sont nos enfants. Et puis n'avons-nous pas été heureux dans notre logement actuel ? On y a connu de belles heures, avec tous ces repas de famille, de travail, de vendanges. Avec tous ces commis qui ont défilé à table. Parfois, en faisant le ménage, j'ai l'impression que les murs de la grande cuisine me renvoient, en écho, tous les rires, les plaisanteries, les chants, le tintement des verres et le crissement des pieds de chaise sur le sol.

Les murs sont marqués de notre histoire, à nous deux. Emile y a grandi. C'est là que je voudrais mourir quand mon heure sonnera. Tu vois ! On ne peut pas rayer cela d'un seul coup, sous prétexte de respecter la tradition familiale, « les vieux au-dessus, les jeunes au-bas ». Je termine…

Et là, la Mère hésita…

– Il faut se dépêcher de leur faire plaisir. On ne sait pas comment le mal d'Elise va évoluer.

– Eh bien, justement… ! dit vivement le Père.

La Mère se crispa, relâcha un peu ses bras.

– Que veux-tu dire par « justement » ?

– Tu l'as dit toi-même, on ne sait pas comment le mal évoluera.

– Qu'est-ce que tu insinues ? Dans le cas d'une issue fatale proche, cela n'en vaudrait pas la peine ?

– …

Le silence valait une approbation.

Alors, ce fut elle qui quitta les bras du Père en les rejetant. Un soudain sentiment d'indignation rendit sa respiration difficile. Heurtée au plus profond d'elle-même, oppressée, elle ne pouvait rien dire. Certes, à cause des paroles du Père, de ses sous-entendus ou de ses silences coupables ! Mais aussi et surtout parce que l'homme qu'elle avait toujours mis sur un piédestal était capable d'adopter une attitude aussi honteuse.

Au nom de quoi ? D'une tradition familiale ? Pour le plaisir d'habiter, sur leurs vieux jours, un logement plus bourgeois que le leur ? Insupportable hypothèse ! Emile et Elise ne méritaient-ils pas cette entorse à la coutume ? Ne valaient-ils pas ce sacrifice ? Si sacrifice il y avait, à vivre dans un endroit où eux le Père et la Mère furent heureux ! Même si cela se passait mal pour Elise. Surtout, pensait la Mère, si cela évoluait dans le mauvais sens pour elle. Pour les deux jeunes gens, ce serait toujours une part de plaisir prise sur l'adversité.

Repoussé à sa place, le Père prenait conscience de l'énorme gaffe qu'il venait de commettre. Il connaissait la Mère comme lui-même. Pour une prise de décision de cette importance, seul, pour elle, le cœur devait commander et non les contingences matérielles. Elle aussi « mangeait la terre », comme eux, les hommes Salleneuve, en travaillant dur. Mais à sa façon !

Elle n'oubliait jamais qu'il valait mieux « être » qu'« avoir ». Le Père le savait. Alors il prit conscience que, pour la première fois de leur vie commune, il l'avait profondément déçue, blessée.

Ils restèrent, sans rien dire, couchés sur le dos mais éloignés l'un de l'autre, à regarder le noir.

Encore loin d'être convaincu par l'idée de la Mère, comme un fait exprès, le Père était insidieusement soumis à une torture morale. Il ne pouvait s'empêcher de voir défiler des images tentatrices du logement du dessus. Le bureau des portraits, la cuisine, la salle à manger avec le trophée de chasse et le piano, le salon aux murs habillés de boiseries aux fines moulures ainsi que le fauteuil en cuir noir et puis la bibliothèque d'Adrien. Il passait en revue les trois chambres avec, dans chacune d'entre elles, une cheminée de marbre surmontée d'un trumeau orné de sujets décoratifs. Il n'aurait plus ce bonheur dominical de s'y ressourcer en passant d'une pièce à l'autre avec le délicieux plaisir de remettre à plus tard le bonheur d'y habiter.

Mais son esprit subissait un autre tourment. Il ne supportait pas que la Mère, dans leur lit, restât silencieuse, fermée sur elle-même, éloignée de lui.

Alors, comme un film en accéléré, toute leur vie commune défila dans son esprit, une succession rapide d'images des choses les plus simples de leur existence mais qui en faisait son sel. Avec la Mère jouant toujours le premier rôle ! La Mère et son sourire, la Mère-au-bon-cœur, la Mère-du-juste-conseil, la Mère-du-solide-soutien, la Mère-instigatrice, la Mère-de-tous-les-recours. La veille encore, pendant qu'il déjeunait à sept heures, sous prétexte de changer des affaires de place, elle passait d'une pièce à l'autre, comme une gamine insouciante, en sifflotant et fredonnant un air entendu à la télévision.

Ce fut cette image-là qui se fixa dans ses pensées et s'imposa à toutes les autres. La Mère-du-bonheur-paisible, avec cette odeur de propre immuable, que sa blouse laissait, derrière elle, à chaque passage.

Le Père eut alors la réaction d'une personne qui, par bêtise, ou par caprice, ou encore par masochisme, venait de casser ce qui, d'un seul coup, lui paraissait le plus précieux. Il éprouva un regret amer. Peu lui importait, après tout, de loger en haut ou en bas. C'était la Mère, rien que la Mère qui l'habitait, lui.

Il se gratta la gorge comme chaque fois qu'il était gêné. La Mère comprit qu'il allait parler. Mais elle resta silencieuse, encore dévastée.

– Hem… J'y suis allé un peu fort… hem… comment te dire ? Je ne pensais qu'à moi, enfin à nous. Non, en vérité, à moi ! Pour faire comme les anciens, tu comprends. Comme ça s'était toujours fait. Mais… hem… pour Elise, je n'en pensais pas un mot. Tu as raison, elle aura besoin de notre soutien. Je regrette… vraiment… Je regrette. On restera… au-bas.

Une petite voix mauvaise lui soufflait d'ajouter « le temps qu'il faudra ». Mais il y avait un niveau de bassesse à ne pas atteindre.

Alors il poursuivit, comme pour effacer cette pensée aussi méchante que cynique.

– On préviendra les jeunes pendant le repas de midi. On prendra rapidement des dispositions pour faire les travaux nécessaires de rénovation.

La Mère se détendit en écoutant ses paroles. Elle dit seulement :

– Je mettrai du temps à te pardonner…

Ces mots étaient prononcés sur un ton équivoque. Parlait-elle sérieusement ? Le Père ne savait à quoi s'en tenir.

– …en attendant, embrasse-moi.

Ce qu'il fit, mais pas sur les lèvres. Il lui prit la main. Elle ne la retira pas.

Ils ne firent pas l'amour, comme auparavant, quand ils se réconciliaient.

Pour elle, la victoire était amère, si victoire il y avait. Elle s'entachait trop des mots du Père, proche de l'abjection. La Mère les oubliera. Mais ce sera difficile.

Certes, le Père avait, en lui, un sentiment de frustration dû au renoncement forcé d'habiter à l'endroit de ses aînés. Il le supportait mal. Mais surtout, il regrettait douloureusement d'avoir manqué de noblesse de cœur dans ses propos tenus à la Mère. Elle qui l'idéalisait !

Ils dormirent, l'un et l'autre, d'un mauvais sommeil, jusque vers six heures.

Chapitre XXVII

Bien que la nuit fût courte et riche en péripéties, la Mère se sentait pleine d'énergie. Elle déjeuna même d'un bon appétit avec les deux hommes et fit craquer, sous ses dents, deux pains grillés, larges comme une main, débordant de gelée de groseilles.

Emile et le Père avaient encore à relever la parcelle aux Grains d'or. La Mère attendait leur départ pour aller au jardin.

Il faisait de plus en plus sec. Le soleil allait être de plomb, comme les jours précédents, dans un ciel sans nuage. La veille, le Commis lui avait parlé, depuis la rue, à travers le grillage de la clôture. A la boulangerie, disait-il, les gens ne parlaient que de la sécheresse et de ses effets calamiteux sur les jardins, les fleurs, les céréales. Ils en oubliaient parfois de dire bonjour.

Contrairement à eux, les Salleneuve ne se plaignaient pas de la grande chaleur. Les vignes du Père avaient terminé leur nouaison. Les grappes se fermaient avec des grains de la grosseur de petits pois.

La Mère fit observer au Commis, pour le défier, que son potager ne souffrait pas de la canicule. Elle insistait même en disant que, depuis sa réorganisation quatre mois plus tôt, il n'avait jamais été aussi beau. La Mère arrosait abondamment chaque soir. La capacité de la citerne avait été bien calculée. Il restait plus de la moitié de son volume en eau de pluie. Elle ne put s'empêcher d'en informer ce vieux sorcier, lui qui doutait du bien-fondé du projet d'installer le réservoir.

Les deux rangées de tomates, de chaque côté de l'allée centrale, faisaient ralentir tous les passants par l'abondance et la couleur de leurs fruits. La Mère n'avait pas lésiné sur le nombre de pieds et la diversité des variétés. Elle ne regrettait pas d'avoir choisi la marmande pour sa croissance rapide et sa précocité. Pour en faire des salades, elle avait préféré les cœurs-de-bœuf et les montfavet. Comme elle avait eu raison de planter des roma et des maestria pour les plats en sauce et les ratatouilles…

Ce matin-là, la Mère décida de cueillir des marmandes, rouges d'une maturité exceptionnellement précoce, pour les farcir et les cuisiner au four.

Vers dix heures, elle évidait les légumes avec une cuillère à café et mettait, dans une coupe, la pulpe. Elle la gardera au frais, pour la soupe du soir. Mais, avant, elle s'appliqua à en extraire les pépins. Elle termina par la tomate la plus petite, destinée à Elise. Elle avait prévu dix tomates afin qu'il lui en restât pour le soir. Réchauffées, elles n'en seraient que meilleures, avec leur chapeau de farce à peine grillé et leur jus caramélisé par la deuxième cuisson. Elle avait choisi un plat alsacien, ovale, vernissé et décoré sur les côtés de marguerites aux pétales éclatés et d'un cœur en relief.

Elle nicha la plus petite des marmandes, celle d'Elise, entre deux grosses. Sa position parmi les autres fit sourire la Mère. La comparaison ne pouvait évidemment pas se faire entre la confection d'un plat et le cas d'Elise. Cependant, ce geste simple de bien caler la tomate prévue pour la jeune femme, au milieu des légumes, sans trop l'aplatir, avait une signification. Il traduisait bien le souci permanent de la Mère de placer Elise au centre de la famille, en prenant garde de ne pas l'étouffer.

Elle fut satisfaite de sa composition et mit le plat de côté. En attendant de le cuire, elle prépara le potage du soir. Elle eut tôt fait d'éplucher trois pommes de terre agatha et de les couper grossièrement en morceaux avant de les mettre dans le fait-tout. Elle gratta cinq carottes qu'elle débita prestement en rondelles au-dessus du récipient. Elle ajouta une poignée de haricots verts, cassés en tronçons, la pulpe des marmandes épépinée, un navet en petits cubes, trois tranches d'un gros oignon, une gousse d'ail ainsi que trois jeunes poireaux issus du dédoublement de ses semis. Elle cueillera de la ciboulette, juste avant le repas, pour qu'elle ne perdît pas son parfum. Elle la coupera en fins fragments, aux ciseaux, pour en garnir le dessus du potage.

Enfin, elle remplit d'eau le fait-tout aux trois quarts. Elle attendra encore un peu pour le mettre à feu doux et mixera la soupe, après cuisson, au moment de passer à table.

La Mère aimait prévoir pour le lendemain. Elle cuisinera une soupe à l'oseille dont elle aura enlevé les nervures ainsi que les grains de terre avec de l'eau vinaigrée. Elle y ajoutera cinq pommes de terre, coupées en petits cubes, ainsi que la valeur de cinq cuillères à soupe de crème fraîche.

Elle voyait encore plus loin. Vu l'abondance de ses tomates, elle en fera un potage, trois jours plus tard. Avec un oignon émincé, deux gousses d'ail, cinq amanda suffiront parce qu'elles étaient très joufflues. Elle le parfumerait avec une poignée de feuilles de basilic. Elle n'oubliera pas d'y ajouter deux cuillerées de crème après le mixeur. Elle accompagnera le potage de croûtons de pain frits à l'huile et aillés.

La Mère ne serait pas étonnée de voir Elise aller directement à la cuisinière se resservir en soupe, comme l'avant-veille. Ce soir-là elle s'était retenue pour ne pas l'embrasser. Mais ce baiser aurait trop ressemblé à un geste de remerciement, d'encouragement ou de soulagement d'un adulte à l'égard d'une gamine anorexique en rupture de jeûne. Cependant, son regard rapide échangé avec les deux hommes, visiblement surpris, lui suffisait pour se sentir comblée. C'était une réalité. Depuis quelques jours, la cuisine légumière de la Mère redonnait, apparemment, à la jeune femme, le goût de se nourrir.

La présentation, chaque matin, du panier rempli de légumes fraîchement cueillis et harmonieusement disposés sur l'osier, au gré de leur forme et des couleurs, jouait, à coup sûr, un grand rôle dans le retour de son appétit pour manger, soit, mais également pour vivre. Par le plaisir des sens visuels et olfactifs que la corbeille procurait, la jeune femme accédait à une parcelle de beauté du monde.

Ce tout petit monde, que la Mère lui proposait, se composait, certes, de menues choses, a priori insignifiantes. Mais ces menues choses, tels que de simples légumes présentés sur le rebord d'une fenêtre, avaient du sens. Elles faisaient rayonner, autour d'elles, d'infimes particules de bonheur aussi nécessaires que l'oxygène de l'air.

Deux heures auparavant, la Mère avait réalisé une nouvelle composition légumière. Mais cette fois, elle l'avait joliment ornée de bottes de persil et de cerfeuil ainsi que de branches de thym et de laurier. Elle observa avec ravissement que la jeune femme, après avoir bu son thé, ne bouda pas, vu l'expression de son visage, son plaisir d'y remettre son nez. Comme elle l'avait fait en entrant. En la regardant, à la dérobée, la Mère vit que son stratagème fonctionnait à merveille. Elle en fut remplie de joie. Plus que jamais, les progrès de la jeune femme la renforçaient dans sa volonté de créer, pour elle, jour après jour, toutes les conditions pour connaître un bonheur tranquille.

Pourtant, le cancer d'Elise… Mais à certains moments qu'elle voulait heureux, la Mère avait une grande faculté à balayer de son esprit les pensées les plus sombres.

Ce jour de juillet ne pouvait être ordinaire. Au repas de midi, ils parleraient de la décision d'Emile de devenir vigneron comme le Père et ses aïeux. Avec le Fils et Elise, de nouvelles perspectives s'offraient à la maisonnée, un autre horizon, que son optimisme soudain rendait prometteur. Elise, Emile : le même nombre de lettres pour chacun de leurs prénoms. Quand elle les regardait à table, épaule contre épaule, elle les trouvait si beaux. Alors, elle eut une pensée folle ! Depuis quand, dans cette maison, n'y avait-il pas eu de rires d'enfants ? Des rires qui, du haut des escaliers jusqu'au fond des caves, s'égraineraient comme une grappe aux Grains d'Or.

En refermant le four de sa cuisinière, la Mèrc se mit à siffler un air, sur un ton aigu : l'air des « Marchés de Provence », de Gilbert Bécaud.

Dernières publications des éditions Mon Village

Romans

Denise Campiche : *a bé cé daire amoureux.*

Michel Clerc : *Le fils des étoiles.*

Michel Clerc : *Arômes d'étoile.*

Maurice Cohen : *Mata-Kite-Rangi. Les yeux tournés vers les étoiles,* tome 1.

Nathalie Costes : *La légende de la Mounine.*

Michèle Dassas : *Le voyage d'Emma.*

Claire de Viron : *Quand la mère se retire.*

Sabine Dormond : *Don Quichotte sur le retour.*

Marie-Andrée Griffond-Boitier : *Outr'âge.*

Monica Joly : *Écoute le souffle de la mer.*

Philippe Lachat : *Mauvais élève ou l'affaire Pavlovitch*

Patrick Leroy : *Rendez-vous à la Puerta del Sol.*

Pierre Luneval : *La vénule.*

Gilles de Montmollin : *Latitude 58.*

Pascal Parrone : *Outback.*

Danièle Secrétant : *La femme paratonnerre.*

Julien Sansonnens : *Jours adverses.*

Jenny Sigot Müller : *Entre deux voix. Journal d'une jeune interprète de conférences.*

Marielle Stamm : *Chère Mademoiselle et Amie.*

Gisèle Tuaillon-Nass : *Les coquelicots fleurissent toujours en Palestine.*

Martial Victorain : *La compagnie des Vermioles.*

Astrid Yener-Uldry : *Les lundis chagrin.*

Récits

Gérard Bullat : *Yvoire – Mon village.*

Gérard Bullat : *Quatre jours entre deux rives.*

Monique Freymond : *Romance et réalité.*

François Gillard : *Mare Nostrum 1959.*

Louis-François Monnier : *Deux billets simple course. Des plaines mozambicaines aux Côtes-de-l'Orbe.*

René Neyret : *Une enfance au café.*

Bernadette Richard : *Coups de griffes.*

Claudio Vallone : *Qui sont ces ados qu'on enferme ?*

Documents

Christophe Carisey, Michel Bühler et Bernard Simon : *Les saisons au Balcon, les communes de Sainte-Croix, Bullet et Mauborget.* Beau livre.

Simon Leresche : *L'épopée touristique de Ballaigues.*

Jean-Claude Piguet : *Le rêve d'Edouard, chronique de la famille Baierlé, du Grand Hôtel des Rasses et de « l'industrie des étrangers ».*

Jean-Claude Piguet : *Somptueuses turbulences. Histoire du Grand Hôtel des Rasses et de « l'industrie des étrangers »,* tome 2.

Jacques Secretan : *L'affaire Ségalat, une condamnation bâtie sur le sable.*

Claudio Vallone : *Qui sont ces ados qu'on enferme ?*

Romans policiers

René Neyret : *Yes kill.*

Jean-Claude Zumwald : *Exit le salaud.*

Jean-Claude Zumwald : *La photo de classe.*

Jean-Claude Zumwald : *La suicidée des Trois-Pigeons.*

Jean-Claude Zumwald : *Les deux squelettes.*

Nouvelles

Gilles de Montmollin : *Pour quelques stations de métro.*

Editions Mon Village

Rue de la Sagne 17b, CH-1450 Sainte-Croix

Tél. (0041) 024 454 46 80, fax (0041) 024 454 29 80

www.editions-monvillage.ch

courriel : monvillage@jsce.ch

Achevé d'imprimer
en juin deux mille quinze
sur les presses de l'imprimerie
du Journal de Sainte-Croix et environs

CH – 1450 Sainte-Croix